KB265412

독보군림

임영기 新무협 판타지 소설
FANTASTIC ORIENTAL HEROES

독보군림 3
임영기 新무협 판타지 소설

초판 1쇄 찍은 날 § 2007년 7월 10일
초판 1쇄 펴낸 날 § 2007년 7월 20일

지은이 § 임영기
펴낸이 § 서경석

편집장 § 문혜영
편집 § 최하나 · 문정흠 · 김동화

펴낸곳 § 도서출판 청어람
등록번호 § 제1081-1-89호
등록일자 § 1999. 5. 31
어람번호 § 제2-1250호

주소 § 경기도 부천시 원미구 심곡1동 350-1 남성B/D 3F (우) 420-011
전화 § 032-656-4452 팩스 § 032-656-4453
http://www.chungeoram.com
E-mail § eoram99@chollian.net

ⓒ 임영기, 2007

ISBN 978-89-251-0748-6 04810
ISBN 978-89-251-0745-5 (세트)

임영기 新무협 판타지 소설
FANTASTIC ORIENTAL HEROES
도깨비그림
3
태동(胎動)
龍

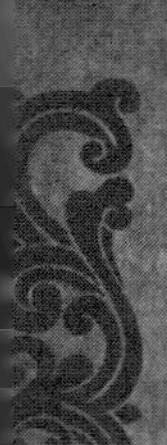
도서출판
청어람

제20장	전광류(電光流)	7
제21장	정녕코 약자로 살지 않으리라!	41
제22장	결의형제(結義兄弟)	71
제23장	열하맹룡(熱河猛龍)	95
제24장	중천절(中天絶)	143
제25장	천주시여!	185
제26장	거보(巨步)	223
제27장	백두산(白頭山)	251
제28장	무비일화(無比一花)	273
제29장	수줍음	305

第二十章
전광류(電光流)

항주.

한매루주인 아란 부인은 하루 일과 중에서 소위 '몽상에 잠기면서 차의 맛을 음미하는 시간' 을 가장 좋아했다. 그렇기 때문에 그 시간이 방해받는 것을 무엇보다도 싫어했다.

그런 그녀가 지금 그 황금 같은 시간을 자신이 가장 두려워하는 존재들로부터 방해받고 있었다.

아란 부인은 원래는 자신이 앉아 있어야 할 창가 양지바른 자리에 나란히 앉아 있는 탐사자와 현사자를 겁먹은 표정으로 조심스럽게 바라보았다.

저 두 명의 사자는 벌써 한 시진째 한마디도 하지 않은 채 한 명은 찻잔을 만지작거리면서, 다른 한 명은 창밖을 바라보며 깊은 생각에 골몰해 있는 중이었다.

그녀들은 한 시진 전에 이 방에 느닷없이 들이닥쳐서 아란 부인을 혼비백산하게 만들더니, 곧 한매루 십한매 중 말석인 청매를 불러오라고 명령했다.

영문도 모른 채 불려온 청매, 아니, 곽선랑은 탐사자와 현사자 앞에 무릎을 꿇고 엎드린 채 가련할 정도로 온몸을 떨면서 고개조차 들지 못했다.

그런 곽선랑에게 성질 급한 탐사자가 예의 냉정한 표정으로 '네 오라비 곽정을 당장 데리고 와라' 라고 명령했다.

그 말에 여리기만 한 곽선랑이 기함을 할 정도로 혼비백산한 것은 당연했다.

그리고 그녀는 '곽정' 이라는 사람을 절대 모른다면서 겁에 질린 얼굴로 울부짖었다.

어설프고 서투르기 짝이 없는 거짓말 연기였다. 모른다면서 왜 겁에 질리는 것이며, 어째서 울부짖는다는 말인가?

더구나 곽선랑은 잠시 후에 얼굴이 눈물범벅이 되어 탐사자의 눈치를 살피면서 '왜 소녀의 오라비를 찾는 건가요?' 라는 어이없는 질문까지 했다.

산전수전 두루 겪은 여우이며 너구리인 탐사자와 현사자가 곽선랑에게 속기보다는 황하가 거꾸로 흐르기를 바라는 편이 훨씬 쉬운 일일 것이다.

그래서 자상하고 현명한 현사자가 언제나 그랬던 것처럼 곽선랑을 구해주었다.

"네 이름이 곽선랑이라고 했느냐? 우린 너와 함께 있던 영아, 설영의 편지를 갖고 왔다."

과연 '설영' 이라는 한마디는 곽선랑에게 천하에 다시없는 특효약이었다.

그 한마디에 그녀는 얼굴에 기쁨이 가득 떠오르더니 뒤도 돌아보지 않고 쏜살같이 밖으로 달려나갔다.

항주에 있는 어느 평범한 전장(錢莊)에서 임시 호위무사 일을 하고 있는 곽정을 데리러 간 것이다.

그 이후부터 탐사자와 현사자는 약속이나 한 것처럼 한 시진 내내 저렇게 각각 다른 모습으로 생각에 골몰하고 있는 중이니, 한쪽에 서서 그 광경을 바라보는 아란 부인은 전전긍긍 어찌할 바를 모르고 있었다.

아는 사람들은 모두 잘 알고 있다. 침묵이 얼마나 지독한 고문인지를.

사실 탐사자는 설영에 대해서, 그리고 현사자는 보름 전에 잠깐 본 철검사라는 무투사에 대해서 각기 골똘하게 생각하는 중이었다.

탐사자는 설영의 천재성과 놀라운 자질에 새삼 감탄하면서 그의 신분이 뭘까 곰곰이 생각했고, 현사자는 철검사 정도의 인물이 어째서 변방의 노예가 되어 무투사 노릇을 하고 있는지에 대해서 생각했다.

"와, 왔습니다!"

방문이 열리고 곽선랑과 곽정이 차례로 들어서자 아란 부인이 거의 환호성에 가까운 탄성을 터뜨렸다. 침묵의 고문에서 마침내 벗어난 기쁨이었다.

탐사자와 현사자의 상념이 동시에 끝나고 그녀들의 시선이 곽선랑의 뒤에 우뚝 서 있는 한 사내에게 던져졌다.

갓 삼십 세쯤 돼 보이는 청년이었다.

평범한 싸구려 황의 경장을 입었으며, 평범한 장검 한 자루를 어깨에 멘, 항주 거리 어디에서나 볼 수 있는 평범하기 짝이 없는 행색이었다.

그러나 탐사자와 현사자가 보는 것은 옷차림이 아니었다.

불룩 솟아 있는 이마의 태양혈.

속으로 깊이 갈무리된 잔잔한 안광.

무심에 가까운 표정.

낯선 곳, 낯선 사람들 앞에 서 있으면서도 추호도 흔들림이 없는 당당함.

육 척의 장신에 잘 발달된 떡 벌어진 어깨와 차돌을 부술 듯이 크고 억센 손.

비록 옷차림은 평범했지만 그 속의 알맹이는 결코 평범하지 않았다.

탐사자와 현사자는 면전에 서 있는 사내가 자신들에 버금가는 일류고수라는 사실을 단번에 간파했다.

또한 현사자는 지금 이 사내가 강인한 인내심을 발휘하고 있음을 간파했다.

사내는 필경 곽선랑에게 '설영의 편지를 갖고 온 사람'에 대해서 들었을 것이다.

그런데도 그는 먼저 묻지 않고 탐사자와 현사자가 입을 열기를 기다리고 있었다.

잘 훈련된 경계심이고, 인내심이었다.

그러나 탐사자와 현사자는 사내의 인내심을 시험하기 위해서 먼 길을 왔고 또 그를 부른 것이 아니다. 쓸데없는 서론 때문에 본론이 길어져서는 안 된다.

"당신이 곽정인가요?"

끄덕.

현사자의 잔잔한 물음에 사내 곽정은 그저 가볍게 고개만 끄덕였다.

"증명해 보세요."

탐사자가 불쑥 주문했다. 과연 그녀다운 행동이었다. 그 바람에 옆에 앉아 있던 현사자는 깜짝 놀랐다.

"증명해야만 편지를 보여주는 것이오?"

곽정이 종을 울리는 듯한 굵은 목소리로 표정없이 물었다.

끄덕.

탐사자는 곽정의 흉내를 내어 대답없이 고개만 끄덕였다. 입가에는 보일 듯 말 듯 희미한 미소가 머금어져 있었다.

차앙!

그 순간 검이 검집에서 뽑히는 맑은 쇳소리가 실내의 허공을 짧게 울렸다.

단지 그뿐이었다.

"……!"

그리고 다음 순간 한 자루 검의 날카로운 검첨이 앉아 있는 탐사자의 목젖에 찌르듯이 겨누어졌다.

검파를 잡은 채 검첨을 탐사자의 목에 겨누고 있는 곽정을 제외한 실내의 모든 사람들이 놀라움을 금치 못했다.

그가 언제 발검을 했으며, 탐사자에게 접근했는지 본 사람은 아무도 없었다.

곽정의 무위가 자신들과 비슷할 것이라던 두 여자의 짐작은 보기 좋게 빗나갔다.

틀림없이 곽정은 그녀들보다 한 수 위였다.

탐사자는 매우 놀랐으나 곧 평정을 되찾았다. 그러고 나서 그녀는 입가에 한줄기 미소를 떠올렸다.

"훌륭한 발검이군요."

"오… 라버님……."

곽선랑이 겁에 질려 곽정을 바라보았다. 곽정이 난동이라도 부릴까 겁이 난 것이다.

곽정은 무심한 얼굴로 탐사자를 주시했다.

그의 두 눈 깊은 곳에서 작은 불꽃이 번뜩이는 것을 탐사자
는 발견했다.

그러나 그 정도로는 탐사자를 겁먹게 할 수 없었다. 또한
그 불꽃이 살심이라고는 생각하지 않았다.

척!

"내가 할 수 있는 증명은 이것뿐이오."

곽정은 검을 거두어 검집에 꽂으면서 원래 서 있던 위치로
뒷걸음치며 중얼거렸다.

탐사자와 현사자는 안다. 곽정의 행동이 자신의 솜씨를 뽐
내기 위함이 아니라는 사실을.

'힘으로 제압하여 편지를 뺏을 수도 있으나 그러지 않겠
다.'

라는 무언의 증명인 셈이었다.

"하나 그대들이 지니고 있는 편지가 소주(小主)의 것인지
어떻게 믿소?"

곽정이 예의 고저(高低)없는 툭툭한 목소리로 물었다. 이제
는 증명하는 일이 탐사자와 현사자에게로 넘어왔다.

탐사자와 현사자는 곽정의 말에 그가 설영을 '소주'라고
부른다는 사실을 하나 더 알게 되었다.

슥―

"읽어보면 알겠지요."

탐사자가 아까보다 약간 누그러진 표정으로 품속에서 한 통의 서찰을 꺼내 곽정에게 내밀었다.

서찰을 받을 때 탐사자는 굳건하기만 한 사내, 곽정의 손이 가늘게 떨리고 있는 것을 발견했다.

그의 내심이 격동하고 있다는 증거였다.

서찰의 겉면에 쓰여 있는 글자는 곽정의 눈에 익은 필체였다.

천하에서 이렇듯 용비봉무한 필체를 지니고 있는 사람은 오직 한 사람뿐이었다.

또한 겉봉에 적힌 다섯 글자가 그의 눈길을 잡아끌었다.

근근검 친전(僅僅劍 親傳).

근근검에게 직접 전하라는 뜻이다.

오래전, 무림삼천(武林三天)의 하나인 중천군림성이 최초에 군림보라는 방파명으로 개파했을 때 백 명의 수하를 모집했는데, 곽정은 아슬아슬하게 백 번째로 뽑혔다.

그때부터 그는 동료들에게 '가까스로'라는 뜻의 '근근검'이라는 장난스러운 별명으로 불리게 됐다.

그러나 곽정이 알고 있는 한, '근근검'이라는 별명을 알고 있는 동료들은 중천군림성이 멸망하던 날, 그리고 항주까지 도주해 오는 도중에 모두 죽었다.

단 한 사람, 소주인 설영을 제외하고는.

그러므로 이 서찰은 틀림없이 설영이 보낸 것이다.

곽정은 서찰을 탁자에 조심스럽게 내려놓은 후 서찰을 향해 공손히 큰절을 올렸다.

두 무릎을 바닥에 꿇고, 이마를 바닥에 댄 후 오랫동안 움직이지 않았다.

그러나 사람들은 곽정의 커다란 몸이 가늘게 떨리고 있는 것을 볼 수 있었다.

탐사자와 현사자는 곽정을 보고 있다가 서로의 얼굴을 마주 보며 똑같이 희미한 미소를 지었다.

이보다 더 확고부동한 방법으로 곽정이 자신을 증명할 수 있는 방법은 없을 것이다.

*　　　　*　　　　*

설무검이 자의(自意)로써 오장보의 무투사로 남겠다고 선언한 지 한 달이 흘렀다.

그리고 양궁표가 설무검의 집중적이고도 체계적인 가르침 아래 초일검류 삼초식을 혼신의 노력을 쏟아 수련한 지 어느덧 석 달이 지났다.

양궁표는 공력을 극한으로 끌어올린 후 북두신공의 밑바

탕인 신체의 북두에 해당하는 부위, 즉 칠대경락(七大經絡)으로 일주천시켰다.

그러자 한순간 공력이 부쩍 증폭되는 느낌과 함께 온몸이 팽팽하게 팽창하는 느낌이 전해졌다.

그것은 그저 느낌만이 아니었다. 공력을 칠대경락으로 일주천시키면 실제로 십 년 정도의 공력이 증가한다.

그것은 울퉁불퉁 험한 길을 달리던 마차가 칠대경락이라는 잘 다져진 좋은 길로 접어들었을 때 속력이 한층 빨라지는 것과 비슷한 이치였다.

그것이 바로 북두신공이 지니고 있는 탁월한 효능 가운데 하나였다.

그러나 좋은 길은 그리 길지 않다. 공력이 십 년 정도 증가되는 시간이 그리 길지 않다는 뜻이다.

증폭된 공력을 재빨리 외부로 뿜어내거나 소멸시켜야만 하는 것이다.

공력이 칠대경락의 칠대혈(七大穴)에 머무는 시간은 길어야 다섯 차례 호흡하는 정도에 불과하다.

길다고 보면 길고, 짧다면 한없이 짧은 시간이다.

북두신공의 성취도가 높으면 높아질수록 증폭되는 공력은 더 커질 것이고, 그것을 칠대혈에 임의로 머물게 하는 시간은 더 길어질 것이다.

그러나 지금의 양궁표로서는 이것이 최상이었다.

그때 양궁표의 오른손이 물이 흐르는 듯한 유연한 움직임으로 어깨의 검파를 잡았다.

발검을 하는 극히 찰나지간에 초일검류 삼초식 사변(四變)이 전개됐고, 체내의 증폭된 공력이 칠대혈(七大穴)에서 뿜어져 오른팔을 타고 검으로 전해졌다.

쌔애액!

팍!

고막을 갈가리 찢어발기는 듯한 파공성과 짧은 격타음이 거의 동시에 터졌다.

한차례 초식을 전개한 검은 어느새 어깨의 검집에 납검(納劍)되어 있었다.

"후우……."

단 일검이었지만 양궁표는 땀을 비 오듯이 흘리며 몹시 힘겨운 듯한 한숨을 길게 토해냈다.

지금 그가 있는 이곳은 자신만의 연공실이었다. 그리고 우뚝 서 있는 그의 전면 일 장 거리에는 사람 크기와 비슷한 하나의 석상이 세워져 있었다.

양궁표는 몹시 긴장된 표정을 지으면서 천천히 석상으로 다가갔다.

이어 눈도 깜빡이지 않고 석상의 머리 부위를 뚫어지게 쏘아보았다.

사람으로 치자면 석상의 미간 부위에 넓적하게 약간 패인

자국이 있었다.

그 자국은 조금 전에는 없던 것이다. 방금 전 그의 발검이 만들어낸 결과였다.

"아… 성공이다!"

문득 양궁표는 얼굴 가득 기쁜 기색을 떠올리며 낮은 탄성을 터뜨렸다.

석상의 미간 부위에 패인 자국은 자세히 들여다봐야 할 정도로 미미했다.

그렇지만 만약 상대가 석상이 아니라 뼈와 살로 이루어진 사람이었다면 미간에 깊숙한 구멍이 뚫렸을 것이다.

양궁표는 실로 뼈를 깎는 각고의 노력 끝에 초일검류 삼초식 전광류(電光流)를 성공한 지금 이 순간의 기쁨이 무엇과도 견줄 수 없을 만큼 컸다.

그로서는 생전처음으로 성공시킨 전광류였으며, 최초로 만들어낸 검풍(劍風)이었기 때문이다.

과거 중천의 절대자 시절의 설무검이 초일검류를 전개하면 검풍이 아니라 검기가 발출됐다.

그러려면 최소한 백 년 정도의 공력이 있어야만 한다.

예전 설무검의 공력은 무려 이 갑자 반이었으므로 마음만 먹으면 검기가 아니라 검강(劍罡)을 시전할 수도 있는 단계에 도달해 있는 수준이었다.

현재 양궁표는 그동안 줄기차게 운공을 한 덕분에 사십 년에 거의 육박하는 공력을 지니게 되었다.

하지만 대다수의 무림 고수들이 일 갑자, 즉 육십 년 정도의 공력을 지니고 있어야지만 검풍을 만들어낼 수 있다는 보편적인 사실을 감안한다면, 양궁표가 검풍을 발출할 수 있게 된 사실은 가히 괄목할 만한 급성장이며, 놀랄 만한 일이라고 할 수 있었다.

그렇게 되기까지는 설무검의 탁월한 지도력과 초일검류라는 뛰어난 검법, 양궁표의 집념이 삼박자 조화를 고루 이루었기 때문에 가능했던 것이다.

"좋아, 다시 해보자!"

양궁표는 단 한 번 전광류를 전개한 것 때문에 몹시 지친 상태였지만 다시 한 번 초일검류 삼초식 전광류를 시도해 보기로 마음먹었다.

주마가편(走馬加鞭). 달리는 말에 채찍질을 가하자는 것이다.

그는 일단 두 가지 목표를 세웠다.

첫째, 전광류를 전개하느라 허비한 거의 모든 공력을 최대한 빠르게 회복하는 것.

이것을 해결하지 못한다면, 차라리 실전에서는 전광류를 전개하지 않는 편이 나을 것이다.

현재의 양궁표는 공력이 사십 년밖에 되지 않기 때문에 전광류를 한차례 전개하고 나면 체내의 공력이 순식간에 소멸해 버리고 마는 약점을 안고 있다.

실전에서 전광류를 전개한 상황에서 적이 딱 한 명뿐이고, 또 운이 좋아서 전광류를 전개하여 즉사시킨다면 모르지만, 그 외의 상황에서는 오히려 양궁표가 궁지에 몰리게 될 것이기 때문이다.

만약 적이 한 명이 아니라 다수일 경우나 또는 적이 한 명뿐이더라도 전광류가 실패하여 즉사시키지 못했을 경우도 발생할 수 있을 것이다.

그런 상황에 처했을 경우, 단 한 번의 전광류를 전개하고 기진맥진한 상태인 양궁표가 살아남을 수 있는 확률은 전무할 터이다.

두 번째 목표는 여태까지보다 더욱 노력하여 더 강력한 전광류로 다듬는 것이다.

이 두 가지는 설무검의 가르침에 의한 것이 아닌 양궁표 자신의 깨우침에 의해서 최초로 세운 목표이며, 계획이라는 점이 여태까지와 달랐다.

운공을 하던 설무검은 체내에서 뭔가 이상한 일이 벌어지고 있는 것을 감지했다.

그는 통상적으로 하루에 삼십여 회 정도 운공조식을 하는 편이다.

많이 한다는 양궁표가 십여 회니까 그보다 두 배하고도 십여 회가 더 많았다.

　보통 운공은 한 시진에 삼 회 정도를 하는데, 하루가 열두 시진이니 설무검은 두 시진을 제외한 하루 전부를 운공조식만 하는 셈이었다.

　현재 설무검의 머릿속에는 절세적인 검법이나 그 외 여러 무공의 초식들이 망라되어 있는 상태이기 때문에 굳이 더 배울 필요가 없는 상태다.

　또한 잘라졌던 손목의 힘줄을 다시 이은 오른팔로 검법이나 무공들을 펼칠 수 있는지를 시험해 보는 것은 뒤로 미루고 있었다.

　지금은 그것보다도 공력을 회복하는 것이 급선무였기 때문이다. 공력을 회복시킬 수 있는 방법이 전무했을 시절에는 체력을 키우고 양팔을 자유자재로 사용하는 것밖에는 마땅하게 할 일이 없었다.

　이 순간에 설무검이 감지하고 있는 느낌은 조금 전에 운공조식을 했을 때까지만 해도 전혀 느끼지 못했던 것이다.

　그것은 너무도 미미해서 착각처럼 느껴졌다.

　설무검은 한차례의 운공조식이 끝나자마자 그 즉시 다시 시작했다.

　그는 방금 전에 받았던 느낌이 착각한 것은 아니라고 판단했다. 그의 감각은 착각을 진짜인 것처럼 오해할 정도로 무디지 않았다.

이번의 운공은 여태까지 했던 것처럼 진기를 이끌지 않고, 운공을 개시하고 나서는 그냥 내버려 둔 채 귀추를 지켜볼 생각이었다.

시간이 흘러갔다.

설무검의 체내에서는 무극파천황의 구결에 따라 이십 년의 진기가 각 경락을 따라 주천하고 있었다.

하지만 예전 중천의 절대자였던 시절하고는 영판 다른 운공 방식이었다.

그때는 배꼽단전이 중심이 된 기해운공(氣海運功)이었지만, 지금은 제구실을 못하는 배꼽단전을 대신하여 육단전이 주축이 된 육단전운공인 것이다.

"……!"

바로 그때였다. 조금 전 운공 때 감지했던 그 느낌을 또다시 감지했다.

결코 착각이 아니었다.

이제는 그 느낌이 무엇인지를 알아내야 한다.

설무검은 온몸의 감각을 진기의 흐름에 집중시켰다.

그러나 운공이 다 끝나도록 그는 미미한 느낌 외에는 더 이상 아무것도 알아내지 못했다.

실패였다. 그것을 알아내기에는 느낌이 너무 미약했다.

그는 다시 운공을 시작했다.

두 번, 다섯 번, 열 번. 운공은 쉼없이 계속됐다.

마침내 양궁표는 닷새 만에 해결책을 찾아냈다.

어떻게 자신 같은 아둔패기가 이처럼 놀라운 해결책을 찾아냈는지, 기적이라고밖에는 생각할 수가 없었다.

아니, 비단 첫 번째 목표로 삼았던 것의 해결책을 찾아냈을 뿐만 아니라, 그것을 해결하자 자연히 두 번째 목표로 삼았던 문제점도 해결돼 버렸다.

첫 번째 목표는 전력으로 전광류를 전개한 직후에 재빨리 공력을 다시 회복하겠다는 것이었다.

양궁표는 그 두 가지를 해결하기 위해서 지난 닷새 동안 자신이 알고 있는 모든 방법을 모조리 적용시켜 보았으나 번번이 실패의 쓴잔을 마셔야만 했다.

자신의 능력으로는 도저히 안 되는 것인가, 나는 겨우 이 정도밖에 안 되는 놈인가, 목표를 너무 높게 잡은 것인가. 별별 생각과 회의가 다 피어오르면서 절망에 빠져들었다.

이 문제점들을 설무검에게 묻는다면 어쩌면 간단하게 해결될 수도 있을지 모른다.

하지만 그는 이번만큼은 오로지 스스로의 힘만으로 해결하고 싶었다.

그는 수없이 주저앉으려는 자신에게 채찍질을, 무너지려는 집념에 욕을 퍼부으며 심기일전을 거듭했다.

운공을 세 차례 연이어 하자 심신이 상쾌해졌다.

그 순간 하나의 방법이 번뜩 뇌리를 스치고 지나갔다. 과연 심신이 피로에 찌들어 있을 때에는 떠오르지 않던 방법이 상쾌해지자 떠올라 준 것이다.

그가 생각해 낸 방법은 '응용' 이었다.

설무검은 그에게 적지 않은 것들을 가르쳐 주었다. 그것들을 응용해 보자는 것이다.

사실 양궁표는 학문이 짧아서 '응용' 이라는 말의 뜻도 제대로 알지 못했다.

그러나 맛있는 요리의 이름을 모른다고 해서 맛까지 모르겠는가?

전광류는 북두신공을 운공하여 전개한다.

양궁표는 북두신공의 여러 구결과 전광류의 구결을 이리 붙였다 저리 끼워 맞추기를 수없이 반복하기 시작했다.

그리고는 끝내 성공을 이끌어내고야 말았다.

그가 최초의 전광류를 성공시킨 방법은 북두신공을 일으켜 칠대경락으로 주천시킨 후 증폭된 공력을 칠대혈을 통해서 오른팔로 뿜어내며 전광류의 네 가지 변화를 순간적으로 전개하는 것이었다.

그것을 달리 해보았다.

증폭된 공력을 칠대혈에서 하나를 줄인 육대혈(六大穴)에서 뿜어내 오른팔로 보내어 전광류를 전개해 보았다.

그 결과 석상에 검풍이 적중된 부위는 칠대혈로 뿜어냈을 때보다 약간 더 패였고, 전개한 후에 느끼는 탈진감도 약간 덜한 듯했다.

육대혈에서 뽑어냈기 때문에 아직 하나의 대혈에 공력이 어느 정도 남아 있었던 것이다.

그때까지만 해도 긴가민가 분명하지 않은 기분이었으며, 어쩌다가 운 좋게 그런 현상이 벌어진 것인지도 모른다는 생각이었다.

그래서 다음에는 과감히 두 대혈을 남겨놓고 오대혈(五大穴)에서 공력을 뽑어내어 전광류를 전개했다.

그런데 결과는 실로 놀라웠다.

최초 칠대혈에서 뽑어냈을 때에는 석상이 겨우 일 푼 남짓 패여서 흔적이 육안으로도 잘 보이지 않을 정도였는데, 이번에는 한 치가량이나 패인 것이다.

더구나 탈진감은 공력을 육대혈에서 뽑어냈을 때보다 훨씬 덜 느껴졌다.

양궁표는 두 차례 시도해 보고서야 그 방법이 주효했음을 분명하게 실감했다.

실로 커다란 깨달음이었다. 더구나 순전히 자신만의 노력으로 깨우쳤다는 사실에 더 큰 의미가 있었다.

그러나 그는 거기에서 만족하지 않고 내친김에 더욱 과감한 시험을 단행했다.

그것은 대혈을 하나씩 계속 줄여 나가보자는 것이었다.

그 결과 양궁표는 드디어 칠대혈 중 오직 하나의 대혈로만 공력을 뿜어내도 된다는 결과를 깨우쳤다.

더구나 그랬을 경우 공력이 분산되지 않기 때문에 전광류의 위력이 오히려 최초의 것보다 일곱 배나 더 강해진다는 사실마저도 깨달았다.

당연한 결과로 탈진감은 거의 느껴지지 않았다.

왜 그런 현상이 일어났으며, 그런 결과가 성립되는 것인지에 대해서 양궁표는 전광류를 삼십여 차례 이상 전개해 본 결과 간신히 알아낼 수 있었다.

그것은 물이 빵빵하게 가득 담긴 가죽주머니에 일곱 개의 구멍을 뚫은 것과 오직 단 하나의 구멍을 뚫었을 경우에 뿜어져 나오는 물줄기의 강도가 현격하게 다르다는 이치와 같았던 것이다.

또한 가죽주머니 안의 물은 한정되어 있는데, 일곱 구멍으로 물이 새어 나가면 비록 잠깐이라고 해도 가죽주머니에는 극히 소량의 물만 남는 것에 비해서, 한 구멍으로 뿜어졌을 경우에는 가죽주머니에 여전히 충분한 양의 물이 남게 되는 현상인 것이다.

가죽주머니의 물은 곧 공력이다. 물이 적게 남으면 그만큼 탈진할 것이고, 많이 남게 되면 기력이 충만하다는 것은 두말하면 잔소리다.

그렇게 양궁표는 두 가지 목표를 한꺼번에 성공시키고 세상을 다 얻은 것처럼 기뻤다.

　무공을 연마하는 사람에게 이렇게 커다란 깨달음을 얻은 것만큼 기쁜 일도 없을 터이다.

　그는 이 기쁜 소식을 한시바삐 설무검에게 알리고 싶어서 연공실을 뛰쳐나왔다.

　양궁표는 설무검의 연공실 입구에 모여 있는 사람들을 발견하고 움찔 몸이 굳어졌다.

　연공실 입구에는 단랑과 염탕은 물론이고, 반호와 오장보까지 모여 있었다.

　문득 불길한 예감이 양궁표의 등줄기를 훑었다.

　'설마 형님 신변에 무슨 일이…….'

　완고하고 강인한 설무검의 모습이 떠오르자 그는 세차게 고개를 가로저었다.

　'아니다! 절대 그럴 리가 없다!'

　주춤거리던 그는 쏜살같이 연공실 입구를 향해 달려가며 큰 소리로 외쳤다.

　"모두 물러서라!"

　양궁표를 발견한 사람들이 입구를 내어주며 좌우로 쫙 흩어졌다.

　입구로 달려드는 양궁표에게 단랑이 금방이라도 울음을 터뜨릴 듯한 표정과 목소리로 하소연했다.

"궁표! 그렇지 않아도 널 부르려고 하던 참이었어! 어찌 된 일인지 철검사가 식사도 하지 않은 채 연공실 안에서 닷새 동안이나 꼼짝도 하지 않고 있어! 여태 이런 경우는 한 번도 없었잖아!"

양궁표 역시 닷새 동안 두문불출 자신의 연공실에 처박혀 있었지만 그에게 신경을 쓰는 사람은 아무도 없었다.

그것이 바로 설무검과 양궁표가 다른 점이었다. 설무검은 모든 사람의 이목과 관심을 받고 있는 인물인 것이다.

철컹!

양궁표가 급히 잡아당겨 보았지만 두께 네 치의 무쇠로 만든 철문은 안에서 잠갔는지 꼼짝도 하지 않았다.

"형님, 괜찮으십니까?!"

양궁표는 철문의 좁은 틈새에 한쪽 눈을 대고 들여다보려다가 여의치 않자 입을 대고 외쳐 물었다. 자신도 모르는 사이에 그의 목소리는 가늘게 떨려 나왔다.

쿵쿵쿵!

"철검사! 제발 대답 좀 해봐!"

그때 기다렸다는 듯이 단랑이 두 주먹으로 철문을 마구 두드리며 외쳤다. 기어코 그녀의 눈에서는 눈물이 쏟아져 내리고 있었다. 불길한 생각을 떨쳐 버릴 수가 없었던 것이다.

콱!

“그만둬!”

순간 양궁표가 급히 한 손을 뻗어 단랑의 어깨를 덥석 움켜잡았다.

“으윽.”

단랑은 어깨가 바스러지는 듯한 고통을 느끼면서 양궁표를 쳐다보았다.

그의 얼굴은 무섭게 일그러졌고, 눈빛은 강렬했다. 철문을 두드리지 말라는 무언의 경고였다.

그제야 단랑은 깨달았다. 만약 안에 있는 설무검이 운공을 하고 있는 중이라면 자신이 철문을 세게 두드리는 것 때문에 잘못될 수도 있다는 사실을.

그녀는 잔뜩 겁먹은 표정으로 염탕과 오장보를 번갈아 쳐다보았다.

지금껏 단랑을 비롯한 염탕과 오장보 역시 돌아가면서 철문을 두드리며 큰 소리로 외쳤던 것이다.

염탕은 양궁표가 단랑을 제지하는 순간 자신이 깜빡했다는 사실을 깨달았지만, 오장보는 그렇지 못했다.

심지어 그는 양궁표가 단랑의 어깨를 움켜잡고 있는 중에도 살집 오른 두툼한 주먹으로 철문을 두드리고 있었다. 여태까지 무수히 그랬던 것처럼.

쾅쾅쾅!

“철검사! 당장 문을 열지 않으면 부수겠다!”

"그만두시오!"

양궁표가 소리쳤지만 오장보는 들은 체도 하지 않고 계속 두드렸다.

콱!

"그만두지 않으면 목뼈를 부러뜨려 버리겠다!"

결국 양궁표는 손을 뻗어 오장보의 목을 거세게 움켜잡으면서 험악하게 윽박지르기에 이르렀다. 그의 두 눈에서 시퍼런 살기가 뿜어졌다.

설무검을 위해서라면 이따위 돼지 같은 놈은 천 명, 만 명도 죽일 수 있는 양궁표였다.

목이 졸려 숨을 쉬지 못하는 오장보의 얼굴이 썩은 돼지의 간 색으로 변했다.

양궁표의 손속이 너무 빨랐으므로 반호는 미처 대응하지 못했다.

창!

"물러서라!"

순간 반호가 우렁차게 외치면서 수중의 도를 뽑는 것과 동시에 양궁표를 베어갔다.

몽고 고원의 맹호다운 위맹한 발도였다.

그러나 그는 뜻을 이루지 못했다.

그보다 빨리 염탕의 도와 단랑의 단창이 거의 동시에 반호의 목을 찌를 듯이 겨누었기 때문이다.

여간해서는 놀라지 않는 반호의 얼굴에 약간의 놀라움이 잔물결처럼 번졌다.

단랑과 염탕이 반호를 위협한다는 것은 자신들의 생사를 도외시한다는 뜻이다.

반호는 그들 두 사람이 양궁표, 아니, 설무검을 위해서 기꺼이 목숨을 내놓고 있다는 사실에 적잖이 놀랐다.

그것은 평소에 반호가 전혀 감지하지 못했던 일이다. 염탕도, 단랑도 설무검에게 살심을 품고 있을지언정 손톱만큼도 호의적이지 않다고만 여겼던 것이다.

그렇게 연공실 입구 앞에서는 놀랍고도 이상한 상황이 벌어지고 있었다.

양궁표는 오장보의 목을 움켜잡은 채 당장이라도 죽일 듯한 기세였으며, 반호는 양궁표를 향해 도를 뻗다가 중도에 멈춘 채였고, 반호의 좌우에서는 염탕과 단랑이 각각 도와 단창으로 그의 목을 겨누고 있었다.

팽팽한 긴장과 고요. 정지 상태가 이어졌다.

"군총교독을 놔줘라!"

그때 반호의 나직한 외침이 그것들을 깼다.

양궁표가 퍼뜩 정신을 차리고 오장보를 바라보자 그는 눈이 까뒤집혀서 흰자위만 남았으며, 얼굴은 홍시처럼 새빨갛게 변해 있었다.

쿵!

양궁표가 손을 놓자 오장보는 그대로 무너지듯 바닥에 쓰러졌다.

죽었는지 꼼짝도 하지 않은 채 사지가 뻣뻣했고, 사타구니가 젖은 것으로 미루어 오줌을 싼 듯했다.

반호는 안색이 급변하여 오장보에게 달려들었다.

"군총교독님!"

그는 단창과 도가 자신의 목을 찌르듯이 겨누고 있다는 사실마저도 잊어버린 듯했다.

만약 단랑과 염탕이 재빨리 무기를 거두지 않았으면 반호는 목이 뚫리고 잘려서 즉사했을 것이다.

반호는 오장보의 심장에 귀를 대고 잠시 심박동을 확인하는가 싶더니, 게거품을 줄줄 토하고 있는 오장보의 입을 닦지도 않은 채 자신의 입을 밀착시키고 인공호흡을 했다. 이어서 가슴을 압박하며 인공호흡을 번갈아 시도했다.

그즈음 어느새 몰려온 군사 삼십여 명이 양궁표와 단랑, 염탕을 겹겹이 포위한 채 무기를 겨누고 있었다.

하지만 정작 당사자들은 그런 것에는 신경조차 쓰지 않고 묵묵히 반호의 행동을 지켜보았다.

"우웩!"

순간 오장보가 입에서 더러운 오물을 분수처럼 토하면서 번쩍 눈을 떴다.

"호야……."

그는 눈을 껌뻑거리다가 자신의 머리맡에 앉아서 잔뜩 걱정스러운 표정을 지으며 굽어보고 있는 반호를 발견하고는 중얼거렸다.

"괜찮으십니까?"

"으으… 저… 저놈을 죽여라, 호야……."

오장보는 겁먹은 표정 반, 분노하는 표정 반으로 양궁표를 가리켰다. 그것은 명령이 아니라 애원에 가까웠다.

"우선 거처로 모실 테니 쉬도록 하십시오."

반호는 오장보를 부축해서 일으켰다.

"이놈아! 내 말을 못 들었느냐? 지금 당장 저놈을 죽이라는 말이다!"

그러나 반호는 듣지 못한 듯 묵묵히 오장보를 부축해서 일으켰다.

그는 양궁표가 얼마나 강한지 정확하게는 모르지만 어렴풋이나마 추측하고 있었다.

그러므로 섣불리 그를 죽이려 들다가는 크게 낭패를 당할 수도 있었다.

그래서 반호는 일단 오장보를 안전한 곳으로 피신시킨 후에 이 일을 처리할 계획이었다.

그것은 결코 자신의 목숨이 아까워서가 아니라 오장보를 보호하려는 것이었다.

그것을 양궁표와 염탕, 단랑이 눈치 챘다.

하지만 미동도 하지 않았다. 그러기에는 그들 세 사람의 심장은 지나칠 만큼 튼튼했다.

까짓 것, 죽으면 죽는 것이다. 인간이 태어나 한 번 죽지 두 번 죽겠느냐? 라는 표정들이었다.

철컹!

그긍!

그때 영원히 열릴 것 같지 않던 설무검의 연공실 철문이 묵직한 소리를 내며 열렸다.

그리고 활짝 열린 철문 안쪽에 설무검이 우뚝 서 있었다.

"형님!"

"철검사!"

양궁표와 단랑, 염탕이 설무검을 보며 동시에 외쳤다.

세 사람의 얼굴에는 설무검이 아무 탈 없이 버젓이 나와준 것을 너무도 기뻐하는 표정이 역력했다.

그러나 설무검의 얼굴은 꼴이 말이 아니었다.

눈이 퀭했으며, 양 뺨은 움푹 들어간 모습이었다. 마치 심하게 중병을 앓고 난 듯했다.

"철검사!"

오장보는 반호의 부축을 받으며 거처로 가려다가 설무검을 발견하고는 방금 전의 죽을 고비나 양궁표를 죽이라고 악쓰던 일은 까맣게 잊어버린 듯 반가운 표정으로 외치며 뒤뚱 뒤뚱 달려왔다.

그는 두툼한 손으로 설무검의 손을 덥석 잡았다.

"별일 없는 거지?"

그의 표정과 눈빛에는 진한 염려와 안도가 가득했다. 그것은 결코 무투계에서 가장 혹독한 주인이라고 정평이 나 있는 오장보의 모습이 아니었다.

고선과 우평이 설무검을 사러 왔을 때 오장보는 사면초가에 처해서 정말 난감했다.

그는 무슨 일이 있어도 철검사라는 큰 즐거움을 잃고 싶지 않았다.

그때까지만 해도 그는 무투사들에게 매정하고 혹독한 주인이었다.

그런데 설무검이 고선과 우평 앞에서 가지 않겠다는 자신의 의사를 분명하게 밝혔다.

그 덕분에 오장보는 일구이언하는 소인배가 되지 않아도 됐고, 큰 즐거움을 잃지 않아도 되었다.

그때는 골치 아픈 일이 잘 해결돼서 다행이라고, 단지 그것뿐이라고만 여겼다.

그러나 그날 이후 오장보는 설무검을 달리 보게 되었다.

무투사가 아닌, 한 인간으로 보기 시작한 것이다.

그런 것은 누가 시켜서 되는 일이 아니다. 마음이 그렇게 하라고 등을 떠밀어야만 가능하다.

그렇게 주인과 무투사가 아닌 인간과 인간의 유대감(紐帶

感)이 형성된 것이다.

"나는 괜찮소."

설무검이 평소와 다름이 없는 무심한 표정으로 오장보를 굽어보며 입을 열었다.

쾡한 모습이라 그의 무심함은 평소보다 더 오싹한 느낌이 들게 했다.

"헛헛헛! 다행이야!"

오장보는 껄껄 웃으며 설무검의 어깨를 두드렸다.

슥ㅡ

설무검은 몸을 돌려 걸음을 옮겼다.

"어딜 가는 건가?"

오장보가 의아한 얼굴로 물었다.

설무검의 대답은 짧았다.

"밥 먹으러."

"어? 어… 그렇군! 이런, 맙소사! 닷새나 굶었으니 배도 고플 거야! 여봐라! 지금 당장 주방에 연락해서 근사한 요리상을 차리라고 일러라!"

오장보는 누구에게랄 것 없이 큰 소리로 외쳤다.

설무검은 성큼성큼 걸어가며 나직이 말했다.

"너희들도 가자."

'너'라고 했으면 양궁표 한 사람을 뜻하겠지만, '너희들'이라고 했으니 단랑과 염탕까지 포함하는 것이다.

양궁표가 단랑과 염탕에게 눈짓을 보낸 후 걸음을 옮기자 두 사람은 거리낌없이 뒤를 따랐다.

군사들이 어떻게 할지 명령을 바라고 반호를 쳐다보자 그는 슬쩍 손을 들어 물러나라는 손짓을 해 보였다.

설무검이 앞장서고 양궁표와 단랑, 염탕이 뒤를 따르며 식당으로 향했다.

특히 단랑과 염탕은 보란 듯이 두 팔을 힘차게 휘두르며 씩씩하게 걸었다.

반호가 슬쩍 오장보를 쳐다보니 그는 걸어가는 설무검을 보면서 흐뭇한 표정을 짓고 있었다.

오장보는 분명히 변했다.

第二十一章
정녕코 약자로 살지 않으리라!

양궁표는 설무검이 지난 닷새 동안 무엇을 했기에 이 지경이 됐느냐고 묻지 않았다.

평소에도 양궁표는 설무검이 입을 열지 않는 한 무언가를 먼저 묻는 경우가 일체 없었다.

그러나 이번 일은 대충 짐작할 수 있었다.

설무검은 비록 닷새나 굶어서 눈과 양 뺨이 움푹 꺼졌지만, 전에 없이 표정이 밝아 보였다.

아니, 그의 절대무심은 여전히 변함이 없었다.

다만 닷새 전과는 달리 얼굴에서 은은한 빛이 감돌았으며, 깊이 가라앉은 눈빛 역시 잔잔하게 일렁이고 있었다.

그래서 양궁표는 설무검이 지난 닷새 동안 놀라운 진전이 있었다는 사실을 짐작할 수 있었다.

양궁표는 설무검이 은연자중 침묵 속에서 차근차근 준비를 하고 있다는 사실을 알고 있다.

비록 설무검이 자신의 신분이나 장차 무엇을 할 것인지에 대해서는 한마디도 언급한 적이 없지만 양궁표는 어렴풋이나마 느낄 수가 있었다.

그것은 바람 같은 것이다. 바람은 눈에 보이지 않아도 몸으로 느낄 수 있다.

양궁표가 처음에 느낀 바람은 미풍이었지만, 지금은 많이 거세져 있었다.

그 바람이 강풍이 되고 태풍이 되는 날, 비로소 설무검은 움직일 것이다.

그때가 되면 양궁표는 설무검의 오른편에서 우익(右翼)을 맡게 될 터이다.

설무검이 복수의 피바람을 일으키든, 절대자의 위용을 되찾든, 아니면 절망의 나락으로 떨어지든, 그 옆에는 언제나 그림자처럼 양궁표가 함께 있을 것이다.

"철검사."

식사를 마치고 자신의 연공실로 돌아가려던 설무검을 반호가 불렀다.

　식당에서 연공실로 향하는 길목에 장승처럼 우뚝 서 있는
것으로 봐선 설무검을 기다리고 있었던 것 같다.

　설무검은 그가 무엇 때문에 찾아왔는지 짐작했다. 그 일이
아니면 굳이 반호가 자신을 찾을 일이 없었다.

　"찾았는데, 확인해 보겠나?"

　반호의 뜬금없는 말에 설무검이 가볍게 고개를 끄덕이자
반호는 몸을 돌려 자신의 집무실 쪽으로 앞장섰다.

　서너 달 전에 설무검은 반호에게 한 가지 일을 부탁했다.
아니, 요구라고 해야 옳았다.

　양궁표의 가족을 찾아달라는 것이었다.

　오장보의 명령을 받은 반호가 흑풍채를 급습하여 산적의
가족들을 나포해 와서 노예상에게 팔았으니, 양궁표 가족을
찾아달라는 것은 부탁이 아니라 정당한 요구인 것이다.

　두 사내는 걸어가면서 한마디도 하지 않았다.

　과묵하기로는 설무검이나 반호나 막상막하였다.

　반호의 키는 설무검에 비해서 두 치 정도밖에 작지 않으니
꽤 큰 편이었다.

　더구나 잘 발달된 상체는 멋들어진 역삼각형이었다. 곰처
럼 단단하고 넓은 어깨에 굵은 허리를 지닌 강철 같은 몸을
지녔다.

　또한 한 올의 흐트러짐도 없는 절도있는 걸음걸이와 반듯
한 행동거지, 그리고 대리석을 깎은 듯 깔끔한 표정을 지녔다.

“그들을 데리고 와라.”

반호는 자신의 집무실로 들어서면서 입구에 서 있던 수하에게 명령했다.

일개 현의 치안을 담당하는 군위교의 집무실치고는 초라할 정도로 평범했다.

책상 하나와 한쪽 벽면을 차지한 서가, 그리고 탁자와 두 개의 의자가 전부였다.

반호는 설무검에게 앉으라고도 하지 않고 자신의 책상 쪽으로 걸어갔다.

의자 앞에 꼿꼿하게 섰다가 허리를 약간 굽히며 의자를 자신의 엉덩이 아래로 끌어당겨서 앉는, 의자에 앉는 동작 하나조차도 절도있고 경망스럽지 않았다.

설무검은 의자에 앉지 않고 탁자 옆에 우뚝 선 채 실내의 맞은편을 쳐다보았다. 그는 어딜 가나 이리저리 두리번거리지 않는다.

맞은편의 한쪽 벽면은 온통 서가가 차지하고 있었으며, 서가에는 수백 권의 경서(經書)들과 무경칠서(武經七書) 같은 병법서, 태극도설이나 음양오행, 주역 등의 전문 서책들로 꽉 들어차 있었다.

서책들이 한 권, 한 권이 모두 너덜너덜하고 잔뜩 손때가 묻은 것으로 미루어 장식용이 아니라 줄기차게 읽은 흔적이 역력했다.

설무검은 반호를 쳐다보았다. 그는 흐트러지지 않은 자세로 보고서 같은 것을 작성하고 있었다.

"몇 살인가?"

"서른."

설무검이 불쑥 물었는 데도 반호는 고개조차 들지 않은 채 짤막하게 대꾸했다.

대부분의 보통 사람들 같으면 하던 일을 잠시 중단하고 말을 건 상대를 쳐다보며 나이에 대해서 몇 마디 너스레라도 떨었을 터이다.

그리 보면 반호는 예의가 없는 것 같았다.

"내 사람이 되지 않겠나?"

설무검은 또 불쑥 물었다. 더구나 이번에는 눈이 휘둥그레질 만큼 충격적인 말이었다.

이번만큼은 반호도 대수롭지 않게 넘기지 못했다. 글을 쓰던 동작이 뚝 멈추고, 얼굴이 흠칫 굳어졌다.

탁.

그는 붓을 벼루에 내려놓고 서두름없이 천천히 설무검에게 시선을 던졌다.

평소와 다름없는 돌처럼 굳은 표정이었다. 그러나 눈빛이 강렬하게 이글거리고 있었다.

설무검은 그 눈빛이 가볍게 흔들리는 것을 발견했다.

갈등, 그리고 착잡함이었다.

"오장보 때문인가?"

반호가 거절의 뜻으로 막 고개를 절레절레 흔들려고 할 때 그보다 먼저 설무검이 물었다.

반호는 침묵으로 설무검의 물음을 시인했다.

그의 눈 속에 담겨 있던 갈등이 얼굴 표정으로 스며 나오면서 옅은 아쉬움으로 바뀌었다.

반호의 침묵. 그러나 그것 역시 시인이다.

반호에게 있어서 오장보는 어버이 같은 존재였다. 비록 오장보가 그를 수하로, 때로는 종처럼 부려먹어도 그 사실만큼은 변함이 없다.

만약 오장보가 거두지 않았다면, 거지 소년이었던 반호는 엄동설한에 거리를 헤매다가 십중팔구 얼어 죽거나 굶어 죽었을 것이다.

친부모만 자식에게 생명을 주는 것이 아니다. 가끔은 타인이 새 생명을 주기도 하는데, 그것은 친부모의 경우보다 더 각별하고 애틋한 그 무엇을 생성시키는 법이다.

그런데 한 가지 이상한 일이 있다.

일개 노예 무투사인 설무검이 자신을 부리는 최고 책임자인 군위교에게 내 사람이 되지 않겠느냐고, 상식적으로는 도저히 납득하기 어려운 제의를 했는 데도 반호는 추호도 화를 내거나 어이없어 하지 않았다.

비상식적인 물음에 비상식적인 대응이었다.

그뿐만 아니라, 오히려 설무검의 사람이 되고 싶은 뜻은 있으나 오장보 때문에 그러지 못한다는 식의 반응을 보였다.

만약 보통 사람들이 이 광경을 목격했다면 도저히 이해하지 못할 터이다.

그러나 원래 비범과 비범끼리는 통하는 법이다.

지난 일 년여 동안 설무검은 반호를 지켜보았고, 반호는 설무검보다 더 관심 깊게 그를 지켜보았다.

양궁표도, 고선도, 그리고 만화루주인 보화마저도 알아보는 설무검의 특출한 기도를 반호 같은 인물이 알아보지 못할 리가 없다.

석 달 전, 철검사를 사러 온 상단 '다물' 의 고선과 우평의 면전에서 설무검이 일언지하에 가지 않겠다고 거절했을 때, 반호는 오랜 관찰을 끝내고 그에 대한 결론을 내렸다.

설무검은 한 마리 대붕(大鵬)이었다.

그 대붕이 날개를 다쳐서 지금은 잠시 땅에 내려앉아 있지만, 언젠가는 거대한 날개를 활짝 펴고 비상(飛上)할 것이라고 생각했다.

사람이라면 누구에게나 천하를 질타하거나 명성을 드높이거나 혹은 어떤 방면에서 최고가 되고 싶다는 욕망을 품고 있기 마련이다.

하물며 반호 같은 출중한 기개의 사나이가 그런 욕망이 없다는 것은 어불성설이다.

반호라는 사내에게 경붕현은 너무 좁았다. 그는 언제부터인가 이곳을 작은 항아리 속이라고 여겼다.

항아리 속은 너무 답답해서 숨이 막히고, 금방이라도 심장이 터져 버릴 것만 같았다.

그렇지만 그에게는 구체적인 욕망이 없다.

그저 이 좁아터진 항아리 속에서 벗어나 창천을 훨훨 날아다니고 싶을 뿐이다.

그런 그에게 설무검이 방금 '내 사람이 되지 않겠느냐' 라고 한 제의는 가뭄의 단비, 아니, 목이 말라서 죽어가는 자의 입에 물병을 대어주는 것이나 같았다.

그러나 반호는 그것을 거절할 수밖에 없었다.

욕망보다는 은혜가 더 크기 때문이다.

그의 그런 점을 알아보았기에 설무검은 반호 같은 인물이 더 필요했다.

"오장보는 내가 처리하겠네."

설무검의 조용한 말이 잠시의 침묵을 깨자 반호는 움찔 가볍게 몸을 떨었다.

"그를 죽이는 것은 내가 용서하지 않겠다."

여태까지와는 달리 반호는 지그시 어금니를 악물고 설무검을 쏘아보며 중얼거렸다.

설무검 입가에 흐릿한 미소가 걸렸다.

“그를 죽이는 것도 방법 중에 하나라는 것을 부인하지는 않겠네.”

반호는 복잡한 표정으로 설무검을 쳐다보았다.

대붕이 조용히 말을 이었다.

“나 역시 그가 선택하는 술잔이 경주(慶酒)이길 바라네.”

설무검이 무언가를 제시했을 때 오장보가 벌주(罰酒)를 선택하면 죽일 수도 있다는 뜻이었다.

오장보가 죽으면 반호는 자유로워진다. 단, 죽을 때까지 자신을 기만해야만 가능하다는 단서가 붙는다.

설무검은 서가에 시선을 던지며 결론을 내리듯 말했다.

“내게 맡기게.”

지금의 반호로서는 설무검에게 맡길 수밖에 없었다. 아니, 맡기고 싶었다.

그러나 항아리 속에서 뛰쳐나가고 싶다는 갈망과 오장보를 다치게 해서는 안 된다는 갈등이 그의 심중에서 회오리바람을 일으켰다.

척!

그때 문이 열리고 명령을 받은 군사가 들어왔다.

“데리고 왔습니다.”

군사의 등장은 반호에게는 작은 구원 같았다.

설무검이 고개를 돌리니 반쯤 열린 방문 밖으로 남루한 옷을 입은 남녀가 얼핏 보였다.

여자는 삼십 세 전후의 나이에 거지 꼴보다 조금 나아 보이는 남루한 행색이고, 남자는 이제 겨우 대여섯 살의 남자아이로 행색은 여자와 비슷했으며, 두 사람은 일견하기에도 모자지간인 듯했다.

다름 아닌 양궁표의 아내 하정과 아들 양현(梁賢)이었다.

반호가 생포해 온 산적 가족들은 항상 같은 노예 상인에게 팔렸다.

산적 소굴을 소탕하고 돌아온 다음날이면 어김없이 그 노예 상인이 경붕현 군총으로 찾아왔다.

그자는 작은 창문 하나 없이 사방이 완전히 밀폐된 여러 대의 마차를 끌고 한밤중에 은밀하게 군총 뒷문으로 들어왔다가 잠시 후에 소리없이 빠져나간다.

그 마차에 생포해 온 여자와 어린아이들이 실려 있는 것은 두말하면 잔소리다.

노예 상인은 오장보로부터 시세의 절반 가격에 산적 가족들을 사들여 왔다.

그들을 경붕현에서 최소한 오천여 리 이상 멀리 떨어진 지역으로 데리고 가서 처분을 해야만 하는 수고가 뒤따르기 때문이었다.

또한 그랬기 때문에 아직까지도 오장보의 만행이 발각되지 않은 것이다.

경붕현 군총을 떠난 산적의 가족들은 오천 리 이상 벗어난 지역에서 최초 노예 상인 손에 넘어간 이후에도 최소한 두세 번 이상 다른 노예 상인 손을 거쳤다가 최종적으로 수요자에게 팔리는 과정을 밟는다.

그러니 반호가 하정과 양현 모자를 찾아오기 위해서 얼마나 많은 노력을 쏟았을지는 미루어 짐작할 수 있을 터이다.

하정은 잔뜩 겁에 질린 표정으로 자신의 치마폭에 아들 양현을 감싼 채 고개를 푹 숙이고 있었다.

지난 일 년여 동안의 노예 생활은 말로 설명하기 어려울 정도로 혹독했다.

지금 그녀가 감히 고개조차 들지 못하고 겁에 질려 있는 모습이 그 작은 증거이다.

노예들은 많은 것들을 하지 못하는데, 고개를 들어 사람을 쳐다보면 안 된다는 것도 그중 하나다.

목화밭에서 일하고 있던 중에 영문도 모르는 채 수천 리 길을 끌려온 하정은 이곳이 어딘지도 모르고 있었다.

그저 어렴풋이 자신들 모자가 또 다른 곳에 팔려온 것이라고만 여기고 있을 뿐이었다.

"제수씨."

그때 하정의 앞에서 조용한 목소리가 들려왔다.

하정은 처음에는 그것이 자신을 부르는 호칭일 것이라고는 추호도 생각하지 못했다.

그런데 귓전에 맴도는 그 목소리의 여운을 가만히 반추해

보니 귀에 익은 듯했다.

굵으면서도 나지막한, 그러면서도 온화함과 염려가 깔려 있는 목소리였다.

하정은 알지 못하는 그 무엇인가에 이끌리듯 고개를 들고 앞을 바라보았다.

"……."

그녀는 자신의 앞에 서 있는 키가 몹시 크고 강퍅한 인상의 사내를 꿈을 꾸듯 몽연한 표정으로 바라보았다.

왼쪽 뺨에 새겨진 두 치 길이의 가느다란 흉터가 유난히 눈에 띄는 사내였다.

그 사내의 입가에 부드러운 미소가 머금어졌다.

"제수씨, 그동안 고생 많았소."

하정의 동공이 확장되면서 두 눈이 한없이 커졌다.

그녀의 까만 동공에 설무검의 모습이 일렁였다.

"흐윽!"

눈물이나 떨림보다도 먼저 하정의 입에서 격한 흐느낌이 터져 나왔다.

"으흐흑! 나리!"

다음 순간 하정이 울음을 터뜨리면서 설무검의 품으로 몸을 던졌다.

나는 궁표의 형이니 아주버니라 부르라고 설무검이 몇 번인가 얘기했지만, 한사코 '나리'라고 불렀던 하정이다.

키가 겨우 설무검의 가슴에 이를 정도로 너무도 작고 가녀리기만 한 그녀는 설무검의 품에 안겨 격렬하게 몸부림치면서 하염없이 울기만 했다.

남편을 진심으로 사랑하는 여자는 노예가 된 것보다는 남편을 잃었다는 사실에 더 슬퍼한다.

지금 하정은 자신이 지옥의 불구덩이 속에서 구원받았다는 기쁨에 앞서 남편의 의형인 설무검을 보고 남편이 생각난 것이다. 그가 너무도 사무치게 그리운 것이다.

경붕현 토벌대가 흑풍채를 급습했던 날에 하정과 아들 양현, 그리고 시누이 양연화는 염탕의 거처 지하 뇌옥에 갇혀 있다가 토벌대에게 생포되어 포박당하고, 그 즉시 눈이 가려진 채 끌려갔다.

그리고 나중에 산적 가족들이 갇혀 있던 곳에서 들은 소문에 의하면, 흑풍채의 사내들은 단 한 명도 살아남지 못했다는 것이다.

그래서 그녀는 방금 전 설무검을 만나기 전까지는 설무검 역시 남편과 함께 죽었을 것이라고만 철석같이 믿었다.

그런데 설무검은 살아 있었다. 하정은 그가 혼자만 살아남은 것이라고 여겼다. 그래서 그것이 또 야속해서 걷잡을 수 없이 눈물이 쏟아졌다.

남편은 죽고 없는데, 생사를 함께하자고 맹세했던 의형은 버젓이 살아 있는 것이다.

남편의 의형이라도 살아 있음을 기뻐해야 마땅한 데도 그녀의 속마음은 그렇지가 않았다.

설무검이 야속하고 또 야속했다. 아니, 아무리 발버둥을 쳐도 끝끝내 헤어나지 못하는, 밑바닥 없는 수렁 같은 이 더러운 운명이 너무도 미웠다.

"큰… 아빠예요?"

바로 그때 이제 다섯 살배기가 된 양궁표의 어린 아들 양현이 그제야 설무검을 알아보는 듯 쭈뼛거리면서 겁먹은 얼굴로 다가들었다.

"오냐! 소현(小賢)이로구나!"

설무검이 환하게 웃으며 양현에게 한 팔을 뻗었다.

"으앙! 큰아빠!"

그제야 양현은 커다란 울음을 터뜨리면서 설무검에게 달려들었다.

설무검은 한 팔로 양현을 번쩍 안아 들어 품에 안았다.

"흑흑흑!"

"으아앙! 큰아빠!"

하정과 양현 모자는 설무검의 너른 가슴에 안긴 채 울음을 그칠 줄 몰랐다.

내버려 두면 한정없이 울 것 같았다. 그만큼 설움과 고통이 컸기 때문이다.

설무검은 하정의 등을 토닥였다.

“제수씨, 이제 그만 우시오.”

그러나 하정은 두 팔로 설무검의 허리를 꼭 끌어안은 채 더욱 몸부림치면서 울었다.

마치 그를 놓치면 다시는 만나지 못할 것처럼, 이것이 꿈이라면 절대 꿈에서 깨어나고 싶지 않다는 몸부림이었다.

반호는 방문 밖에 나와 한옆에 서서 그 광경을 묵묵히 지켜보고 있었다.

그의 입가에 보일 듯 말 듯 훈훈한 미소가 떠올라 있는 것은 착각이었을까.

설무검은 하정까지도 번쩍 안아 들었다.

하정이 깜짝 놀라 두 팔로 그의 목을 끌어안았다.

하정은 보기보다 너무도 가벼웠다. 설무검이 두 사람을 안았지만 채 한 사람 무게에도 미치지 못했다.

설무검이 걸음을 옮기자 그의 오른 팔뚝에 올라앉은 하정과 왼 팔뚝에 앉은 양현이 화들짝 놀라 그의 목을 더욱 세게 끌어안았다.

“와아! 큰아빠, 힘 무지 세다!”

어린 양현은 금세 신이 나서 환호성을 질렀다.

“큰아빠! 우리 이제 노예 안 해도 돼?”

흑풍채 산채에 있을 때에도 양현에게 설무검은 하늘이었고, 거대한 산이었으며, 전지전능이었다.

양현은 이제 큰아빠를 만났으니 모든 것이 달라질 것이라고 어린아이다운 판단을 했다.

그래서 이럴 때에는 울기만 하는 하정보다 어린 아들이 더 나았다.

"그렇단다."

"무서운 사람들이 울 엄마를 때리면 큰아빠가 그 사람들을 혼내줄 거지?"

"물론이지."

양현의 목소리가 조금 작아졌다.

"밥도… 많이 먹을 수 있어?"

"매일 맛있는 요리를 먹게 해주마."

"야아! 큰아빠, 최고야!"

아들의 어리광 덕분에 하정은 웬만큼 슬픔에서 헤어났다. 그래도 그녀는 설무검의 목을 힘주어 안고 있는 두 팔에서 힘을 빼지 않았다.

설무검을 놓는 순간 다시 악몽 같은 노예 생활로 추락할 것만 같았다.

그녀는 아직도 울음기가 남은 목소리를 설무검의 귓전에 토해냈다.

"나리, 어딜 가시는 건가요?"

뚝!

설무검은 걸음을 멈추고 눈물 콧물범벅인 하정을 쳐다보며 짐짓 엄한 표정을 지었다.

"아주버니라고 부르지 않으면 제수씨를 궁표에게 데려가지 않겠소."

"……."

"어서 불러보시오."

"……."

하정은 금방이라도 숨이 끊어질 것 같은 해쓱한 얼굴이 되었다. 입을 크게 벌렸는데 너무 놀라서 기도가 막혔는지 숨을 쉬지 못했다.

"그이가……."

하정은 한참 만에야 작은 몸을 바르르 떨면서 간신히 입을 열었지만 말을 잇지 못했다.

설무검은 미소 지으며 고개를 끄덕였다.

"궁표는 잘 있소."

하정은 또 아무런 말도 못했다. 그러나 경악하던 얼굴이 점차 기쁨으로 물들었다.

"으흐흐흑!"

그녀는 또 설무검의 뺨에 자신의 얼굴을 부비며 울음을 터뜨리고 말았다.

"고마워요! 정말 고마워요… 아주버님……! 흐흐흑!"

'아주버님' 소리를 들은 설무검은 다시 걸음을 옮기며 빙그레 미소 지었다.

"자! 이제부터 우리는 궁표를 좀 놀라게 해줍시다."

그는 멀찌감치 따라오고 있는 반호를 돌아보지도 않은 채
불렀다.

"호, 자네가 좀 도와줘야겠네!"

반호는 설무검이 자신의 이름을 서슴없이 불렀다는 사실
에 움찔 표정이 변했다.

그러나 그는 그 표정을 지우면서 즉시 빠른 걸음으로 설무
검에게 다가오며 물었다.

"내가 무얼 하면 되겠나?"

양궁표는 물속에서 방금 나온 것처럼 온몸이 땀에 흠뻑 젖
은 상태였지만, 또다시 발검을 했다.

쐐애액!

팍! 팍!

고막뿐만 아니라 심장까지도 갈가리 찢을 듯한 날카로운
파공성에 이어 둔탁한 소리가 연공실 안을 울렸다.

"헉헉……."

양궁표는 거친 숨을 몰아쉬며 석상을 향해 다가갔다. 방금
까지 무려 삼십여 회나 전광류를 전개했으니 지쳐서 쓰러지
지 않은 것이 이상할 정도였다.

석상은 무수한 전광류에 적중되어 원래 모습은 간곳없고,
그저 하나의 형편없는 돌덩어리로 변해 있었다.

더구나 전체에 수많은 크고 작은 구멍들이 뚫렸고 여기저

기 떨어져 나간 상태였다.

하지만 양궁표는 방금 자신이 발출한 검풍이 어디에 적중됐는지 금세 찾아냈다.

두 개의 구멍은 석상의 목 부위에 세로로 한 뼘의 간격을 두고 적중된 상태였는데, 둘 다 호두알 크기에 네 치 깊이로 균일했다.

지금의 그는 비단 칠대혈 중에서 한 곳만으로 공력을 뿜어 전광류를 발출하는 단계를 뛰어넘어, 두 개의 대혈에서 두 줄기의 공력으로 나누어서 뿜어내 한 번 발검에 두 개의 검풍을 전개할 수 있는 경지에 이르렀다.

한 번 발검에 세 줄기 검풍을 발출하는 것은 그로서는 아직 무리였다. 하지만 앞으로 부지런히 노력하면 가능할 것이라고 여겼다.

"후우……."

양궁표는 긴 한숨을 내쉬면서 만족한 미소를 지었다.

그가 전광류를 발출한 곳에서 석상까지의 거리는 일 장 반.

최초에는 일 장 거리였으며 적중된 흔적이 미미했다는 것을 상기하면 놀랄 만한 발전이었다.

"다음에는 검기를 발출해야지."

양궁표는 등 뒤에서 느닷없이 설무검의 목소리가 들려오자 가볍게 놀라 급히 뒤돌아 공손히 허리를 굽히고 나서 겸연쩍은 미소를 지었다.

“소제에게 그럴 만한 능력이 있겠습니까?”

“더 노력하게.”

“알겠습니다.”

설무검이 입구 쪽으로 몸을 돌렸다.

“술이나 한잔할까?”

“……”

양궁표는 설무검의 뒤를 따르면서 걷다가 적이 놀라는 표정을 지었다.

그를 만난 지 이 년여가 되어가고 있지만 지금껏 설무검이 먼저 술을 마시자고 한 적은 한 번도 없었다.

이윽고 설무검는 자신의 숙소가 아닌 양궁표의 숙소 쪽으로 걸음을 옮겼다.

그런데 양궁표는 자신의 숙소에 들어서다가 적잖이 놀랐다. 탁자 둘레에 단랑과 염탕이 마치 제집인 양 버젓이 앉아 있지 않은가?

그들 두 사람은 이곳에 기거한 지 일 년하고도 한 달이 넘었지만 양궁표의 방에 들어와 보기는 처음이었다.

그러나 둘 다 염치가 없는 것으로는 우열을 가리기 힘든 사람들이라 마치 제집인 양 편안하게 앉아 있다가 설무검이 들어서자 약속이나 한 듯이 벌떡 일어섰다.

그것 하나만 보더라도 그들에게 설무검이 정신적인 지주임에는 틀림이 없었다.

탁자 둘레에 모두 둘러앉았지만 양궁표는 여전히 이해하기 힘들다는 표정이었다.

필경 이런 자리는 설무검이 마련했을 것이다. 그것도 이해하기 힘들지만, 양궁표 자신의 양쪽 의자와 설무검 옆 의자가 비어 있다는 것도 이해할 수 없는 일이었다.

그것은 누군가 올 사람이 더 있다는 뜻이었다. 하지만 그 의문은 곧 풀렸다.

방문이 벌컥 열리면서 난데없이 반호가 들어선 것이다.

"뭐야, 너는?"

"여기가 어디라고!"

단랑과 염탕은 약속이나 한 듯 동시에 튕기듯 벌떡 일어나며 잡아먹을 것처럼 소리쳤다.

두 사람에게 반호는 더 이상 두려움의 대상인 군위교가 아닌 듯했다.

과연 설무검이 없어도 그럴 수 있을까마는.

"이리 앉게."

설무검이 비어 있는 자신의 옆자리를 가리켰다.

"어딜? 여기 앉어!"

순간 단랑이 발끈해서 소리치며 자신이 그 자리에 앉고 대신 반호에게는 자신이 앉았던 자리를 가리켰다.

반호는 필경 설무검이 불렀거나 그를 보러 왔을 것이다.

과연 설무검이 주제하는 일치고 이상하지 않고 놀랍지 않은 일이 어디에 있겠는가.

반호는 세 사람의 따가운 눈총을 받으면서도 꿋꿋하게 자리를 지키며 앉아 있었다.

문득 설무검은 반호가 무릎에 얹고 두 손으로 꼭 잡고 있는 작은 항아리를 가리켰다.

"그건 뭔가?"

"술."

이번에도 역시 반호의 대답은 간단했다. 그는 술병을 탁자에 올려놓았다.

뽕!

단랑이 잽싸게 병마개를 뽑고 코를 벌름거리면서 주향을 맡더니 자신도 모르게 감탄을 터뜨렸다.

"캬아! 기막힌 향기로구나! 정말 제대로 익은 백화청엽주(百花靑葉酒)야!"

단랑은 술이 제일 약하면서도 꽤나 애주가라서 아주 귀한 술을 빼고는 술에 대해서 모르는 것이 없었다.

단랑은 회가 동하는지 술병을 쳐다보면서 군침을 흘리며 입맛을 다셨다.

"좋은 술이 도착했는데 도대체 안주는 어떻게 된 거야?"

그녀는 주방 쪽을 쳐다보며 외쳤다.

"형수님! 이거, 안주 기다리다가 몽당귀신 되겠수다! 아직 멀었수?"

양궁표의 입가에 빙그레 엷은 미소가 떠올랐다.

이곳에 숙소를 배정받은 후 한 번도 사용해 본 적이 없는 주방이거늘, 마치 사람이라도 있는 것처럼 너스레를 떠는 단랑의 모습이 어이가 없으면서도 귀엽게 보였다.

"다 됐어요!"

그런데 주방에서 화답이 왔다.

양궁표는 움찔했다.

더구나 주방에서 들려온 목소리는 여자였다.

그뿐이 아니었다. 너무도 귀에 익은 목소리였다.

매일 밤마다 꿈속에서나 아련하게 들었던 바로 그 목소리.

이것은 틀림없는 환청이었다. 자신의 숙소 주방에서 그 목소리가 들려올 리가 없었다.

그녀는… 어딘지도 모를 곳으로 노예로 팔려가 생사조차도 모르는 상황이 아닌가.

꿈속에서 아내와 어린 아들의 모습을 얼마나 그리워했으며, 그들의 환청에 목말라 했던가.

그런 생각을 하니 양궁표는 괜스레 울적해졌다.

문득, 그는 단랑과 염탕이 자신을 보면서 빙글빙글 웃고 있는 것을 발견했다.

그들 둘은 뭔가 알고 있는데 양궁표 자신만 모르고 있다는 듯한 미소였다.

양궁표는 설무검을 쳐다보았다.

그도 희미한 미소를 머금고 있었다. 아니, 반호마저도 보일 듯 말 듯한 미소를 짓고 있지 않은가?

'대체 무슨……?'

양궁표는 갈피를 잡을 수가 없었다. 오늘은 자신의 생일도 아니고, 특별히 기념할 만한 날도 아니다.

"이제 나가요!"

그때 이번에는 어린아이의 또랑또랑한 목소리가 들리는가 싶더니 주방에서 누군가가 나오고 있었다.

하정은 자신이 정성껏 만든 요리를 커다란 접시에 수북이 담아서 두 손으로 들었으며, 그 옆에서 양현이 요리 그릇 하나를 머리에 인 모습으로 탁자를 향해 걸어왔다.

하정은 양궁표를 발견하는 순간 걸음을 뚝 멈추었다. 온몸이 덜덜 떨렸으며 비 오듯이 눈물이 쏟아졌다.

양궁표는 하정을 보면서 그저 멀뚱하게 눈을 껌뻑거렸다. 지금 자신이 보고 있는 사람이 생시에서 보는 것이라고는 추호도 믿어지지 않았다.

이것은 필경 꿈이었다. 현실에서는 결코 이런 일이 일어날 수가 없었다.

설무검이 술을 한잔하자고 했을 때 뭔가 이상했다. 그리고 자신의 숙소에 턱하니 앉아 있던 단랑과 염탕, 게다가 군위교 반호까지 술항아리를 들고 찾아오다니…….

그것들 전부가 현실에서는 말도 안 되는 일이었다.

그래서 양궁표는 지금 자신이 꿈을 꾸고 있는 것이라고 생
각할 수밖에 없었다.

그러나 그래도 좋았다. 비록 꿈속에서나마 사랑하는 아내
와 아들의 모습을 볼 수 있다는 것은 축복이었다.

“여보……..”

꿈속인 데도 아내의 목소리가 생생하게 전해져 왔다.

가늘게 떨리면서 눈물이 뚝뚝 떨어질 것 같은 목소리였다.

제발… 이 꿈이 깨지 않기를 양궁표는 빌고 또 빌면서 아내
와 아들을 불렀다.

“정아… 소현아…….”

단랑이 하정의 손에서 요리 접시를 냉큼 집어 들었다.

“안주 떨어뜨리겠수. 형수님, 이리 주쇼!”

설무검이 일어서며 빙그레 미소 지었다.

“궁표, 뭘 하고 있나?”

양궁표는 엉거주춤 일어섰다. 꿈속에서도 설무검은 듬직
했다.

“……”

그 순간 하정이 한 마리 나비처럼 몸을 날려 양궁표의 가슴
으로 뛰어들었다.

“여보—!”

온몸으로 느껴지는 하정의 자그마한 체구.

“혀, 형님…….”

양궁표는 하정을 안아주는 대신 설무검을 쳐다보았다. 얼굴 가득 불신과 복잡함을 가득 떠올린 채.

설무검이 가볍게 고개를 끄덕였다.

"꿈이 아냐. 자네가 안고 있는 사람은 제수씨가 맞네."

부르르.

순간 양궁표는 벼락을 맞은 듯 온몸을 격하게 떨었다.

그는 자신의 가슴에 얼굴을 묻고 흐느껴 우는 하정을 우두커니 서서 굽어보았다.

이어서 그는 떨리는 두 손을 뻗어 하정의 양 뺨을 잡고 가슴에서 떼어냈다.

눈물범벅의 작고 평범한 얼굴.

결코 예쁘다고는 할 수 없는 주근깨투성이의 얼굴이 양궁표를 올려다보며 흐느끼고 있었다.

"여보! 꿈이 아니에요! 으흑흑! 아주버님께서 저희 모자를 데려오셨어요!"

"으앙—! 아빠!"

양현은 그제야 아빠를 알아보고는 머리에 이었던 요리 그릇을 내팽개치고 양궁표에게 달려들며 울음보를 터뜨렸다.

"꿈이 아니다……."

양궁표는 망연히 중얼거렸다.

양손에 만져지는 익숙한 아내의 촉감.

정겨운 아내의 내음.

어느새 훌쩍 커버린 아들 녀석의 울부짖음.

정녕 이것을 꿈이라고 해야 한다면, 매일 밤마다 꾸는 꿈이 현실일 것이다.

"정아! 소현아!"

양궁표는 비로소 목이 메여 아내와 아들을 부르며 모자를 힘주어 끌어안았다.

평생 한 번도 눈물을 보이지 않았던 그는 지금 이 순간 굵은 눈물을 뚝뚝 흘리며 맹세를 했다.

이제부터는… 정녕코 약자로 살지 않겠노라고.

第二十二章
결의형제 (結義兄弟)

양궁표는 설무검 앞에 무릎을 꿇고 큰절을 올렸다.

"형님, 감사합니다!"

하정도 양궁표의 옆에서 절을 올렸다.

설무검은 두 사람을 일으켰다.

"이제 보니 자네들은 나를 외인(外人)으로 여겼군."

양궁표와 하정은 놀란 얼굴로 설무검을 쳐다보았다.

"나를 한 가족이라고 생각했다면 이만한 일에 절까지 하지
는 않을 것 아닌가."

"형… 님."

"아주버님…….."

양궁표 부부는 크게 감격하여 말을 잇지 못했다.

사랑은 수만 마디 말로 베푸는 것이 아니다.

사랑은 보이지 않게 베풀고, 대가를 바라지 않으며, 몇 걸음 뒤로 물러나서 그들이 행복해하는 모습을 흐뭇하게 바라보는 것이다.

이 광경을 지켜보고 있는 단랑과 염탕의 얼굴에는 양궁표를 부러워하는 표정이 역력했다.

그들도 천애고아였다. 화적 떼에게, 그리고 입 하나 덜자는 궁여지책으로 자식을 팔아넘길 수밖에 없었던 찢어지게 가난한 부모를 둔, 그런 고아였다.

두 손에는 언제나 뜨거운 피를 묻히고, 입으로는 욕설과 불만과 궤변을 쏟아내지만, 사실은 치가 떨리도록 고독해서 가슴이 찢어졌다. 그 고독을 감추느라, 떨쳐 내려고 더욱 비뚤어졌다.

단랑과 염탕은 양궁표가 부러워서 미칠 것만 같았다.

설무검을 오빠로, 형으로, 아니, 무엇으로든 상관이 없다. 그저 그를 피붙이처럼 모실 수만 있다면, 그래서 그의 보호를 받고, 명령에 따라 움직이고, 장한 일을 하면 잘했다고 칭찬받고 싶었다.

"나……."

그때 단랑이 무엇엔가 홀린 듯한 표정을 지으며 의자에서 일어섰다.

그녀를 보는 염탕이 무엇인가를 직감했는지 갑자기 몸이 움찔 떨렸다.

단랑은 주춤주춤 설무검의 앞으로 걸어갔다.

"나… 당신의 그 무엇이라도 되고 싶어……."

그렇게 느끼고, 그렇게 되고 싶다는 것은 비단 단랑 혼자만이 아니었다.

염탕은 열뜬 표정이었고, 눈을 부릅뜬 채 어금니를 악다문 반호는 두 주먹을 계속 쥐었다 폈다 반복하고 있었다.

"나 말이야……."

단랑이 설무검 앞에 서서 그를 올려다보며 중얼거렸다.

그녀의 다리가 후들후들 떨렸고, 몸은 금방이라도 쓰러질 듯 비척거렸다.

그녀의 얼굴에 가득 떠오른 것은 그녀 평생에 최초로 짓고 있는 갈망이었다.

"나를… 당신에 속하게 해줘……. 응?"

털썩!

단랑은 다리에 힘이 풀려 기어코 주저앉았다. 주저앉으면서 설무검의 두 발을 감싸 안았다.

이것이 언제나 꿋꿋하고 깐깐하던 단랑의 행동이라고는 볼 수 없었다.

"저리 비켜라, 밥통!"

염탕이 단랑 옆에 서서 발로 그녀를 툭 찼다.

"거두어 달라는 놈이 건방지게……."

그는 설무검 앞에 꼿꼿하게 섰다가 넙죽 큰절을 올렸다. 무릎을 꿇고 가슴과 얼굴까지 완전히 바닥에 밀착시켰다. 그리고는 쩌렁쩌렁하게 외쳤다.

"부디 거두어주십시오! 수하든 종이든 무엇이라도 상관없습니다! 소인이 과거에 당신께 지은 죄를 마음에 담아두실 분이 아니라는 것을 잘 알고 있습니다! 거두어만 주신다면 목숨을 걸고 충성하겠습니다!"

그는 흑풍채주로 있으면서 양궁표 가족과 설무검에게 크게 몹쓸 짓을 했다.

그러나 설무검이 그런 것을 마음에 담아두고 있었다면 지난 일 년여 동안 한솥밥을 먹으면서 염탕이 느끼지 못할 리가 없었다.

아니, 그는 이미 설무검 손에 죽었을 것이다.

염탕의 우렁우렁한 목소리는 누가 들어도 진심이 뚝뚝 묻어났다.

단랑은 화들짝 놀랐다. 염탕에게 선수를 뺏긴 것이다.

그녀는 그저 마음만 앞서서 어떻게 해야 하는지도 모르는 채 그저 설무검의 다리만 붙잡고 늘어진 자신이 너무도 한심하게 여겨졌다.

그녀는 설무검의 다리를 놓고 벌떡 일어났다가 염탕 옆에 납작하게 엎드리며 큰절을 했다.

“나, 나는……”

단랑은 더듬거렸다. 뭐라고 해야 하는지를 몰랐고, 할 말이
생각나지 않았다.

더구나 그녀는 처음 이곳에 잡혀왔을 때 감옥에서 단검으
로 설무검을 죽이려다가 실패하여 양궁표의 팔뚝을 찍었던
나쁜 기억까지 갖고 있는 몸이 아닌가.

염탕이 무슨 죄를 지었는지는 모르지만 단랑 자신보다는
크지 않을 것이라는 생각이 들었다.

군총 소속의 무투사 네 명은 모두 자신들의 과거에 대해서
약속이나 한 듯이 입을 굳게 닫았다.

그러므로 단랑은 염탕에 대해서 아무것도 모른다. 다만 토
벌대에게 생포되어 잡혀온 첫날, 양궁표가 염탕을 죽이겠다
고 난리를 쳤던 것으로 미루어 얼추 깜냥으로만 짐작하고 있
을 뿐이었다.

단랑은 호리겸차의 복수를 한답시고 설무검을 죽이려고
설쳐댔던 자신의 어리석음이 한없이 후회스러웠다.

친형도, 아니, 친오빠도 아니건만 복수는 무슨.

과거의 일들은 어째서 하나같이 후회스럽기만 한 것인지.
돌이켜 보면 전부 후회할 일들뿐이었다.

단랑은 열다섯 살까지는 한 지방에서 제법 부호 소리를 듣
는 장원의 부엌때기, 즉 하녀 축에도 끼지 못하는 찬비(爨婢)
신세였다.

만약 산적 호리채가 그 마을을 습격하여 장원을 약탈하는 과정에서 단랑을 포함한 몇몇 반반하고 쓸 만한 여자들을 산 채로 끌고 가지만 않았더라면, 단랑은 지금까지도 그 장원에서 하녀 노릇을 하고 있을 터이다.

그 시절의 단랑은 자신이 세상에 태어나 죽을 때까지 그렇게 벌레처럼 사는 것을 당연하게만 여겼지 또 다른 삶이 있을 줄은 꿈도 꾸지 못했다.

사람이란 태어나면서부터 '너는 이렇게 살고, 또 너는 저렇게 살아야만 한다' 하고 운명이 딱 정해져 있는 것으로만 알았다.

그래서 부엌때기를 자신의 운명이려니, 그것을 벗어나면 큰일이 나는 줄 알고 묵묵히 살았다.

그렇게만 살아왔던 단랑이 또 다른 세계인 산적들의 산채 생활에 빠르게 적응했던 것은 어쩌면 당연한 일이었는지도 모른다.

가슴속에 한과 불만의 응어리가 단단하고도 크게 뭉쳐 있던 그녀는 거칠 것 없고 허랑방탕한 산적 생활이 너무도 마음에 들었다.

게다가 단랑을 마음에 들어한 호리겸차가 그녀를 남장시켜서 의제(義弟)로 삼아 자신의 거처에서 생활하게 했으며, 무술까지 가르쳐 주었으니 그런 호사가 없었다.

그녀에게 호리채는 신세계였다.

그녀가 처음 호리채에 끌려왔을 때에는 불과 열다섯 살이었지만 제법 예뻤고, 몸은 여자로서 막 익어가기 시작하는 과정이었다.

그러나 단랑은 호리겸차의 명령에 의해 언제나 남장을 했으며, 남자들보다 더 남자답고 거칠게 생활했다.

그래서 그녀는 월경을 하는 며칠을 제외하고는 자신이 여자라는 사실을 거의 잊고 살았다.

또한 산채 사람들도 세월이 흐르면서 단랑이 여자였다는 사실을 점차 잊어갔다.

만약 그녀가 여자로서 살았다면 법도, 윤리도 실종된 산적 소굴에서 이미 어떤 놈의 마누라나 첩실로 일찌감치 낙점됐을 것이다.

그런 점에서 단랑을 의제로 삼고 남장을 하게 했으며, 자신의 거처에 묵게 하면서 뭇 사내들로부터 지켜준 호리겸차는 은인이라고 할 수 있었다.

그러나 그것은 단랑이 열여덟 살이 되던 어느 몹시도 추운 겨울밤까지뿐이었다.

그날 밤. 단랑은 그토록 믿고 의지했던 의형(義兄) 호리겸차에게 순결을 잃었다.

호리겸차가 단랑에게 베풀었던 것은 호의가 아니라 오직 흑심 때문이었다.

그의 여자를 보는 탁월한 안목은 어린 단랑이 장차 뛰어난 미모와 육체를 지닌 근사한 여자가 될 것이라고 내다보았던 것이다.

산적 두령치고 호색하지 않는 자가 드문데, 그런 점에서 호리겸차도 예외가 아니었다.

그는 풋내 나는 어린 계집보다는 무르익은 여자를 더 좋아하기 때문에 단랑에게 정성을 들이기로 작정했다.

단랑이 거친 사내들이 우글거리는 산채 내에서 무사히 성년이 되게 하려면 철저한 '사육(飼育)'이 필요했다.

그래서 남장을 시켜야만 했고, 의제로 삼았으며, 자신의 거처에서 지내도록 하면서 그녀가 얼마나 예뻐졌고 얼마나 성숙해졌는지를 아침저녁으로 점검하듯이 일일이 살피면서 군침을 흘렸다.

그리하여 마침내 단랑이 십팔 세가 된 어느 날, 충분히 성숙해졌다고 판단하고는 마침내 수확을 거둔 것이다.

순결을 잃은 단랑은 하늘이 무너지는 듯한 충격과 배신감을 느꼈지만, 호리겸차를 죽이지도 못했고, 호리채를 떠나지도 못했다.

그러기에 그녀는 산적 생활에 너무 깊숙이 빠져 있었다.

이후 단랑은 표면적으로는 여전히 호리겸차의 의동생으로서 활동했지만, 밤에는 그의 첩이 되어 잠자리 시중을 들며 삼 년여의 고달픈 세월을 보냈다.

그러던 어느 날 설무검이 호리채에 잠입하여 호리겸차를

죽였다.

　죽던 그날도 호리겹차는 술이 잔뜩 취해서 몇 차례나 단랑을 짓밟았으며, 끝내 둘은 녹초가 되어 알몸으로 잠에 곯아떨어졌다.

　단랑은 아침에 깨어나서야 옆 자리에 호리겹차가 알몸으로 목이 베어져 머리를 잃은 채 죽어 있는 것을 발견했다.

　그녀는 경악했지만, 한편으로는 통쾌한 기분마저도 느꼈다. 하지만 몸 한쪽이 떨어져 나간 듯한 커다란 허전함도 맛보아야만 했다.

　이후 반호가 이끄는 토벌대에 호리채가 쑥밭이 된 후 포로로 잡혔던 단랑은 군총의 감옥에서 설무검이 호리겹차를 죽인 장본인이라는 사실을 알게 되었고, 그를 죽이려다가 실패하고 말았다.

　그 이후 그녀는 무투사 생활을 하면서 깨달았다.

　열여덟 살의 그녀는 순결을 잃었던 날, 의형 호리겹차도 잃었던 것이다.

　또한 그녀는 호리겹차를 사랑하지도 않았으며, 더 이상 믿거나 의지하지도 않았었다.

　단지 자신의 별로 소중하지도 않았던 순결을 가져갔으며, 삼 년여 동안 살을 섞고 살았던 사내에 대한 일말의 막연한 복수심을 느꼈을 뿐이었다.

　또한 이제는 포로가 되어 죽을 수밖에 없는 자신의 운명이 너무 비참해서 거기에 대한 반발심도 작용했다.

그녀는 무투사 생활을 시작한 지 얼마 지나지 않았을 무렵에 그런 사실을 깨달았기 때문에 더 이상 설무검에게 복수하려는 마음을 품지 않았다.

그리고는 일개 부엌때기였다가 호리채의 산적이 됐을 때 그랬던 것처럼 이곳의 새로운 무투사 생활에도 빠르게 적응해 나갔다.

그러는 동안에 차츰 설무검에게 연정이 싹트기 시작했으며, 그것은 날이 갈수록 커져만 갔다.

그런 사실 때문에 그녀 스스로도 깜짝깜짝 놀랐고, 그런 마음을 들킬까 봐 여전히 설무검에게 복수의 칼날을 갈고 있는 것처럼 행동해야만 했다.

침묵이 길어지고 있었다.

설무검 발 앞에 무릎을 끓고 머리를 조아리고 있는 단랑은 이제 무슨 말이든 해야만 했다.

배움도 짧고 언변도 신통치 않아서 염탕처럼 멋있는 말을 할 엄두도 나지 않았다.

하지만 지금 이 기회를 놓치면 평생 후회하면서 살게 될 것이라는 사실을 본능적으로 느낄 수 있었다.

고요했다.

아무 소리도 들리지 않았다. 실내에 있는 사람들이 모두들 자신의 말을 기다리고 있는 것이다.

단랑은 마음이 급했다.

갑자기 그녀는 번쩍 고개를 들고 설무검을 올려다보며 자신이 생각해도 놀랄 만큼 크게 외쳤다.

"나! 당신과 함께 살고 당신과 함께 죽고 싶어요!"

염탕이 슬며시 고개를 들다가 그녀의 말에 얼른 얼굴을 바닥에 묻으며 외쳤다.

"소인 염탕은 당신과 생사고락을 함께하고 싶습니다!"

단랑도 급히 외쳤다.

"그래! 생사고락! 내 말이 그거예요!"

순간 단랑과 염탕은 똑같이 고개를 들고 설무검을 쳐다보다가 움찔 놀랐다.

설무검의 표정이 몹시 엄숙해졌기 때문이다.

"내가 가야 할 길은 멀다. 그리고 험하다."

설무검이 굵고 나직한 어조로 입을 열자 단랑과 염탕의 몸이 돌처럼 단단해졌다.

반호는 의자에 앉은 채 상체를 꼿꼿이 세우고 이 광경을 지켜보고 있었다.

스스로를 외인이라 판단했으면 방을 나가야만 했을 텐데, 그는 그러지 않았다.

그 역시 단랑과 염탕처럼 극도로 긴장해 있었다.

그런 점에서는 양궁표도 마찬가지였다. 그는 설무검에게 이런 식의 말을 한 번도 들어본 적이 없었다.

"너희는 가지 못한다."

설무검의 다음 말에 단랑과 염탕은 어린아이가 경기를 하듯 몸을 후드득 떨었다.

"무엇 때문입니까?"

염탕이 참담한 표정으로 쥐어짜내듯 물었다.

"너희는 너무 약하다. 내게 짐만 될 것이다."

"……."

질문한 염탕도, 바짝 긴장한 단랑도 꿇어앉은 바닥이 갑자기 아래로 푹 꺼지는 듯한 절망을 느꼈다.

반호는 설무검이 단랑과 염탕을 일부러 벼랑 아래로 밀어 떨어뜨리는 중이라고 짐작했다.

그의 예측이 틀리지 않았다면 설무검은 지금 두 사람을 시험하고 있는 중이다.

그는 일 년이 넘도록 두 사람을 줄곧 지켜봤으니 그들을 잘 알고 있을 터이다.

그러나 인간에게는 심중 깊은 곳에 틀어박혀 있기 때문에 본인들조차도 모르고 있는 본성과 진정한 근성 같은 것들이 잠재되어 있기 마련이다. 아마도 설무검은 지금 그것을 시험하고 있을 것이다.

그래서 둘 중에 통과하는 사람에게 밧줄을 내려주어 거둘 것이다.

시험 과제는 이미 주어졌다.

선택하는 것은 그들에게 달렸다.

갑자기 단랑이 두 주먹을 움켜쥐면서 설무검을 바라보며 피를 토하듯이 외쳤다.

"그래요! 물론 나는 약해요! 그래서 강해지고 싶어요! 하지만 방법을 모르는 걸 어떻게 해요?!"

그녀는 꿇어앉은 채 양궁표를 가리켰다. 그리고 절규하듯이 부르짖었다.

"당신이 궁표를 강하게 만들었지요? 그렇다면 나도 강하게 만들어주세요! 어떤 고통이라도 견뎌낼 거예요! 강해진 다음에 내 목숨은 당신 거예요!"

설무검은 꿈쩍도 하지 않았다.

"제발……."

단랑은 절망 속에서 중얼거렸다. 지금 그녀는 그 옛날 열여덟 살이 되던 해의 겨울밤에 순결을 잃었을 때보다 더한 절망에 빠져 있었다.

그때 염탕이 툴툴 웃었다.

"클클클! 그래봐야 소용없다, 단랑! 저 친구 말 못 들었나? 우리더러 약해서 짐만 될 거라고 하잖아!"

그는 계속 웃었다.

"클클클! 염병할! 어떤 놈은 지 어미 뱃속에서부터 무공이란 것을 배워서 태어난 모양이로군! 우라질! 나는 말이야, 강해질 수만 있다면 저 친구 엉덩이라도 핥을 수 있어! 하지만

저 친구는 절대 자신의 엉덩이를 내밀 사람이 아니라구! 암!
아니고말고!"
　그의 웃음은 차라리 통곡하는 것보다 더 처절하게 들렸다.
　그는 독백을 하듯이 약간 고개를 숙였다.
　"사실은 말이야! 누군가에게 거두어달라고 한 건 난생처음
이야! 거두어 달라고 애원하기 전에는 퇴짜를 맞으면 어떤 기
분일까 무척 궁금하기도 했는데, 염병할! 막상 당해보니까 정
말 더러운 기분이로군!"
　챙!
　순간 그는 마지막 말을 뱉자마자 번개같이 어깨의 도를 뽑
는 것과 동시에 자신의 목을 베어갔다.
　그를 주시하고 있던 단랑은 경악했다.
　반호도 안색이 변했다.
　하지만 그들의 얼굴에 미처 놀라는 표정이 떠오르기도 전
에 염탕의 도는 자신의 목젖에 닿아 있었다.
　째앵!
　"으악!"
　염탕은 피를 뿌리며 나뒹굴었다.
　그러나 피는 그의 목에서가 아니라 도를 잡고 있던 오른손
에서 뿜어졌다.
　염탕은 원래 무릎을 꿇고 있던 단랑의 옆에서 반 장이나 튕
겨져 나뒹굴었다.

그의 오른손에는 도가 쥐어져 있지 않았다.

도를 놓친 것이다. 도는 바닥에 떨어져 있었는데, 절반이 부러져 나간 상태였다.

부러진 도첨 쪽의 절반은 놀랍게도 실내를 가로질러 날아간 후에 일 장 반 거리의 벽에 깊숙이 꽂혀 있었다.

당사자인 염탕은 물론 단랑과 반호마저도 어떻게 해서 이런 상황이 벌어졌는지 짐작조차 하지 못했다.

설무검은 원래의 자리에 우뚝 서 있었기 때문에 그가 염탕에게 손을 썼을 것이라는 생각은 들지 않았다.

반호와 단랑, 염탕의 시선이 양궁표에게 집중됐다. 그의 오른손에는 한 자루의 검이 굳게 쥐어져 있었다.

그렇다면 실내에서 염탕의 도를 부러뜨려 자결을 멈추게 했을 가능성이 가장 큰 사람은 양궁표였다.

그러나 양궁표와 튕겨지기 전의 염탕이 있던 곳까지의 거리는 줄잡아 일 장 반이나 됐다.

양궁표가 팔을 힘껏 뻗는다고 해도 검첨이 염탕에게 닿으려면 칠, 팔 척이나 모자랐다.

불현듯 반호의 뇌리를 스치는 것이 있었다. 그는 부지중 신음처럼 중얼거렸다.

"검풍이라는 말인가?"

말도 안 되는 소리이지만, 이 상황에서는 그렇게밖에 이해할 도리가 없었다.

염탕의 도가 스스로의 목을 베려는 찰나, 양궁표가 검풍을 발출하여 그의 도를 적중시켰고, 도는 강한 힘을 이기지 못하고 절반으로 부러져 나갔으며, 염탕은 도파를 놓치는 것과 동시에 손아귀가 찢어지면서 피를 뿌린 것이라는 게 반호의 추리였다.

단랑과 염탕의 얼굴에 더할 수 없는 경악지색이 떠올랐다.

'검풍'이라는 말은 그들도 귀동냥으로만 어렴풋이 들어본 적이 있었다. 그것은 진짜 무림 고수들만이 전개하는 최고의 검법이었다.

지금 두 사람의 눈에는 양궁표가 무림을 질타하는 무림 고수로 보였다.

존경과 부러움이 교차되며 두 사람의 얼굴에 가득 떠올랐다.

척!

양궁표는 묵묵히 검을 검집에 꽂았다.

반호는 설무검을 쳐다보았다. 양궁표를 가르친 사람이 그이므로 그는 봤을 것이다. 하지만 그가 짓고 있는 표정만으로는 진위를 알아낼 수 없었다.

설무검은 놀라고 있는 하정과 양현을 탁자께로 이끌어 양궁표의 자리 좌우에 앉게 해주었다.

이어서 자신도 자리에 앉고 나서 여전히 바닥에 앉아 있는 단랑과 염탕을 보며 조용한 어조로 입을 열었다.

"너희를 거두겠다."

드디어 밧줄을 내려주었다.

설무검의 거절에도 단랑과 염탕은 둘 다 포기하지 않았다. 오히려 애원했고, 자신의 목숨까지 버리려고 했다. 그것이 설무검의 마음을 움직인 것이다.

단랑과 염탕은 자신들의 귀를 의심하는 표정을 지으며 설무검을 쳐다보았다. 물론 몸은 그 자리에서 굳어버렸다.

"바라던 대로 형님께서 너희를 거두었거늘, 어째서 예를 갖추지 않는 것이냐?"

양궁표가 나직이 호통을 치자 단랑과 염탕은 똑같이 화들짝 놀라서 허둥지둥 일어나 설무검 앞에 나란히 섰다.

설무검이 조용히 말했다.

"너희 둘은 궁표의 아우다."

염탕은 올해 삼십팔 세다. 양궁표보다 네 살 많고 설무검보다는 아홉 살이나 많은 나이였다.

하지만 나이 때문에 고까워하는 기색은 조금도 없었고, 그럴 처지도 아니었다.

단랑과 염탕더러 양궁표의 아우라고 했으니 당연히 설무검에게도 아우인 셈이다.

거두어주기만 한다면 수하나 종이라도 감지덕지할 판국인데, 형제로 받아주었으니 하늘로 뛰어오를 만큼 기쁠 일이건만 하물며 나이를 따지겠는가?

단랑과 염탕은 나란히 섰다가 설무검을 향해 큰절을 올리며 입을 모아 외쳤다.

"대형! 소제들의 인사를 받으십시오!"

설무검은 가볍게 고개를 끄덕였다.

"일어나라."

단랑과 염탕은 자리에서 일어난 후 어떻게 해야 할지 몰라 엉거주춤한 자세로 서 있었다.

그러나 눈치 빠른 단랑이 즉시 양궁표의 앞에 깊숙이 허리를 굽혔다.

"잘 부탁드립니다! 둘째 형님!"

양궁표는 단랑이든 염탕이든 원래 탐탁지 않게 여겼지만 설무검이 아우로 거둔 이상 그런 감정은 빨리 잊는 것이 좋았다.

아니, 그래야겠다고 생각하는 순간 양궁표는 그런 감정을 깡그리 날려 버렸다.

염탕도 양궁표에게 넙죽 허리를 굽혔다.

"앞으로 잘 모시겠습니다! 둘째 형님!"

그는 정말 넉살이 상상 이상으로 좋았다. 양궁표가 과거 자신의 수하였으며, 자신이 그의 가족에게 못된 짓을 했음에도 전혀 개의치 않았다.

지켜보고 있는 하정은 그저 놀라울 뿐이었다. 과거 남편의 상전이었던 염탕을 이곳에서 보게 됐다는 것도 놀라운 일인데, 그가 남편을 형님으로 모시겠다며 깍듯하게 인사를 하자 머리가 다 어질어질할 지경이었다.

반호는 굳은 표정으로 묵묵히 앉아 있었다. 그는 자신이 설무검 등과 어울리지 못한 채 겉돌고 있다는 느낌이었지만 내색하지 않으려고 애썼다.

그때 염탕이 금세 해이해져서 단랑의 엉덩이를 툭툭 건드리면서 농을 걸었다.

"헛헛! 막내야, 앞으로 이 오빠들을 잘 섬겨야 한다! 알겠느냐?"

그러나 염탕의 얼굴에서 능글맞은 웃음이 사라지는 대신 처절한 비명이 터져 나왔다.

우두둑!

"끄아―!"

단랑이 자신의 엉덩이를 건드린 염탕의 팔을 잡아 그의 등 뒤로 세차게 꺾어버린 것이다.

그녀는 그의 뒤에 서서 꺾은 팔을 조금씩 위로 들어 올리며 서슬이 퍼렇게 을러댔다.

"누가 네놈의 막내야? 응? 그리고 오빠라니! 네 눈에는 내가 계집으로 보이는 거냐?"

"으아아! 내 팔!"

두 사람의 무술 실력은 막상막하지만 방금은 염탕이 방심을 해서 당했다.

양궁표가 양현을 무릎에 앉힌 채 하정과 도란도란 얘기를 나누다가 정리를 해주었다.

"내게 먼저 인사를 한 사람이 윗사람이다."

"얏호! 거봐!"

눈치 빠르게 먼저 인사했던 단랑이 환호성을 터뜨렸다.

그 대신 염탕은 육체와 정신의 아픔을 동시에 맛봐야만 했다.

단랑은 염탕의 팔을 놓아주는 대신 아이를 어르듯 그의 뺨을 톡톡 두드렸다.

"잘해라, 탕아."

"……."

"왜 대답이 없어? 고깝냐?"

단랑이 인상을 쓰자 염탕은 펄쩍 뛰었다.

"아, 아닙니다, 누님."

"누… 님?"

"시, 실언입니다! 셋째 형님!"

"조심해라."

"네……."

염탕은 자신의 앞날이 그리 순탄하지만은 않을 것 같은 불길한 예감이 들었다.

"궁표, 호가 애 많이 썼다."

설무검이 양현을 받아서 자신의 무릎에 앉히며 조용히 일러주었다.

양궁표로서는 이미 짐작하고 있던 일이었다. 아마도 설무검의 부탁을 반호가 들어주었을 것이다.

만약 그가 애쓰지 않았다면 양궁표는 지금 가족들과 함께 이 기쁨을 누리고 있지 못했을 것이다.

양궁표는 반호를 보며 가볍게 고개를 끄덕였다.

그러자 반호도 마주 고개를 끄덕였다.

화려한 치하와 겸양의 인사가 오고 가지는 않았지만, 두 사내들은 단지 고개를 끄덕이는 것만으로 무언중에 많은 것을 주고받았다.

그날 밤, 모두들 전에 없이 통음(痛飮)을 하며 마음껏 웃고 즐겼다.

설무검도 이날만은 많은 술을 마셨으며 가끔씩 소리 내어 웃기도 했다.

그러나 그의 웃음소리가 무척 공허하다고 느낀 사람은 반호뿐이었다.

반호의 심정 역시 공허했으므로……

평소 같았으면 양궁표도 느꼈겠지만, 그날 밤의 그는 기분이 너무 들떠 있었다.

第二十三章
열하맹룡(熱河猛龍)

늦은 밤의 만화루.

"누가 루주를 뵙자고 합니다."

보화는 만화루 오층 자신의 거처 창가에 서서 굽이쳐 흐르는 서랍목륜하를 굽어보면서 상념에 잠겨 있다가 총관의 보고를 접했다.

"누구죠?"

"신분은 밝히지 않았습니다."

보화는 가볍게 아미를 좁혔다.

"여럿인가요?"

"세 명입니다. 하지만 루주를 뵙자고 하는 자는 그들의 우두머리 한 명입니다.”

“총관이 알아서 처리하세요. 필요하다면 몇 푼 집어주던지 아니면 쫓아버리세요.”

보화는 조금 더 아미를 찌푸리며 차갑게 명령했다.

꽃에는 벌과 나비가 모여드는 법이지만, 간혹 지저분한 파리나 벌레들도 꼬이기 마련이다.

만화루가 수십 명의 자체 호위무사를 거느리고 있다는 사실은 이미 잘 알려진 사실이라서 이 지역의 건달들은 머리가 어떻게 되지 않은 이상 만화루에 찾아와 행패를 부릴 엄두도 내지 못한다.

그러므로 지금 찾아온 자들은 타 지역의 왈짜패들이 분명할 것이라고 보화는 생각했다.

무림인은 아닐 것이다. 무림인들은 기루에서 돈을 뜯는 짓 따위는 하지 않는다.

“그게… 무림인들입니다.”

총관이 난색을 지으며 고개를 모로 꼬았다.

보화의 안색이 가볍게 변했다. 무림인들이 만나기를 원한다면 다른 볼일이 있어서일 것이다.

그들의 면담을 거절하는 것은 현명한 처사가 아니라고 보화의 오랜 경험이 충고하고 있었다.

“데리고 오세요.”

보화는 총관을 뒤따라 방 안으로 들어서고 있는 사내를 보는 순간, 움찔 놀라 표정이 바뀌었다.

사내는 회색 경장을 입은 중년인인데 그의 용모와 행색보다는 '죽음'이나 '저승' 혹은 '공포' 같은 것들의 느낌이 먼저 떠올랐다.

그녀가 보고 있는 것은 분명 사람인데, 어째서 그런 느낌들이 새벽녘의 안개처럼 자욱하게 그녀의 온몸을 휩싸고 도는 것인지 모를 일이었다.

'고수다!'

보화는 약간 긴장하며 속으로 중얼거렸다. 전신의 모공이 긴장으로 바짝 수축되는 것이 느껴졌다.

회의중년인은 똑바로 보화에게 걸어왔다.

보통의 경우 사람들이 남의 거처에 들어오면 실내를 두리번거리는데, 그는 달랐다.

보화는 그가 다가오는 데에도 꼼짝도 할 수가 없었다. 눈도 깜빡이지 않았으며, 자신도 모르게 어금니를 지그시 악다물었다. 아마도 독사 앞에 놓인 쥐 같은 심정이 이럴 것이다.

'공포'라는 것 때문에.

보화는 맹세코 이런 공포는 처음 느껴보았다.

"이자를 본 적이 있소?"

회의중년인은 거두절미하고 보화의 얼굴 앞에 한 장의 종이를 펼쳐서 불쑥 내밀었다.

종이는 전신(傳神:초상화)이었으며, 한 사람의 얼굴이 비교적 세밀하게 그려져 있었다.

"……!"

그 얼굴을 발견한 순간 보화는 회의중년인을 봤을 때와는 또 다른 충격에 휩싸였다.

전신에 그려져 있는 것은 한 사람의 얼굴인데, 더 이상 굴강할 수 없는 완벽한 사내의 용모였다.

보화는 그 얼굴이 딱 한 번 본 적이 있는 설무검이라는 사실을 보는 즉시 알아봤다.

전신의 얼굴은 이십대 중반에 깔끔한 데 비해서, 지금 설무검의 모습은 이십대 후반에 분노와 암울함의 더께가 깔려 있다는 것이 약간 다를 뿐이었다.

회의중년인이 보화의 얼굴 앞에 전신을 들이민 것은 그녀에겐 다행스런 일이었다.

그녀는 설무검의 얼굴을 보는 순간 큰 충격을 받아 표정이 급변했지만 전신이 그녀의 얼굴과 회의중년인 사이를 가려주고 있었다.

회의중년인이 전신을 치우고 무언가를 찾아내겠다는 듯한 날카로운 눈빛으로 쏘아볼 때, 보화의 얼굴은 이미 평정을 되찾은 후였다.

그가 전신을 들이밀고 치운 것은 한 호흡 정도의 짧은 시각이었다.

"처음 보는 얼굴이군요."

보화는 고개를 꼿꼿하게 세운 채 조용히 입을 열었다. 그녀에게서는 기품이 흘러넘쳤다.

"사실이오?"

회의중년인은 쉽게 물러나지 않았다. 먹이를 한 번 물면 절대 놓지 않는 악어 같은 근성이 엿보였다.

보화의 기품이 미약하게 흔들렸다. 그녀는 아미를 찌푸리며 약간 짜증스러운 표정을 지었다.

"처음 보는 얼굴이라고 대답했을 텐데, 지금 나를 심문하는 건가요? 또한 본 루는 아무나 찾아와서 사람을 찾는 곳이 아니에요."

물론 그녀는 평소에 웬만한 일에는 거의 짜증을 내지 않는다. 방금 본 얼굴이 설무검이 아니었다면 결코 이런 식의 반응을 보이지 않았을 것이다.

현명한 그녀는 상대를 야멸치게 대함으로써 자신이 전신의 얼굴을 정말 모른다는 사실을 강조하려는 것이었는데, 오히려 그런 행동이 회의중년인의 의구심을 불러일으키고 말았다. 그는 사람을 추적, 심문, 고문 또는 심리를 파악하는 것을 전문으로 다루는 인물이었다.

"만약 거짓말이라는 사실이 드러나면, 이 기루는 그날로 문을 닫아야 할 것이오."

보화는 기가 막혔지만 화를 꾹 눌러 참으며 오히려 차분하게 가라앉은 목소리로 물었다.

"당신, 누구죠?"

"알 것 없소."

회의중년인은 으스스하게 중얼거렸다. 평소 그가 다루지 못한 사람은 거의 없었다.

그는 마음만 먹으면 상대에게서 기필코 자신이 원하는 것을 끄집어내고야 만다. 하지만 이번에는 그가 상대를 잘못 고른 것 같았다.

보화는 입술을 잘근 깨물었다. 이 사내에게 더 이상 예의로써 대하고 싶은 생각이 사라져 버렸다.

만화루주라는 중책을 맡은 이상 뭔가 한가락 한다는 인물들에게는 예의를 갖춰야 하는 것이 기본이지만, 이자처럼 노골적인 적대감을 드러내고, 또 무례한 자에게까지 그럴 필요성을 느끼지 못했다.

"당신, 여기가 어딘 줄 알고 함부로 설치는 거죠? 뜨거운 맛이라도 보고 싶은 건가요?"

문득 회의중년인이 피식 실소를 흘렸다.

그를 알고 있는 사람들은 그가 이런 식의 실소를 흘리는 것을 거의 본 적이 없을 것이다.

실소든 뭐든, 웃음이라는 종류하고는 아예 거리가 먼 인물이 바로 그다.

또한 회의중년인에게 '뜨거운 맛을 보고 싶으냐' 라는 식으로 윽박지르는 사람은 여태껏 아무도 없었다.

더구나 그것도 여자가 말이다. 그래서 자신도 모르게 실소가 흘러나온 것이다.

그는 보화가 자기네 기루의 호위무사든가 아니면 기루에 머물고 있는 제법 솜씨깨나 있는 무림 고수의 비호라도 받으면서 큰소리치는 것이라 여겼다.

그래봐야 만화루 밖에서 대기하고 있는 자신의 수하 한 명조차도 당해내지 못할 것이라고 생각하자 한 번 흘러나온 실소가 쉬이 멈추지 않았다. 아니, 실소는 어느새 조소로 변해 있었다.

그 실소에 가만히 있을 보화가 아니다. 일순 그녀의 얼굴이 싸늘하게 변했다.

"당신이 설혹 벽력궁(霹靂宮)의 사람이라고 해도 본 루에서의 행패는 용납하지 못해요!"

그 순간 회의중년인의 입가에 떠올라 있던 조소가 씻은 듯이 사라졌다.

벽력궁은 삼천무림 중 북천의 지배자다. 달리 북천벽력궁이라고도 불리는데, 그것을 일개 기루의 루주 따위가 들먹이면서 그쪽 사람이라고 해도 용납하지 못하겠다고 으르는 것이 아닌가?

불현듯 회의중년인의 뇌리로 번갯불처럼 스치는 이름 하나가 있었고, 동시에 불길한 느낌을 받았다.

"혹시 이곳은 사령단(四靈團) 휘하 백봉령루(百鳳靈樓)의 분타요?"

"흥! 그 분타들을 거느리고 있는 지부(支部)예요!"

기세가 오른 보화는 싸늘하게 냉소했다.

당금의 무림은 중천과 북천, 남천(南天)이 삼분정족(三分鼎足)하고 있다는 것이 주지의 사실이다.

그러나 무대가 무림이 아니라 천하(天下)로 넓어진다면 얘기가 조금 달라진다.

광대무변한 천하는 여러 세계(世界)들을 아우르고 있는데, 무림은 그중 하나이다.

단적으로 설명하자면, 사령단은 무림 외의 천하를 지배하고 있는 절대세력인 것이다.

사령단의 사령(四靈)은 전설의 네 가지 신령한 동물, 즉 기린(麒麟), 봉황(鳳凰), 거북[龜], 용(龍)을 가리킨다.

또한 사령은 네 개 방면을 지배하고 있는데, 그중 봉황은 봉황단(鳳凰團)이라고 하며, 천하의 기루, 즉 온유향(溫柔鄉)을 다스리고 있다.

물론 천하에 존재하는 수만 개의 기루들이 모조리 봉황단의 소유라는 것은 아니다.

봉황단의 소유는 백여 개에 불과하며, 정식적인 명칭은 백봉령루라고 불린다.

그러나 백봉령루가 온유향 수만 개의 기루들을 직, 간접적으로 지배하고 있으니, 결국은 봉황단이 온유향 전체를 지배하는 것이나 매한가지였다.

사령단에서 봉황단만 비교적 외부에 알려져 있으며 나머지 삼령은 거의 비밀에 가려져 있다.

봉황단이 알려진 것은 알려져 봐야 천하의 기루에 대한 정보이니 크게 문제될 일이 없어서일 테고, 그나마도 알려진 것보다는 알려지지 않은 부분이 더 많았다.

봉황단의 최고 우두머리는 신봉황(神鳳凰)이라는 칭호로 불리고 또 그렇게 알려져 있다.

백봉령루는 항상 열다섯 개의 지부와 팔십오 개의 분타를 유지하고 있으며, 방금 보화의 말에 의하면 이곳 만화루가 그 열다섯 개 지부 중 하나라는 것이다.

그렇다면 보화는 백봉령루의 지부주라는 신분이다.

옛말에 시냇물은 우물을 침범하지 않는다고 했다. 삼천무림과 백봉령루는 엄연히 다른 세계지만, 또한 불가분의 관계를 형성하고 있기도 하다.

그러나 분명한 것은 삼천무림도, 백봉령루도 서로를 함부로 하지 못한다는 사실이었다.

"결례했소. 미안하오."

회의중년인은 정중하게 사과할 뿐만 아니라 가볍게 고개까지 숙이는 예의를 갖추었다.

그가 이런 식의 절도있는 태도를 보이는 것도 쉽게 볼 수 있는 광경이 아니었다.

이어서 그는 몸을 돌려 아직도 열려 있는 방문을 향해 똑바로 걸어나갔다. 끊고 맺음이 분명했다.

"당신은 누구죠?"

보화가 그의 등에 대고 물었다. 설무검을 찾는 자인데 신분도 모른 채 이대로 보낼 수는 없었다.

알아내려고 들면 어렵지 않게 알아낼 수 있겠지만, 그리 되면 시간이 소요될 것이다.

회의중년인은 아주 짧은 시간 갈등했다. 상대는 천하 최고의 정보망을 지닌 백봉령루의 지부주다.

극히 작은 흔적 하나만으로도 어렵지 않게 사람을 찾아내는 능력을 지닌 곳의 루주라는 신분이므로, 회의중년인처럼 특출한 용모와 기풍을 지닌 사람이 누군지 알아내는 것은 일도 아닐 것이다.

회의중년인은 잠시 걸음을 멈추고 짧게 한마디 툭 내뱉고는 즉시 그곳을 떠났다.

"색혼도(索魂刀)라고 하오."

보화의 얼굴에 놀라움이 드리워졌다. 그녀는 색혼도가 누군지 알고 있다.

그의 잔혹함은 중원에서 수천 리나 떨어진 이곳까지도 알려져 있었다.

중천무림의 다섯 기둥. 중천오세 중 진천방의 저승사자 색혼도가 경붕현에 나타난 것이다.

그리고 그가 설무검을 찾고 있다.

'저자는 아마도 경붕현에 들어와서 본 루를 제일 먼저 찾아왔을 거야.'

보화는 내심 그렇게 자위했다.

다행히도 만화루는 남방(南方)에서 경붕현으로 들어서는 초입에 위치해 있었다.

또한 만화루는 경붕현에서 영업을 하고 있는 그 어떤 점포보다 크고 많은 인원을 보유하고 있다.

그러므로 초행길인 사람이나 이곳을 잘 아는 사람을 막론하고 경붕현 관내에서 사람을 찾으려고 한다면 만화루부터 들르는 것이 순서였다.

보화는 색혼도도 그랬기를 바랐다.

색혼도가 떠난 이후 보화는 불안한 마음을 억누르며 계속 실내를 서성거렸다.

그자가 이 방을 나간 지 채 반 각도 지나지 않았지만 그녀에겐 몇 시진처럼 길게만 여겨졌다.

지금은 색혼도가 무엇 때문에 설무검을 찾는 것인지 궁금한 마음조차 들지 않았다.

그저 한시바삐 이 사실을 설무검에게 알려서 그가 피하도록 해야 한다는 생각만이 머릿속에 가득 차 있을 뿐이었다.

그때 색혼도를 따라 나갔던 총관이 급히 달려 들어와 공손히 보고했다.

"그자는 본 루 주변의 은밀한 곳에 수하 한 명을 남겨두고 떠났습니다."

보화가 우려했던 대로 색혼도는 안배를 해두었다.

만약 보화가 무턱대고 설무검에게 이 사실을 알려준다고 나섰다가는 괜히 색혼도에게 설무검이 있는 장소만 가르쳐주는 꼴이 되고 말 것이다.

과연 색혼도는 추적의 명수답게 치밀한 인물이었다. 보화의 신분을 알고 나서 정중히 물러나는 체하면서도 끝내 의심을 접지 않은 것이다.

그렇다고 보화로서는 색혼도의 수하가 스스로 물러날 때까지 막연히 기다릴 수만은 없는 노릇이었다. 지금은 일각이 여삼추 같은 상황이었다.

보화는 설무검을 딱 한 번 만났고, 불과 두 시진 남짓 함께 있었을 뿐이다.

하지만 그에게 느낀 첫인상은 너무도 강렬했으며, 그가 떠난 후 보화는 하루 중에 몇 차례나 무심코 그를 생각하고 있는 자신을 발견하곤 했다.

사실 색혼도가 방문하기 직전까지도 그녀는 서랍목륜하를 굽어보며 설무검을 생각하고 있었다.

그러면서도 왜 자꾸만 그가 생각나는 것인지, 그저 첫인상이 강했기 때문에 그러는 것인지, 아니면 무언가 다른 이유가 있는 것인지 알 수가 없었다.

그러나 이제는 확실해졌다.

그녀는 색혼도가 내민 전신의 얼굴을 보는 순간 큰 충격만 받은 것이 아니라 한 가지 사실을 깨닫기도 했다.

그것은 언젠가부터 자신이 설무검을 좋아하기 시작했다는 놀라운 사실이었다.

누군가를, 더구나 사내를 좋아하는 감정을 품어보기는 난생처음인 그녀였다.

당황스럽고 어이없는 일이었지만, 부인할 수 없었다. 그것은 불을 보듯이 명약관화한 사실이었다.

어쨌든, 지금은 무슨 방법을 써서라도 서둘러 설무검을 만나는 것이 급선무였다.

경붕현에서 설무검은 유명인사다. 철검사는 동네 꼬마들의 우상이기도 했다.

무투 경연을 보고 즐기는 사람들이 몇몇 귀족이나 부호, 내기꾼에 국한됐다고는 하지만, 색혼도가 전신을 들고 경붕현 거리를 돌아다니고 있는 한 설무검의 소재를 파악하는 것은 시간문제였다.

"급해요. 군위교를 만나게 해주세요."

군총에 도착한 보화는 거대한 전문 양쪽을 지키고 있는 군사에게 초조하게 부탁했다.

"무슨 일이오?"

보화가 만화루주라는 것을 알아보지 못한 군사는 딱딱하게 내뱉었다.

그러다가 불빛에 드러난 그녀의 아름다운 미모를 발견하고 적이 놀라는 표정을 지었다.

"촌각을 다투는 급하고 중대한 일이에요. 어서 군위교에게 통보해 주세요."

보화는 설무검을 만나야 했지만 한밤중에 군총에 찾아와서 철검사를 직접 불러달라고 할 수는 없는 노릇이었다. 그래봤자 군사들에게는 통하지도 않을 것이라 여겼다.

군사는 다시 찬찬히 보화를 살펴보았다.

그녀는 평소 만화루에서 입고 있던 최고급 비단 치마 차림이 아니었다. 그것은 루주로서의 일상복이다.

지금은 야행(夜行)에 용이하도록 몸에 착 달라붙는 흑의 경장을 입었으며 어깨에는 한 자루 검까지 메고 있었다. 그녀는 참 오랜만에 이런 복장을 입었다.

"기다리시오."

지금 보화의 모습은 일견하기에도 무림인의 그것과 다르지 않아서 군사는 다시 한 번 놀라는 표정을 짓더니 곧 전문 안으로 달려 들어갔다.

보화는 빠르게 거리 쪽을 둘러보고 나서 불빛을 피해 담 아래로 숨어들었다.

군사가 들어간 것은 방금 전인 데도 그녀는 시간이 너무도 길게만 여겨졌다.

만화루의 호위무사 둘에게 급한 용무인 것처럼 평천현의 낙일루(落日樓)로 심부름을 보내고, 숨어서 지켜보고 있던 색혼도의 수하 한 명이 그 둘을 미행하는 것을 확인한 연후에야 보화는 뒷문으로 몰래 빠져나와 이곳으로 한달음에 달려온 것이다.

낙일루는 봉황단 백봉령루 중 한 곳이며, 만화루의 지휘를 받는 분타이다.

만약 색혼도가 수하를 한 명 남겨둔 것이 아니라 은밀한 곳에 더 남겨두었다면, 어쩌면 그자가 지금쯤 보화를 미행하여 이 근처에 있을지도 모르는 일이다.

보화는 초조한 신색으로 거리 주변을 살폈지만 괴괴한 어둠과 정적만 자욱할 뿐 아무도 발견하지 못했다.

그긍!

그때 전문이 열리며 군위교의 정장을 벗고 평상복을 입은 반호가 모습을 나타냈다.

하지만 보화는 반호를 맞이하러 전문 앞 밝은 곳으로 가지 않고 그대로 담 아래 서 있었다.

시력이 좋은 반호는 보화를 즉시 알아보고 직감적으로 무엇을 느꼈는지 빠르게 다가왔다.

"무슨 일이오?"

막상 반호가 나타나자 보화는 잠시 망설였다. 설무검은 일개 무투사고, 반호는 군위교의 신분이다.

그런데 과연 설무검의 일을 그에게 말해도 좋을지 판단이 서지 않은 것이다. 그러나 지금으로서는 그를 통하지 않고는 방법이 없었다.

"철검사를 만나게 해주세요."

반호는 만화루주가 한밤중에 불쑥 찾아와서 뜬금없이 설무검을 만나게 해달라고 부탁하는 데에도 조금도 놀라는 얼굴이 아니었다.

"그는 외출했소."

전혀 예기치 않았던 대답에 보화는 놀라기도, 어이없기도 한 표정을 지었다.

"외출이라니……."

"동료들과 볼일을 보러 나갔소."

"어디로 갔나요?"

"모르오."

"군사들이 호위하고 있을 텐데……."

"교독의 명령으로 그는 외출이 자유로운 몸이 되었기 때문에 호위는 필요없소."

"……."

단연코, 무투사에게 이런 자유를 주는 주인은 몽고 고원 내에 오장보 한 명뿐일 것이다.

철검사는 외출이 자유롭게 됐는 데도 자기를 보러 한 번쯤 와주지도 않았구나 하는 서운함 같은 것이 설핏 보화의 가슴을 흔들고 지나갔다.

하지만 그것은 부질없는 짓이다. 보화가 일방적으로 철검사를 좋아하는 것이지 그는 아니지 않은가.

보화는 조금 전보다 더 초조해졌다.

"그가 어디로 갔을지 짐작 가는 데라도 없나요?"

반호는 잠시 뭔가 생각하다가 물었다.

"급한 일이라고 한 것 같은데, 대체 무슨 일이오?"

보화는 그렇게 묻는 반호의 얼굴에서 약간의 초조함과 막연한 염려를 발견했다.

그녀는 지금 상황에서는 그를 조금쯤은 믿어도 좋을 것 같다는 생각을 했다.

"사실은……."

설명을 듣고 난 반호의 안색이 크게 변했다.

그는 즉시 대로의 북쪽을 향해 달려가며 낮게 외쳤다.

"갑시다! 그가 어디에 있을지 짐작 가는 곳이 있소!"

자정이 훨씬 넘은 시각.

다각다각.

한 대의 마차가 천천히 대로 위를 구르고 있었다.

마차 안에는 적당하게 취한 오장보가 금색 비단 보료 위에 비스듬히 기대어 거의 누운 자세로 눈을 감고 있었다.

지금 그는 기분이 별로 좋지 않았다. 경희루(慶喜樓)라는 기루에 새로 기녀가 왔으며, 딱 오장보의 취향이라는 기별이 와서 들뜬 마음으로 부랴부랴 달려갔는데, 한마디로 빛 좋은 개살구였다.

얼굴과 몸매는 오장보의 취향이 틀림없지만, 옷을 벗긴 후에 막상 거사를 치르려고 보니까 닳고 닳아빠진 여자에 불과했던 것이다.

오장보는 기녀라고 해도 막 굴러먹던 여자는 기피했다. 청순하다던가 요염하다는 것은 따지지 않는 편이지만, 온갖 사내를 받아들였던 여자만은 딱 질색이었다.

그는 오늘 자신을 접대한 기녀에게서 그것을 발견했다. 여자라면 옷을 입고 있어도 한 번 척 보면 대번에 아는 그였지만, 오늘은 실패하고 말았다.

속은 것이다. 그래서 기분이 더 나빴다. 오죽했으면 벗은 옷을 다시 챙겨 입고 뛰쳐나왔겠는가.

히히힝!

그때 갑자기 말 울음소리가 길게 나더니 마차가 덜컹 소리를 내며 멈추었다.

"무슨 일이냐?"

오장보는 인상을 쓰며 낮게 외쳤다.

"교… 독님, 괴한들입니다!"

마부석에서 마차를 몰던 군사의 놀라고 당황하는 목소리가 들려왔다.

그게 오장보가 들은 그의 마지막 목소리였다. 그의 처절한 비명성이 곧 뒤따랐다.

"으악!"

"나와라, 오장보! 안 나오면 그대로 마차에 불을 질러서 통구이로 만들어 버리겠다!"

밖에서 걸걸한 사내의 외침이 들려왔다. 오장보는 술이 확 깼을 뿐만 아니라 두려움이 엄습했다.

군총교독이 자신의 관할인 경붕현 관내에서 괴한의 습격을 받다니, 이런 경우는 처음이었다. 대저 뉘라서 경붕현에서 그를 건드리겠는가.

더구나 불을 지른다고 협박을 하니 오장보는 허둥지둥 마차 밖으로 나갈 수밖에 없었다.

그는 마차에서 자빠질 듯이 나오며 재빨리 주위를 살펴보다가 두 명의 복면 괴한이 좌우에서 느릿하게 다가오고 있는 모습을 발견하곤 온몸의 털이 곤두섰다.

그리고 말 옆 땅바닥에는 마차를 몰던 군사가 목이 절반쯤 잘려 핏물 속에 끔찍한 모습으로 죽어 있었다.

그들 두 명의 복면 괴한과 오장보 외에 주위에는 아무도 없어서 괴괴한 적막이 감돌았다.

이곳은 번화가에서 많이 벗어난 한적한 곳이었고, 또 지금은 자정이 훨씬 넘은 시각이다.

최악의 상황이었다. 이런 일은 한 번도 당해본 적이 없는 오장보였다. 경붕현은 그의 안방이나 마찬가지였다.

"너… 희들! 사람을 잘못 본 것이 아니냐? 나는 경붕현 군 총교독이다! 경을 치기 전에 썩 물러가라!"

오장보는 아랫배에 힘을 주어 용기를 내며 호통을 쳤다.

그러나 두 괴한은 물러가기는커녕 오히려 오장보에게 더욱 바짝 다가서서 멈췄다.

괴한들은 둘 다 흑의를 입었으며, 한 명은 체격이 좋았고, 또 한 명은 왜소한 체구에 키도 작았다. 그러나 둘 다 손에 날선 대감도를 움켜쥐고 있다는 점은 같았다.

"크크크! 이런 날이 오기를 몇 년이나 고대했는지 모른다! 이놈! 부모님의 원수!"

큰 덩치가 도첨으로 으르듯이 오장보를 가리키면서 울분에 찬 외침을 터뜨리며 당장이라도 도를 휘두를 것처럼 어깨를 들썩거렸다.

"무, 무슨 소리냐? 내가 뭘 어쨌기에 너희 부모의 원수라는 것이냐? 대체 너희 부모가 누구냐?"

"우리 부모는……."

큰 체구가 말하려고 할 때 왜소한 체구가 꾸짖었다.

"막내야! 우리가 이 돼지 같은 놈하고 시시콜콜 잡담이나 하려고 여기서 몇 시진이나 기다리고 있었느냐? 어서 이놈의 목을 베고 여길 뜨자!"

'나, 날 죽여?'

오장보의 안색이 하얘지고 비곗살이 부르르 요동쳤다. 아닌 밤중에 이것이 무슨 날벼락인지 모를 일이었다.

"죽어라, 이놈!"

"저승에 가서는 착하게 살아라!"

순간 두 괴한이 무지막지하게 대감도를 휘둘러 왔다. 자신들의 부모가 누구이며, 어쩌다가 오장보에게 죽었는지에 대해서는 일언반구 설명조차 하지 않았다.

"으왓! 사, 살려줘!"

오장보는 사색이 되어 악을 쓰듯이 부르짖으며 뒤로 주춤주춤 물러섰다.

대감도가 노리고 있는 곳은 오장보의 정수리와 가슴이었다. 두 군데 중에 어느 곳이라도 베어지면 즉사를 면치 못할 것이다.

"으아아—!"

오장보는 처절하게 외치며 땅바닥으로 몸을 던졌다. 비곗덩어리의 큰 덩치라서 과연 동작이 굼떴다.

쩌쩍!

두 괴한의 대감도는 마차 지붕의 한쪽을 세로로, 그리고 마차의 문을 통째로 잘랐다.

보기와는 달리 괴한들은 힘이 장사였다. 방금 그들의 솜씨는 아무나 보여줄 수 있는 것이 아니었다.

오장보는 그 광경을 보면서 만약 피하지 않았으면 자신의 몸뚱이가 가로세로로 쪼개졌을 것이라고 생각하자 등골이 오싹했다.

휘익! 휙!

"이번에도 피해봐라, 이 자식아!"

두 괴한은 다시 득달같이 오장보에게 덮쳐 갔다.

달빛 아래에서 대감도를 휘두르며 덮쳐드는 그들의 모습은 흡사 야차처럼 섬뜩했다.

"으아아! 제발 살려줘! 무얼 원하느냐? 말로 하자, 말로! 돈이라면 얼마든지 주겠다!"

오장보는 처절하게 비명을 지르면서 급급히 두 팔로 머리를 감쌌다.

"……!"

그러나 다음 순간, 그는 방어도 피하는 것도 아닌 그런 동작으로는 죽음을 면치 못할 것이라는 지극히 당연한 생각이 머리를 스쳤다.

머리에서 두 팔을 풀고 급히 쳐다보자 두 자루 대감도는 어느새 목전에 이르러 있었다.

"흐아악!"

그는 다시 비명을 지르며 땅바닥으로 몸을 날려 데굴데굴

굴렸다.

두 괴한의 대감도는 땅을 찍었지만 위기는 그것으로 끝난 게 아니다. 즉시 세 번째 공격이 이어졌다.

그들은 결코 어중이떠중이 건달이 아니었다. 한 수, 한 수가 제대로 된 초식을 구사하고 있었다.

오장보는 거의 필사적으로 땅바닥을 굴렸다. 간발의 차이로 대감도가 땅을 찍고 그의 몸을 스치기를 반복했다.

팍!

"허윽!"

그러다가 어느 한 순간 오장보는 왼쪽 어깨 바깥쪽에 섬뜩한 느낌을 받았다.

바닥을 구른 후에 급히 쳐다보니 꽤 깊은 상처가 생겨 금세 피가 뿜어져 나왔다.

"깔깔깔! 그것은 시작일 뿐이다!"

왜소한 체구의 괴한이 피가 뚝뚝 떨어지는 대감도를 무시무시하게 휘두르며 낭랑한 웃음을 터뜨렸다. 그가 오장보의 어깨를 벤 것 같았다.

오장보는 정신이 번쩍 들었다.

이것은 결코 장난이 아닌 것이다.

여차하면 죽을 수도 있었다. 아니, 지금은 살아날 확률보다는 죽을 확률이 훨씬 높았다.

자신의 몸뚱이가 처참하게 난도질당한 채 길바닥에 나뒹

굴어 있는 광경이 눈앞에 선하게 펼쳐졌다.

죽는다고 생각하자 갑자기 자신이 얼마나 허랑방탕하게 살아왔는지 후회가 엄습했다.

그와 동시에 제대로 한 번 살아보고 싶다는 갈망이 목구멍으로 치밀어 올랐다.

'이건 아니다! 죽더라도 지금은 때가 아냐!'

극히 짧은 순간에 그런 생각들이 한꺼번에 와르르 떠올랐다는 사실이 신기할 정도였다.

휘리릭!

그렇게 마음먹은 순간 오장보는 튕기듯이 벌떡 일어나더니 뒤뚱거리면서 이리 뛰고 저리 뛰며 필사적으로 두 자루 대감도를 피하기 시작했다.

그 동작은 지금까지 취했던 동작과는 크게 달랐다. 제법 날렵했으며 절도가 있었다.

더구나 그는 더 이상 한목숨 살리겠다고 이리저리 도망다니지도 않았다.

오히려 언제 그랬느냐는 듯이 달려오는 괴한들을 향해 우뚝 서서 두 팔을 벌리고 우렁차게 외쳤다.

"이놈들! 내가 누군 줄 알고!"

두 괴한은 더욱 맹렬히 쇄도하며 대감도를 휘둘렀다. 여태까지보다 한층 거세진 공격이었다.

오장보는 허둥거릴 때는 몰랐는데, 이를 악물고 몇 차례 피하고 나니까 자신의 온몸에서 알 수 없는 기운이 꿈틀거리는 것을 느꼈다.

오장보는 비곗덩어리로 출렁이는 몸을 흔들면서 우렁차게 포효했다.

"내가 바로 열하의 맹룡(猛龍)이다!"

그렇게 외치자 다음 순간 그는 몸속에서 뜨거운 피가 활화산처럼 솟구치는 것을 느꼈다.

그것은 참으로 오랫동안 느껴보지 못했던 기운이며, 느낌이었다.

열하맹룡(熱河猛龍).

오장보가 전장에서 물러나기 전까지 불렸던 별호다. 또한 북방(北方)을 주름잡았던 별호다.

그러나 사십이 세에 싸움터에서 물러나 경붕현 군총교독이라는 한직에 자리를 잡을 때까지 불렸던 별호니까 사용하지 않은 지 육 년밖에 되지 않았다.

불과 육 년밖에 지나지 않았는 데도 오장보는 그것이 먼 옛날처럼 여겨졌다. 내게도 그런 시절이 있었던가 하는 의구심마저 들었다.

휘이잉! 위잉!

두 자루 대감도가 날카롭게 밤공기를 가르는 음향이 귀곡성처럼 울려 퍼졌다.

오장보는 자신을 향해 무섭게 그어오는 두 자루 대감도를 눈을 부릅뜨고 쏘아보았다.

'할 수 있다! 아니, 해야만 한다!'

그는 어금니를 악물고, 또 눈을 부릅뜨며 재빨리 상체를 이리저리 흔들어 피했다.

움직임을 거듭할수록 그는 점점 달라지고 있었다. 처음에 살려 달라고 악을 쓰던 것에 비하면 같은 사람인지 의심이 들 정도로 빠른 몸동작을 구사하고 있었다.

귓가로, 얼굴 옆으로, 살찐 비곗덩어리 양옆으로 칼날이 쉭! 쉭! 독사가 독기를 뿜어내는 듯한 소리를 내며 소나기처럼 스쳐 지나갔다.

팍!

그러나 한순간, 피하는 것이 간발의 차이로 늦어 등이 길게 베어지며 피가 튀었다.

깊은 상처는 아니었다. 하지만 조금만 늦었더라면 등의 뼈가 갈라질 정도로 베었을 것이다.

피하느라 상체를 정신없이 흔들기는 하지만 육 년 전의 그 현란했던 유연성이 아니었다.

더구나 그의 몸은 육 년 전에 비해 두 배 이상 살이 찐 상태라서 마음먹은 대로 움직여지지 않았다.

그런데다 뚱뚱한 몸 때문에 얼마나 피해야 하는지 거리 계산이 잘 되지 않았다.

과거 같았으면 슬쩍 한 자만 피해도 충분할 것을, 지금은 두 자 이상 피해야만 했다.

그는 자신이 이처럼 미련하게 살이 쪘다는 사실을 어이없게도 목숨이 경각에 처하게 된 지금에서야 깨달았다.

오장보는 계속 미친 듯이 움직여야만 했다. 그것은 피하는 것이 아니라 차라리 몸부림이었다. 그가 움직일 때마다 살들이 상하좌우로 마구 요동쳤다.

"헉헉헉."

그뿐만이 아니라 뒤뚱거리며 몇 차례 움직이지도 않았는데 숨이 턱에까지 차올랐다.

이러다가는 괴한의 대감도에 베어서 죽기 전에 심장이 터져 죽을 것만 같았다.

하지만 그와는 반대로 시간이 지날수록 괴한들의 손속은 더욱 악랄하고 매서워졌다.

두 자루 대감도는 흡사 눈이 달린 듯 오장보의 온몸 살덩이를 집요하게 공격했다.

그들도 둘이 합공하여 십여 합 동안에 오장보를 죽이지 못하자 오기가 치민 모양이었다.

'헉헉, 이게 아니다! 이러다간 죽는다!'

오장보는 정신을 바짝 차렸다.

'이건 내 모습이 아니다! 육 년 전의 나는 결코 이런 추한 모습이 아니었다!'

그는 두 자루 대감도가 자신을 향해 쇄도하는 데도 눈을 딱 부릅뜨고 심기일전에 온 정신을 집중했다.

우선 호흡부터 가지런히 골라야 했다. 들숨 날숨을 정확하게 구분하여 호흡하면서 금방이라도 터져 버릴 것 같은 심장부터 다스리는 것이 순서였다.

위잉! 쉬잉!

그러면서 좌우로 두세 걸음씩 재빨리 움직이며 날아드는 두 자루 대감도를 어렵사리 피했다.

아직 동작이 마음에 들지 않았지만 지금껏 허둥대던 것보다는 많이 나아지고 있었다.

무엇보다도 다행인 것은 터질 것 같던 심장이 점차 정상을 되찾고 있다는 사실이었다.

쐐액! 휘잉!

오장보의 비대한 몸이 전후좌우로 뒤뚱뒤뚱 움직이면서 날아드는 대감도를 요리조리 모두 피해냈다. 호흡이 가라앉으니까 동작도 따라서 기민해졌다.

한 가지가 나빠지기 시작하면 우르르 다 나빠지지만, 노력해서 한 가지를 되찾으면 다른 것들도 연쇄적으로 좋아진다는 사실을 오장보는 몸으로, 그리고 목숨을 담보로 체득하고 있는 중이었다.

두 괴한이 멈칫했다. 갑자기 달라진 오장보 때문에 당황하는 것이 분명했다.

반면에 오장보는 차츰 여유를 찾기 시작했다. 공포로 가득

했던 얼굴에는 용맹함이 엿보였다.

그러나 그것은 득의함이나 자만이 아니다. 맹장(猛將)은 그런 사치를 부리지 않는 법이다.

"이놈들! 뭘 망설이고 있는 것이냐? 날 죽이겠다더니, 이제 포기한 것이냐?"

"이 돼지 같은 놈이!"

두 괴한은 발끈했다. 그들은 평소에 정말 오장보를 갈아 마셔도 시원치 않을 정도로 증오했다.

"그렇지! 그래야 살인자답지! 어서 덤벼라! 나는 이제야 싸울 맛이 나기 시작했다!"

오장보는 땀을 비 오듯이 흘리면서도 입가에 미소를 짓는 여유마저 보였다.

그는 정말 싸우고 싶어졌다. 두 자루 대감도를 아슬아슬하게 피하면서 짜릿한 쾌감을 느꼈는데, 만약 정말 팔다리를 휘두르면서 싸우면 얼마나 짜릿할 것인가를 상상하자 갑자기 싸우고 싶어서 미칠 것만 같았다.

"내기할까?"

왜소한 체구가 큰 체구를 보며 눈을 빛냈다.

"무슨?"

"우리 중에서 저 돼지 새끼를 죽이는 사람의 명령을 무조건 한 가지 들어주기."

큰 체구의 눈이 번들거렸다.

"좋아."

말이 끝나자마자 두 괴한은 전력을 다해서 오장보를 공격하기 시작했다.

여태까지와는 비교도 되지 않을 정도의 위맹함과 빠르기였다. 서로 오장보를 죽이려고 안달이 난 것 같았다.

오장보는 정신을 바짝 차리고 두 주먹을 힘껏 움켜쥐었다. 이것은 장난이 아니다. 여차하는 순간 목숨을 잃는다.

그런데도 기분이 더할 나위 없이 상쾌했다. 고른 호흡과 온몸으로 퍼져 나가는 팽팽한 힘과 긴장감.

육 년 만에 느껴보는 싸움의 쾌감이었다. 그는 그것을 너무 오랫동안 잊고 있었다.

이 쾌감은 계집에게서 얻는 것과는 비교도 할 수 없을 정도로 품격이 높았다.

전혀 다른 차원인 것이다.

위이잉! 쐐애액!

대감도의 파공성이 밤공기를 갈가리 찢어발겼다.

세 사람은 죽기 살기로 싸웠다. 마치 같은 하늘을 이고 살지 못하는 불공대천지수들의 싸움 같았다.

오장보는 시간이 지날수록 빨라졌다.

아직까지도 피하는 데 급급하고 있는 형편이지만, 아까보다는 훨씬 여유로운 움직임이었다.

원래 오장보의 무기는 창이었다. 그가 손에 장창 한 자루를 쥐고 말을 몰아 전장에 뛰어들면 적군은 변변히 대항도 못한 채 추풍낙엽처럼 죽어나갔다.

그의 열하맹룡이라는 별호는 적군이 붙여준 것이었다. 또한 반호의 창술도 그가 가르쳤다.

지금 그의 손에는 장창이 없다. 하지만 용장(勇將)이라 함은 전천후여야 한다.

반호의 맨손 박투술 역시 오장보가 가르친 것이니, 예전 그의 실력을 미루어 짐작할 수 있을 터이다.

그때 큰 체구의 괴한이 번쩍 눈을 빛냈다.

오장보가 왜소한 체구의 괴한이 휘두른 도를 피하느라 허점을 보인 것이다.

쉬이잉!

그 기회를 놓치지 않고 큰 체구의 대감도가 맹렬하게 오장보의 목을 베어갔다.

시퍼런 칼날이 달빛을 받아 야차의 이빨처럼 번뜩였다.

거리는 불과 반 장 남짓. 이번에는 절대 피할 수 없을 것이라고 큰 체구는 확신했다.

그러나 그 순간의 오장보 역시 큰 체구가 공격하는 동작에서 허점을 발견했다.

그리고 본능적으로 느꼈다. 바로 이 순간이 수비에서 공격으로 전환해야 할 때라고.

스윗!

오장보는 피하기는커녕 놀라운 속도로 오히려 큰 체구에게 더욱 바짝 다가들었다.

큰 체구가 움찔 놀라 눈이 커질 때,

후우!

"헛!"

오장보는 정수리를 큰 체구 쪽으로 향한 자세에서 고개와 허리를 잔뜩 굽혀 등 위로 대감도가 아슬아슬하게 스쳐 지나가게 하는가 싶더니 다음 순간 큰 체구의 가슴팍으로 무섭게 솟구쳐 올랐다.

폭포를 거슬러 오르는 송어의 힘찬 역동적인 모습이 그와 같을 것이다.

뻑!

"크악!"

오장보의 머리통만 한 주먹이 큰 체구의 턱에 작렬했다.

큰 체구는 고개가 덜컥 뒤로 젖혀지면서 두 발이 둥실 허공으로 떠올랐다.

"이 새끼!"

왜소한 체구가 눈에서 불을 뿜으며 오장보의 뒤통수를 향해 맹렬히 대감도를 그어갔다.

오장보는 큰 체구를 가격한 직후라서 자세가 불안정한 상태였기 때문에 왜소한 체구의 공격을 피할 수 없을 것처럼 보였다.

순간 오장보의 상체가 빠르게 옆으로 쓰러졌다.

아니, 그저 쓰러진 것이 아니라 상체를 눕히면서 왜소한 체구를 향해 오른발을 힘차게 쭉 뻗었다.

뒤통수를 베어오는 대감도를 피하는 동시에 상대를 공격하는 기막힌 수법이었다.

왜소한 체구의 두 눈이 휘둥그레졌다.

퍽!

"끅!"

오장보의 발뒤꿈치를 가슴과 목의 경계 부위에 직격으로 적중당한 왜소한 체구는 답답한 비명을 지르며 지푸라기처럼 허공으로 날아갔다가 땅에 나뒹굴었다.

"헉헉헉!"

오장보는 헐떡이면서 두 괴한을 굽어보았다. 그 두 명은 제 집인 양 땅바닥에 길게 쭉 뻗어 있었다.

호흡을 골랐다고는 하지만 역시 오장보의 비대한 몸이 문제였다. 또한 그동안 너무 오래 쉬었다.

그는 다시 아까처럼 심장이 터질 것 같았고, 어질어질해서 금방이라도 주저앉고 싶었다.

하지만 그는 이를 악문 채 두 다리에 잔뜩 힘을 주어 굳건하게 버티고 섰다.

지금의 이 근사한 승리감, 아니, 무엇을 주고도 바꾸고 싶지 않은 최상의 기분을 땅바닥에 주저앉은 채 느끼고 싶지는 않았다.

"후후, 비린내 나는 애송이들. 감히 누굴 죽이겠다
고……."

그는 희미한 미소를 입가에 떠올리며 중얼거렸다. 말투도
예전 열하맹룡이었을 때와 많이 닮아 있었다.

그의 주먹과 발길질은 강한 파괴력을 지닌 것이 분명했다.
두 괴한은 단 한 대씩을 얻어맞았을 뿐인 데도 혼절해서 깨어
나지 못하고 있었다.

오장보는 두 괴한을 굽어보며 큰 결심을 하고 있었다.

'바로 이거였어. 이걸 놔두고 여태껏 계집들의 냄새 나는
사타구니에만 정신을 팔고 있었으니…….'

후회막급이었지만 이제라도 정신을 차렸으니 다행이라고
생각하며 위안을 삼을 수밖에 없었다.

아직 젊다면 젊은 사십이 세의 나이에 등을 떠밀리다시피
전장에서 은퇴한 그에게 군부는 경붕현 군총교독이라는 제법
높은 지위, 그러나 무장(武將)으로서는 할 일이 없는 한직(閑
職)을 주었다. 그가 세운 혁혁한 전공에 대한 상부의 후한 배
려였다.

오장보는 죽을 때까지 전장에 머물고 싶었지만 그럴 수가
없는 처지였다.

더 이상 전쟁이 일어나지 않았기 때문이다. 나라끼리의 전
쟁은 물론이고, 오랑캐의 발호조차 없었으니 열하의 맹룡도

전쟁터를 떠날 수밖에 없는 상황이었다.

그 옛날 십칠 세 어린 소년으로 군사가 되어 전쟁터에서 잔뼈가 굵은 그에게 경붕현 군총교독이란 직책은 중벌이나 마찬가지였다.

전쟁터를 질풍처럼 누비고 다녀야 할 그가 책상 앞에 멀뚱히 앉아서 보고서나 뒤적여야 했기 때문에 처음 일 년 동안 그는 할 일 없이 빈둥거리기만 했다.

너무 심심해서 죽을 지경이었다. 그래서 무투 경연에 관심을 갖기 시작했으며, 여색에 빠져들었다.

그것들이 전쟁터에서의 숨 가쁜 싸움이 가져다주는 기쁨과 환희를 십분지 일조차 대신해 주지는 못했지만, 어느 정도는 상쇄시켜 주었다.

그는 그렇게 육 년 동안 허송세월을 보냈다. 더 이상 수련을 하지 않고, 또한 거의 움직이지 않아서 살은 디룩디룩 쪘고, 결국 지금의 처지에 이른 것이었다.

호흡을 가라앉힌 오장보는 천천히 두 괴한에게 걸어갔다. 대체 어떤 놈들인지 얼굴이나 보려는 의도였다.

"이런……."

두 괴한의 복면을 벗긴 오장보는 아연실색하고 말았다.

드러난 얼굴은 다름 아닌 군총 소속 무투사인 단랑과 염탕이었던 것이다.

"이, 이런 망할 자식들이……."

오장보는 어이가 없었다.

너무 기가 막혀서 잠시 동안 어떻게 해야 할지 갈피를 잡을 수 없을 지경이었다.

"멋진 약호권각(躍虎拳脚)이었소."

"……!"

그때 그의 뒤에서 조용한 음성이 들려왔다.

오장보는 방어와 공격을 동시에 할 수 있는 웅크리듯 튀어나갈 자세를 취하며 재빨리 몸을 돌렸다.

마차에서 내리기 전까지만 해도 상상도 할 수 없었던 기민한 동작이며, 반응이었다.

"자넨?"

그러나 오장보는 나타난 사람을 발견하고 크게 놀라 순간적으로 몸이 굳어버렸다.

그의 전면에 우뚝 서 있는 사람은 다름 아닌 설무검과 양궁표였던 것이다.

원래 철탑 같은 모습의 설무검은 팔짱을 낀 채였는데, 그의 왼쪽 어깨에 메어져 있는 은흑색의 천지검이 오늘따라 오장보의 시선을 잡아끌었다.

양궁표는 언제나 그랬듯이 두 손을 늘어뜨린 자세로 설무검의 옆에 장승처럼 서 있었다.

그의 표정도 어느덧 점차 설무검을 닮아가고 있었다. 처음에는 그렇지 않았는데, 요즘 그의 얼굴에 습관처럼 무심함이

엷게 드리워져 있는 것을 자주 발견하게 된다.

오장보는 본능적으로 뭔가 불길한 예감이 들어 날카롭게 설무검을 주시했다.

"자네가 꾸민 짓인가?"

얼마 전에 양궁표가 그의 목을 졸랐을 때 오줌을 싸고 말았던 오장보다. 그런 그가 지금은 전혀 다른 사람처럼 몹시 침착하게 묻고 있었다.

"그렇소."

설무검은 고개를 끄덕이며 나직한 목소리로 대답했다.

"무슨 이유지?"

"두 가지 목적이 있었소."

"목적?"

그때 오장보는 자신의 뒤에서 부스럭거리는 소리를 들었다. 굳이 돌아보지 않더라도 단랑과 염탕이 깨어나 일어나는 소리라는 것을 알 수 있었다.

하지만 지금 상태로는 돌아볼 수가 없었다.

만약 설무검과 양궁표가 나쁜 마음을 품고 있다면, 돌아보는 순간 공격할 테니까.

아니, 나쁜 마음을 품지 않았다면 이런 짓을 꾸미지도 않았을 것이라는 게 오장보의 판단이었다.

"허허."

오장보는 갑자기 허탈한 웃음을 흘렸다. 자신이 생각해도 참 바보 같았다.

철검사는 몽고 고원 최강의 무투사다. 과연 오장보가 그를 당해낼 수 있을까?

자신이 제아무리 열하맹룡이었다고 해도 말이다. 그것 또한 육 년 전 온몸이 근육질로 이루어졌을 때의 얘기다.

철검사는커녕 양궁표조차도 이기지 못할 것이다. 단랑과 염탕 쯤이야 별문제 아니지만, 양궁표는 다르다.

그것이 무엇인지는 잘 모르지만, 이들 설무검과 양궁표는 보통 무투사가 아닐 것이라고 평소에도 늘 생각하고 있었던 오장보다.

"날 죽일 건가?"

체념을 하고 나니 마음이 좀 편안해진 오장보가 담담한 어조로 설무검에게 물었다. 체념했다고 궁금증이 사라지는 것은 아니었다.

설무검이 조용히 말했다.

"두 가지 목적에 대해서 말하던 중이었소만."

"오! 그렇군! 말해보게."

설무검은 팔짱을 풀고 뒷짐을 졌다. 공격하지 않겠다는 무언의 암시였고, 오장보는 그것을 알아차렸다. 적을 앞에 두고 뒷짐을 지는 것은 자살 행위와도 같다.

"첫째, 나는 당신의 본성을 일깨워 주고 싶었소."

오장보는 잠시 의외라는 표정을 지었다가 잠시 후 고개를 끄덕였다.

"그렇다면 자네의 첫 번째 목적은 성공했군. 난 잠들어 있던 투지(鬪志)를 되찾았으니까."

"두 번째 목적은 당신을 죽이는 것이오."

"역시 그것인가?"

오장보는 태연히 고개를 끄덕였다. 몸뚱이는 비곗덩어리였지만, 정신은 완연한 열하맹룡으로 돌아와 있었다.

"오장보 군총교독을 말이오."

"지금 죽일 텐가?"

"당신은 이미 죽었소."

"……."

"지금 내 앞에 서 있는 사람은 열하맹룡이오."

"……."

오장보는 너무 놀라서 아무 말도 할 수가 없었다. 그러나 그는 설무검의 말뜻을 깨달았다.

나태하고 허랑방탕한 군총교독 오장보는 죽었고, 열하맹룡이 부활했다는 뜻이었다.

"내 사람이 되지 않겠소?"

원래 커다란 변화가 일어나는 순간일수록 생각할 여유가 없이 사태가 빠르게 진전되는 법이다.

오장보는 대경실색하고 있는데, 경이로운 변화라는 이름을 가진 현실은 설무검의 입을 빌어 이미 저만치 앞서 나가고 있었다.

오장보는 기루에 다녀오다가 벌어진 오늘 밤의 이 급변하는 변화에 정신을 차릴 수가 없었다.

하지만 한 가지만은 분명했다.

군총교독 오장보는 오늘 밤 이 거리에서 죽었으며, 과거의 열하맹룡이 부활했다는 사실.

"내 한 가지 조건을 들어준다면 자네가 하자는 대로 무조건 따르겠네."

설무검은 가볍게 고개를 끄덕였다.

"알겠소. 당신의 조건을 들어주겠소."

"고맙네. 이 시간 이후 열하맹룡은 자네 사람일세."

설무검은 그의 조건을 들어보지도 않았고, 오장보는 왜 묻지 않느냐고 묻지 않았다.

설무검과 오장보는 우뚝 서서 서로를 주시했다. 두 사람의 표정과 눈빛으로 무수한 무언의 말들이 오고 갔다.

단랑과 염탕이 오장보에게 맞은 부위를 어루만지면서 겸연쩍은 얼굴로 다가왔다.

"대형의 명령이이라 어쩔 수 없었수. 미안하우. 많이 다쳤수?"

염탕이 너스레를 떨며 오장보의 상처를 이리저리 살펴보았다.

오장보는 껄껄 호방하게 웃었다.

"핫핫핫! 군총교독이었다면 이 정도 상처에 죽는다고 나뒹굴었겠지만, 열하맹룡은 끄떡없네. 껍데기를 벗어던지고 알맹이를 되찾았는데 이까짓 것은 조금도 대수롭지 않지! 설사 팔 하나를 잃었다고 해도 괜찮아!"

그의 진심이었다. 그로 미루어 그가 얼마나 과거로의 회귀를 갈망했는지 짐작할 수 있었다.

"정말 꽤 세던데. 우리 둘이서 전력을 다했는 데도 못 당하겠더군!"

염탕이 오장보를 보며 고개를 절레절레 흔들었다.

단랑이 설무검 곁에 바짝 붙어 서서 궁금한 듯 물었다.

"대형! 그런데 교독의 조건이 무엇이기에 들어보지도 않고 수락한 겁니까?"

양궁표가 대신 대답했다.

"교독은 새로운 삶을 원한다. 형님께선 그 삶을 주겠다고 약속하신 것이다."

"그렇군요."

양궁표는 표정이나 습관만 설무검을 닮아가고 있는 것이 아니었다.

그때 오장보가 손을 휘휘 저었다.

"자네들, 이제부터는 날 교독이라고 부르지 말게! 듣기만 해도 진저리가 나는군!"

"그럼 뭐라고 부르라는 거요?"

“나도 자네들 형제에 끼워주면 안 되겠나?”

그 말에 단랑과 염탕은 어림도 없다는 듯 손을 내저었다.

“에끼! 여보슈! 말이 되는 소리를 해야지! 지금 당신 나이가 몇인데 우리 형제에 낀다는 거요?”

염탕이 말도 안 된다는 듯 자신의 어깨로 오장보의 어깨를 툭 쳤다.

오장보는 정색을 하며 염탕에게 물었다.

“자네, 몇 살인가?”

“서른여덟이오.”

오장보가 턱으로 설무검을 가리켰다.

“철검사하고는 몇 살 차이지?”

“잘 모르겠는데…….”

그러고 보니 아무도 설무검의 나이를 모르고 있었다.

“나는 올해 스물아홉이오.”

설무검이 조용히 입을 열었다.

오장보는 이번에는 양궁표를 쳐다보며 눈으로 그의 나이를 물었다.

“서른넷이오.”

오장보의 시선이 이번에는 단랑에게 향했다.

모두들 자신의 나이를 밝히는 분위기였지만 단랑은 꼼지락거리며 금세 대답하지 않았다.

오장보와 염탕은 빤히 그녀를 주시했다. 그렇지 않아도 그녀의 진짜 나이가 무척이나 궁금했던 염탕이다.

설무검과 양궁표는 원래 말이 없는 사람들인 데다 단랑의 나이가 별로 궁금하지도 않았다.

그렇지만 마땅히 시선을 둘 곳이 없어서 물끄러미 단랑을 응시하고 있었는데, 그것이 그녀에게는 빨리 대답하라는 독촉처럼 느껴졌다.

단랑은 더듬거리다가 날카롭게 빽 소리쳤다.

"스물… 스물셋이예요! 이제 됐어요?"

염탕이 뼈있게 중얼거리며 입맛을 다셨다.

"하는 걸 봐선 꽤 먹었을 거라고 생각했는데, 이제 보니 무지하게 어리군. 딸내미 뻘이잖아. 츱~!"

"이, 이 자식이 감히! 엉기는 거야?"

단랑은 얼굴이 새빨개져서 지레 성질을 냈다.

오장보가 손을 저으며 나서서 두 사람을 진정시킨 다음에 진중한 표정으로 말했다.

"그러니까 단랑하고 자네는 열다섯 살 차이로군."

"그… 런데 그게 어쨌다는 거요?"

염탕이 불길한 표정으로 오장보를 쳐다보았다.

"아까 보니까 열다섯 살 나이 차이인 데도 자네는 단랑에게 '막내' 라고 불리더군."

'우라질!'

염탕은 속으로만 욕설을 퍼부었다.

오장보는 개의치 않고 자신만의 산술을 계속했다.

"나하고 염탕, 자네하고는 열한 살 차이밖에 나지 않아."

"그럼… 당신이 마흔아홉이란 말이오? 말도 안 되는 소리!"

오장보는 살이 쪘기 때문에 나이보다 열 살쯤은 더 들어 보였다.

그러나 오장보는 그 역시 개의치 않았다.

"결론을 내리자면, 자네들끼리는 별로 나이에 연연하지 않는다는 사실을 알 수 있겠네. 그러니 이제부터는 내 나이도 불문에 붙여주게."

"그래서 어쩌자는 거요?"

염탕이 발끈해서 외쳤다.

오장보는 미소를 지었다. 군총교독 때에는 볼 수 없었던 해맑은 미소였다.

"나도 자네들 형제에 끼워주게."

단랑과 염탕의 만면에 어이없는 표정을 가득 떠올렸다. 두 사람의 표정은 '이 노인네가 미쳤나?' 라고 말하는 듯했다.

염탕이 과연 어쩌나 보자는 심산으로 물었다.

"당신이 우리 형제 중 어디에 끼면 적당하다고 생각하는 거요? 한 번 말이나 해보슈!"

오장보는 진지하게 생각하며 대답했다.

"자네들은 어떤 방법으로 형제의 순서를 정했나?"

"대형과 인연을 맺게 된 순서요!"

오장보는 알았다는 듯 고개를 끄덕였다.

"그랬군. 그래서 자네가 단랑의 막내가 된 거였어."

오장보는 염탕의 아픈 곳을 자꾸만 콕콕 찔렀다.

오장보의 표정이 지금까지보다 한층 진지해졌다.

"그렇다면 내가 맨 마지막이니 날 자네들의 막내 아우로 받아주게나."

그 말에 모두 혼비백산하고 말았다. 이번에는 설무검마저도 적잖이 놀라는 표정을 지었다.

"말도……."

"그럴 수는……."

단랑과 염탕이 어이없는 표정으로 손사래를 치려고 할 때 오장보가 그 둘에게 넙죽 허리를 굽혔다.

"두 분 형님! 앞으로 잘 부탁드립니다!"

"……."

"……."

단랑은 너무 기가 막혀서 눈물을 흘렸고, 염탕은 엎드려서 마구 토하고 있었다.

양궁표도 피식 실소를 흘렸다.

그러나 그 모든 반응을 종식시키는 설무검의 한마디가 있었다.

"막내, 부활을 축하하네."
오장보는 고개를 들더니 입이 귀에까지 찢어져서 넙죽 허
리를 굽혔다.
"감사합니다, 대형!"

第二十四章
중천절(中天絶)

반호는 씁쓸하면서도 놀라운 기분이었다.

그는 지금 여자 품에 안겨 있었다.

더 자세히 설명하자면, 보화가 한 팔로 그의 허리를 단단하게 그러안고 있었다.

바로 그것이 반호를 몹시 씁쓸하게 만든 것이었다.

지금 반호는 자신의 두 발로 땅을 디뎌서 달리지 않으면서도, 자신이 전력으로 달리는 것보다 서너 배 이상 빠른 속도로 쏘아가고 있는 중이었다.

그 이유는 경공을 전개하고 있는 보화가 그의 허리를 안은 덕분이었다.

군총을 출발하여 설무검을 찾으러 가던 중이었는데, 반호
는 아무리 전력을 다해서 달려도 보화를 따라갈 수가 없었고
끝내는 그녀를 놓쳐 버리고 말았다.

잠시 후에 반호가 따라오지 않는다는 사실을 알고 되돌아
온 보화가 조급한 마음에 그를 안고 달리겠다고 제의했을 때
반호는 차마 거절할 용기가 나지 않았다.

무슨 일인지는 모르지만, 자신 때문에 많이 지체되고 있다
고 여겼기 때문이다.

오장보를 따라 만화루에 가는 길에 보화를 여러 차례 보아
왔던 반호지만, 설마 그녀가 무림인일 것이라고 생각한 적은
한 번도 없었다.

반호가 본 보화는 그저 여느 기루의 아름답고 도도한 루주
일 뿐이었다.

그런 그녀가 무림인이었다는 사실은 전혀 뜻밖이었고 놀
랍기 그지없었다.

반호는 더욱 착잡해졌다.

설무검은 양궁표와 단랑, 염탕을 형제로 받아들여서 반호
가 알지 못하고, 가본 적도 없는 미지의 세계로의 도약을 준
비하고 있는 중이었다.

반호는 그들 무리에 합류하고 싶었지만 오장보 때문에 그
럴 수 없는 처지였다.

그런 판국에 일개 기녀인 줄 알았던 보화가 무림인이었다

는 사실을 알게 되었으니, 그는 자신 혼자만 좁은 우물 속에 갇혀서 허우적거리는 개구리였다는 비참한 심정을 떨쳐 버릴 수가 없었다.

반호는 보화의 옆얼굴을 힐끗 쳐다보았다.

그녀는 반호의 심정은 아랑곳하지 않은 채 전면을 주시하고 있는데 얼굴에는 초조함이 가득했다.

반호는 그녀가 필경 설무검을 염려하고 있다는 사실을 간파했다.

"저기 오는군요."

그때 보화가 반가운 음성으로 나직이 말했다.

반호가 전면을 쳐다보았지만 곧게 뻗은 대로에는 아무도 보이지 않았다.

반달이 비추고 있었기 때문에 그리 어두운 편도 아니었으며, 그는 남달리 시력이 좋은 편이었는 데도 보화가 발견한 것을 볼 수가 없었다.

그런데 과연 조금 더 쏘아가자 전면에 흐릿한 몇 사람의 모습이 나타났다.

조금 더 달려갔을 때에야 반호는 설무검과 양궁표, 오장보가 나란히 걸어오고 있고, 그 뒤에 단랑과 염탕이 따르고 있는 모습을 확인할 수 있었다.

군총을 출발했을 때에는 마차를 탔던 오장보가 지금은 설무검과 함께 나란히 걸어오고 있었다.

반호는 오장보가 군총을 나가고 나서 얼마 지나지 않아 설무검이 자신에게 오장보가 가는 곳을 물었고, 조심스레 그의 표정을 살피면서 말해주었던 기억이 떠올랐다.

그때 반호는 설무검이 오장보를 만나 담판을 지을 것 같다고 막연하게나마 추측했다.

물론 반호 자신의 거취에 대한 담판일 터이다. 그런데 지금 설무검과 오장보가 화기애애하게 함께 오는 것을 보니 어쩌면 얘기가 잘됐을지도 모른다는 생각이 들었다.

그것 때문에 반호는 자신도 모르게 작은 흥분을 느꼈다.

보화는 속도를 늦추지 않고 쏘아가다가 설무검 바로 면전에서야 급히 정지했다.

그러면서 그녀가 반호의 허리를 감았던 팔을 슬쩍 푸는 바람에 반호는 앞으로 고꾸라질 뻔했다.

보화가 난데없이 나타났으며, 또한 경공을 전개했다는 사실에 모두 크게 놀라는 표정이었지만 설무검은 알고 있기라도 했던 것처럼 태연했다.

"루주가 여긴 웬일인가?"

오장보가 반색을 했지만 보화는 대꾸도 하지 않고 굳은 얼굴로 설무검의 팔을 잡아끌었다.

"당신, 나 좀 봐요."

그녀의 표정과 행동이 마치 바람피우고 온 남편을 마누라가 닦달하기 직전 같아서 중인은 어리둥절했다.

반호는 오장보의 어깨와 등에 피 묻은 천이 묶여 있는 것을 발견하고 적잖이 놀랐다.

"대인, 다치셨습니까?!"

"별것 아니다. 치료를 했으니 걱정 마라."

오장보는 대수롭지 않다는 듯 손을 저으면서도 시선은 설무검과 보화에게 고정되어 있었다.

보화는 사람들로부터 멀리 뚝 떨어진 곳으로 설무검을 데려가서도 혹시나 다른 사람이 들을세라 그와 바짝 마주 서서 입을 열었다.

"색혼도라는 자가 당신을 찾고 있어요."

그러면서 그녀는 빤히 설무검을 주시했다. 자신의 말을 듣고 변할 그의 표정을 놓치지 않으려는 것이었다.

과연 설무검의 표정이 변했다. 그러나 보화가 그것에서 무언가를 알아내기란 쉽지 않았다.

설무검의 얼굴이 평소의 무심함에서 약간 흔들렸다가 다시 본래의 표정을 회복했기 때문이다.

보화가 긴장한 얼굴로 말을 이었다.

"본 루에 찾아와서 다짜고짜 당신 얼굴이 자세히 그려진 전신을 보여주더군요."

보화의 그 말이 무엇을 뜻하는지 설무검은 즉시 간파했다. 색혼도가 전신을 들고 경붕현을 돌아다니면 설무검이 무투사 철검사라는 사실을 알아내는 것은 그리 어려운 일이 아닐 것이다.

설무검은 색혼도가 진천방주 담제웅의 수하라는 사실 정도만 알 뿐, 그의 지위나 다른 것들은 알지 못한다.

과거 색혼도는 설무검의 면전에 나서지도 못하는 까마득한 아래의 존재였다.

색혼도가 설무검을 찾는 것은 담제웅의 명령을 받았기 때문일 것이라고 추측할 수 있었다.

설무검의 눈빛이 자욱하게 가라앉았고, 분노하는 가슴은 더 깊이 침잠했다.

놈들은 이 년이 지난 지금까지도 끈질기게 설무검을 찾고 있는 것이다.

그것은 이 년 전 그 당시에 놈들이 설무검의 죽음을 확인하지 않았다는 의미를 내포하고 있었다.

중천오세의 지존들이 중천의 절대자를 배신했으면서도 죽이지 않았다는 사실이 이상했다.

하지만 그들 중에 신봉후가 끼여 있으며, 마지막 순간에 그녀가 마음을 바꿔 설무검을 살렸을 것이라고 추측하는 것은 그리 어려운 일이 아니었다.

신봉후가 어떤 심정으로 설무검을 살리려고 했는지에 대해서는 고민할 필요도 가치도 없었다. 아니, 설무검의 흥미조차 자아내지 못했다.

배신은 그저 배신일 뿐이다.

신봉후는 오히려 다섯 명의 배신자 중에서 가장 무거운 대가를 치러야 할 것이다.

중천오세가 설무검을 제압하기 위해서는 신봉후의 역할이 절대적이었을 것이다.

설무검의 연인이었던 그녀만이 오직 그에게 무방비 상태로 백일취수를 먹일 수 있었을 테니까.

그러므로 그녀는 자신의 역할이 중요했던 만큼 그 대가로 설무검의 목숨만은 살려 달라고 요구했을 것이다.

설무검은 그녀의 그런 아량마저도 가증스러웠다.

"한 가지 다행스러운 것은, 색혼도가 저에게 찾아온 시각이 자정 한 시진 전 즈음이었다는 사실이에요. 그 시각에 본루에서 이각가량을 지체한 후에 그가 나갔을 때에는 경붕현에서 가장 늦게까지 영업을 하는 기루들마저도 이미 문을 닫은 후였을 거예요."

보화는 희고 긴 손가락을 꼽으면서 조리있게 설명한 연후에 자신의 생각을 얘기했다.

"당신이 지금 군총으로 가는 것은 위험천만한 일이에요. 일단 본 루로 가는 게 좋겠어요. 색혼도는 본 루에는 다시 찾아오지 않을 거예요."

설무검은 보화가 '색혼도' 라는 별호를 말하는 것으로 봐서 그의 신분을 알고 있을 것이라 짐작했다.

그러면서도 그녀는 색혼도가 무엇 때문에 당신을 찾고 있는 것이냐고 설무검에게 묻지 않았다.

물론 보화는 그런 것들이 무척 궁금했다. 하지만 색혼도가 경붕현을 떠날 때까지 설무검을 안전하게 보호하는 것이 더 중요했다.

보화는 불안한 표정으로 거리 좌우를 둘러보고 나서 설무검의 팔을 잡아끌었다.

"여기에서 이러는 것도 좋지 않아요. 어서 가요. 본 루에는 아무도 모르게 당신이 머물 만한 장소가 있어요."

양궁표 등은 설무검과 보화의 대화를 듣지는 못했지만 두 사람의 표정과 분위기가 매우 심각하다는 사실을 감지했다. 그들은 긴장된 표정으로 설무검을 주시했다.

보화는 설무검이 누군지 모르고 있다. 아니, 상상조차도 하지 못한다.

그러나 '저승사자' 인 색혼도가 찾고 있다면 평범한 사람은 아닐 것이라는 짐작은 할 수 있다.

설무검의 생각은 그리 길지 않았다.

"그자의 수하가 몇 명인지 봤나?"

"네. 세 명인데 한 명은 지금쯤 제 수하들을 따라 남쪽으로 가고 있을 거예요. 이 사실을 당신에게 알리기 위해서 제가 감시하는 수하를 따돌렸거든요."

"보화."

"네, 말씀하세요."

설무검은 조금 전에는 그녀를 '루주' 라고 불렀으나 지금은 이름을 불렀다.

보화는 그 사실에 기분이 좋아졌다. 자신이 그와 조금쯤은 가까운 사이가 된 느낌이었다.

보화는 설무검의 표정과 목소리만으로는 그가 지금 무슨 생각을 하고 있는지 감조차 잡을 수가 없었다.

"색혼도가 어디에 묵고 있는지 알아봐 줄 수 있겠나?"

"어… 쩌려는 거죠? 설마……."

보화는 크게 놀랐다. 그녀는 그렇게 물으면서 이미 설무검이 무엇을 하려는 것인지 짐작할 수 있었다.

"안 돼요!"

순간 보화는 두 손으로 설무검의 양팔을 힘껏 잡아당기면서 큰 소리로 외쳤다. 양궁표 등이 깜짝 놀랐지만 그녀는 그런 것에는 신경조차 쓰지 않았다.

"당신, 색혼도가 누군지 알고 있죠? 그러면서도 그와 싸우려는 건가요? 어리석은 짓이에요!"

그 소리 역시 양궁표 등의 귀에 똑똑히 들렸다.

"색혼도는 중천무림 중천오세 중에 진천방의 색혼당주……."

보화는 말끝을 흐렸다.

그녀가 힘주어 양팔을 잡고 있는 데도 설무검이 천천히 팔을 들어 그녀의 팔을 떨쳐 냈기 때문이다.

이어서 그녀는 설무검이 비스듬히 야공을 주시하면서 나직하게 중얼거리는 것을 똑똑히 들었다.

"담제웅(覃帝雄)이 자신의 개 한 마리를 보냈군."

"……."

보화는 그대로 입이 얼어붙어 버렸다. 그녀는 큰 눈을 더욱 크게 뜨고 설무검을 바라보았다. 그녀의 얼굴에는 불신과 경악이 동시에 떠올라 있었다.

그녀가 설무검을 처음 보았을 때 느꼈던 군림자(君臨者)의 느낌을 지금도 강렬하게 느꼈다.

그렇다고 설무검이 기도를 강하게 내뿜었기 때문이 아니다. 그는 그저 평소의 모습일 뿐인데 단지 보화가 그렇게 느낀 것이다.

그리고 또 하나.

보화는 설무검이 중천오세의 하나인 진천방 방주의 이름을 마치 아랫사람처럼 중얼거렸다는 사실에 주목했다.

그런 모든 것들을 종합해 봤을 때, 보화는 자연스럽게 한 인물의 이름을 떠올렸다.

'아아, 이 사람은 설마…….'

설무검은 밤하늘에서 시선을 거두어 보화에게 향했다.

"자넨 십오봉령(十五鳳靈) 중 한 명인가?"

보화는 깜짝 놀랐지만 곧 허리를 굽혀 공손히 대답하며 여태까지와는 다른 예의를 갖추었다.

“네, 십이봉령(十二鳳靈)이에요.”

봉황단 백봉령루의 십오 명의 지부주를 십오봉령이라고 하며, 팔십오 명의 분타주를 팔십오봉추(八十五鳳雛)라고 한다. 보화는 십오봉령 중에 십이봉령인 것이다.

“현재 담제웅의 개들이 경붕현 어디에 있는지 알아봐 줄 수 있겠나?”

설무검이 다시 한 번 말하자 보화는 감히 거역할 수가 없었다. 마치 그의 명령을 받아 마땅하다는 느낌이 강하게 그녀를 압박했다.

“네.”

문득 보화는 약간 고개를 들어 밤하늘을 바라보며 나직이 입을 열었다.

“사밀(四密)은 게 있느냐?”

순간 보화를 중심으로 동서남북 네 방향에서 나직하지만 또렷한 네 마디의 여자 목소리가 들려왔다.

“하명하십시오.”

양궁표 등은 화들짝 놀랐다. 그 네 마디의 목소리가 바로 자신들의 근처에서 들려왔기 때문이다.

그들은 급히 사위를 두리번거렸지만 사람의 모습은 어디에서도 보이지 않았다.

이곳은 대로변에 건물도 없는 사방이 탁 트인 곳이며, 띄엄띄엄 나무만 몇 그루 서 있을 뿐이었다.

성질 급한 단랑과 염탕이 급히 주위의 나무들을 살펴봤지만 역시 사람은 보이지 않았다.

"색혼도를 찾아라."

"봉령의 분부를 받듭니다."

보화가 조용한 어조로 명령하자 예의 근처의 네 방향에서 낭랑한 대답이 들려왔다.

그리고는 끝이었다.

단랑과 염탕, 오장보가 귀신에 홀린 듯한 얼굴로 주위를 살펴보았지만 역시 뜻을 이루지 못했다.

대로변의 골목 안으로 들어가 여러 번 좌우로 꺾어지면 좁은 골목 양쪽에 처마를 맞대고 고만고만한 평민들의 집 수십 채가 늘어서 있는데, 그 가운데 하나가 반호의 수하 중 한 명의 집이었다.

그리 넓지 않은 실내에는 설무검 혼자만 앉아 있고 모두들 그를 중심으로 빙 둘러서 있었다.

탁자에는 술도, 요리도, 차도 없었다. 반호의 수하가 뭐라도 대접하겠다는 것을 반호가 만류했다. 설무검의 뜻이었다.

오랜 침묵이 흘렀다. 이 방에 들어온 이후 아직 아무도 입을 열지 않고 있었다.

보화의 심복이며 그림자인 사밀은 지금쯤 수하들을 풀어

색혼도를 수색하고 있을 것이다.

만화루는 이십여 명의 호위무사를 두고 있지만, 그것은 표면적일 뿐이다.

실상은 백봉령루의 지부답게 삼십 명의 정예 무사를 보유하고 있으며, 그중 사밀을 포함한 열 명 정도는 무림 고수라고 불릴 만한 실력자들이었다.

설무검은 깊은 생각에 잠겨 있었고, 그 옆에 서 있는 보화 역시 생각에 잠겼다가 가끔 설무검을 바라보며 염려스러운 표정으로 들리지 않는 한숨을 내쉬었다.

무슨 일인지, 어쩌려는 것인지에 대해서는 설무검과 보화만 알 뿐, 다른 사람들은 그저 자신들이 들은 극히 지엽적인 말들로 이것저것 추측하느라 머리가 아플 지경이었다.

그들이 들었던 말이란 고작, 보화가 설무검의 양팔을 붙잡으면서 '색혼도'라는 자와 싸워서는 안 된다고 강하게 말한 것과 그녀가 어둠 속에 있는 그 누군가에게 '색혼도'를 찾으라고 지시했다는 정도에 불과했다.

그것으로는 보화가 '색혼도'를 찾아낸 후에 설무검이 그를 죽이려 한다는 추측밖에는 할 수가 없었다.

아무도 먼저 입을 열어 설무검의 생각을 방해할 엄두를 내지 못했다.

양궁표 등은 설무검이 보화의 보이지 않는 수하들 '사밀'이 색혼도의 행방을 알아오기를 기다리고 있다는 사실을 짐작했다.

　반호는 자꾸 오장보를 힐끔거렸다. 그와 설무검이 무슨 얘기를 나누었으며, 어떻게 결론을 냈는지 궁금했다.

　하지만 오장보가 여기까지 따라온 것으로 미루어 나쁜 결론은 아닐 것이라고 스스로를 자위할 뿐 물어볼 엄두가 나지 않았다.

　"저……."

　그때 오장보가 설무검을 보며 조심스럽게 말문을 열었다.

　"대형, 소제들이 뭔가 할 일이 없겠습니까?"

　그 말에 반호는 크게 놀랐다. 오장보는 설무검을 '대형' 이라 불렀고, 자신을 '소제' 라고 했다.

　반호는 과정은 짐작할 수 없지만 오장보가 설무검을 '대형' 으로 모시게 됐다는 사실을 알게 되었다.

　놀라운, 상상조차 하기 어려운 일이었지만 반호는 곧 이해할 수 있다는 표정을 지었다. 상대가 설무검이라면 불가능한 일도 아니었기 때문이다.

　이윽고 설무검은 상념을 거두고 천천히 중인을 쓸어본 후에 나직이 입을 열었다.

　"과거에 내가 누구였는지, 장차 어떤 계획을 갖고 있는지에 대해서는 아직 말하지 않겠다. 그러나 자네들에게 충분한 힘이 생겼다고 판단이 되면 그때 말해주겠다."

　장내에 긴장과 침묵이 한층 고조되었다.

보화는 오직 자신만이 설무검이 과거에 누구였는지 추측하고 있다고 생각했다.

또한 그 추측이 맞을 것이라고 확신했다. 그래서 그것 때문에 그녀의 정신은 아직도 혼돈 중에 있었다.

"내가 그 힘을 키울 수 있도록 자네들에게 방법을 알려줄 것이다. 그러나 어떤 결과가 나올지는 전적으로 자네들의 노력 여하에 달려 있다."

그때 보화의 표정이 가볍게 변했다. 명령을 받고 떠났던 사밀 중 한 명이 돌아와 그녀에게 전음입밀의 수법으로 보고를 하고 있는 중이었다.

보고를 듣고 난 그녀가 설무검에게 조용히 말했다.

"알아냈어요. 그자는 태화객잔에 투숙했어요."

장내에 또 다른 긴장이 흘렀다. 그러나 설무검은 조금도 긴장하는 표정이 아니었다.

"보화, 부탁이 하나 있네."

설무검의 말에 보화는 즉시 고개를 끄덕였다.

"그자를 유인해 내라는 거지요? 장소만 말해주세요."

설무검은 양궁표, 단랑, 염탕, 오장보를 차례로 보면서 조용히 말문을 열었다.

"나는 오늘 밤 색혼도라는 자와 그 수하 두 명을 죽이게 될 것이다."

다른 설명은 필요하지 않았다. 양궁표 등도 구구하게 추측하는 것을 그만두었다.

설무검이 누군가를 죽여야 한다면 그저 죽일 뿐이다. 그것이 대형을 위한 일이라는 것. 그것만이 중요한 것이다.

"소제들이 어찌해야 하는지 말씀해 주십시오."

양궁표가 설무검을 향해 공손히 고개를 숙였다.

설무검과 그의 의제들이 모종의 계획을 짜고 있는 동안 반호는 극도의 소외감을 맛봐야만 했다.

그는 설무검의 사람이 아니므로 자신이 이 일에서 철저히 배제됐다는 사실을 뼈저리게 느끼고 있었다.

색혼도는 미세한 기척을 감지하고 잠에서 깼다.

그는 침상에 누운 채 눈을 뜨고 청력을 한껏 돋우었다. 기척은 창밖에서 느껴지고 있었다.

상대는 한 명. 방 안의 기척을 살피고 있는 듯했다. 그자의 낮은 숨소리가 흐릿하게 전해져 왔다.

순간 색혼도는 항상 머리맡에 두고 자는 자신의 도를 집어 들자마자 소리없이 창을 향해 쏘아갔다.

팍!

창!

그는 창을 뚫고 튀어 나가는 것과 동시에 도를 뽑으며 재빨리 창밖의 상황을 살폈다.

그렇지만 창밖에 있을 것이라고 짐작했던 암중인은 이미

사라지고 없었다.

색혼도는 자신이 창을 향해 쏘아가는 기척을 암중인이 간파하고 사라진 것이라 여겼다.

색혼도는 몸이 아직 허공에 떠 있는 짧은 사이에 재빨리 주위를 둘러보았다.

순간 그의 눈이 번뜩 기광을 흩뿌렸다.

십여 장 거리의 지붕 위를 하나의 흑영이 빠른 속도로 멀어져 가고 있는 것이 보였다.

색혼도의 몸이 아래로 하강하기 시작했다. 그는 급히 오른발 끝으로 객잔의 이층 벽을 힘껏 박차면서 흑영이 사라지고 있는 방향으로 화살처럼 쏘아갔다.

그가 잠시 주춤하고 있는 사이에 흑영은 어느새 십오륙 장까지 멀어진 상태였다.

"너희는 속히 나를 따르라! 나는 현재 동북 방향으로 가고 있는 중이다!"

그는 쏘아가는 중에 아직 암중인의 존재를 모른 채 객방에서 자고 있는 수하 두 명에게 전음을 보냈다.

색혼도는 진천방을 떠날 때 십오 명의 수하를 거느렸지만, 이곳 경붕현에는 세 명의 수하들만 데리고 왔다.

다른 수하들은 열하성과 몽고 고원의 다른 지역을 수색하라고 보낸 상태였다.

색혼도는 객잔 옆방에서 자고 있는 두 명의 수하가 조금이라도 지체하면 자신을 놓치게 될 것이라 생각했다.

세 명의 수하 중 한 명에겐 만화루를 나오면서 그곳을 감시하도록 명령했는데 아직까지 돌아오지 않았고, 아무런 연락도 없는 상태였다.

색혼도는 자신을 살피던 암중인이 누군지 모른다. 얼굴조차 보지 못했다.

그리고 그의 본능과 오랜 경험은 어쩌면 이것이 함정일지도 모른다고 경고하고 있었다. 암중인이 자신을 어디론가 유인하고 있다는 감이 느껴졌다.

하지만 그는 추격을 포기하지 않았다. 포기할 수가 없었다.

상대가 누군든 자신이 찾고 있는 중천의 절대자와 관련이 있을 것이라고 판단했기 때문이다.

평소의 그였다면 이런 식의 무모한 추격은 결코 하지 않았을 것이다.

그렇지만 지금은 앞뒤 잴 여유가 없었다. 지난 이 년여 동안 그는 중천의 절대자인 중천절(中天絶)을 찾기 위해서, 아니, 그저 생사만이라도 확인하기 위해서 네 차례나 진천방을 떠났으며, 이번이 다섯 번째다.

색혼도도, 그를 이곳으로 보낸 진천방주 담제웅도 이번만큼은 무언가 소득이 있기를 간절하게 원하고 있다.

중천절의 시신을 봤다는 사람을 찾아내든가 그의 죽음을

직, 간접적으로라도 목격한 사람을 찾아내야지만 이 지루한 추적이 끝날 터이다.

색혼도는 어쩌면 함정에 빠질지도 모른다고 생각했지만, 함정에서 충분히 벗어날 수 있을 것이라고 자신했다.

그는 오늘 밤에 이곳 경붕현에 너무 늦은 시각에 당도했기 때문에 경붕현 최고의 기루라는 만화루 한 군데밖에 들르지 못했다.

만화루를 나오니 다른 곳들은 모두 철시를 해서 탐문을 할 수 없는 상황이었다.

색혼도는 앞서 가고 있는 암중인이 어쩌면 만화루주가 보낸 자일지도 모른다고 짐작했다. 하지만 아닐 수도 있었다.

어쨌든 지금의 색혼도는 한밤중에 은밀하게 자신을 살피던 자를 절대 묵과할 수가 없었다.

처음 암중인을 추격할 때의 간격은 십오륙 장이었지만 수백 장을 달리는 동안 십여 장으로 좁혀졌다.

그로 미루어 색혼도는 암중인이 최소한 자신보다 한 수 아래라고 간파했다.

그는 힐끗 뒤를 돌아보았다. 이백여 장 밖 까마득한 후방에 자신의 수하 두 명이 나란히 쏘아오고 있는 모습이 보였다. 그들 딴에는 서둘렀겠지만 너무 뒤처졌다.

색혼도는 공력을 최대한 끌어올려 가일층 속도를 냈다. 그러자 암중인과의 거리가 칠팔 장으로 좁혀졌다.

암중인은 흑의 경장 차림에 어깨에는 한 자루 검을 멨는데, 체구가 왜소하면서도 굴곡진 몸매인 것으로 미루어 여자가 분명했다.

'역시 만화루주의 수하인가?'

색혼도는 잠시 갈등했다.

그는 만화루가 봉황단의 지부라는 사실을 만화루주의 입을 통해서 직접 확인했다.

그렇다면 만화루주는 호기심이나 자신의 직무 때문에 색혼도에게 수하를 보낸 것일 수도 있다.

봉황단이 사령단의 돈줄 중에 하나이며, 정보 수집에 큰 역할을 한다는 것은 무림에 잘 알려진 공공연한 사실이다.

백봉령루는 아무리 자질구레한 것이라도 무엇이든 알아내고 추려서 정보로 만드는 데에는 귀신같은 존재들이다.

생각이 거기에 미친 색혼도는 잠시 멈칫했다. 그사이에 암중인은 조금 더 멀어져 갔다.

순간 색혼도의 귓가에 만화루주의 쨍하는 목소리가 울려 퍼졌다.

"당신, 여기가 어딘 줄 알고 함부로 설치는 거죠? 뜨거운 맛이라도 보고 싶은 건가요?"

색혼도가 알고 있는 한 백봉령루의 지부주 즉 십이봉령들은 결코 그런 식의 엄포를 놓지 않는다.

그녀들은 잘 벼려진 발톱을 잔뜩 감추고 있는 암표범과도 같은 존재들이라서, 마지막 순간이라는 판단이 서지 않는 이상 날카로운 발톱을 드러내지 않는다.

그런 점에서 만화루주는 지나치게 과잉 반응을 보였다.

'뭔가 있다!'

또다시 색혼도의 경륜과 본능이 발동했다. 순간 그는 재차 공력을 극한으로 끌어올려 신형을 날렸다.

그사이에 암중인과의 거리는 삼십여 장으로 멀어졌다. 하지만 색혼도는 그 정도 거리는 곧 따라잡을 수 있으리라 여기고 염려하지 않았다.

하지만 그는 한 가지 사실을 간파하지 못했다.

그가 갈등하느라 달리는 속도가 떨어진 직후에, 암중인의 속도도 약간 떨어졌다는 사실을.

그곳은 서랍목륜하 강가의 백사장이었다.

암중인은 강가에 이르러 흔적도 없이 사라져 버리고, 너른 백사장에는 색혼도 혼자만이 덩그렇게 서 있었다.

그는 움직이지 않고 천천히 주위를 둘러보았다.

뒤쪽으로는 강폭이 넓어진 서랍목륜하가 거의 흐름이 느껴지지 않을 만큼 천천히 흐르고 있었다.

좌우는 수백 장 넓이의 백사장, 그리고 십오륙 장 전면에는 방금 전 그가 지나온 숲이 있었다.

'놓치다니…….'

색혼도는 씁쓸한 기분을 감추지 못했다.

그때 그는 퍼뜩 정신을 차리며 전면의 숲을 쏘아보았다.

그러자 숲에서 한 사람이 색혼도 쪽을 향해 천천히 걸어나오고 있는 것이 보였다.

아니, 그 뒤로 일 장의 간격을 두고 또 다른 한 인물이 따르고 있었다.

그 두 명은 색혼도가 추격하던 암중인이 아니었다.

앞선 인물은 보통의 사내들보다 머리 하나쯤은 더 큰 훤칠한 키에 마른 듯하면서도 당당한 체구를 지닌 인물이었다.

"……!"

사내를 뚫어지게 주시하고 있던 색혼도는 한순간 심장이 멎어버리는 듯한 충격에 휩싸였다.

지금 자신에게 다가오고 있는 인물을 색혼도는 과거에 몇 차례인가 먼발치에서 본 적이 있었다.

색혼도는 물론이거니와, 그를 이곳에 보낸 진천방주 담제웅을 포함한 중천오세의 지존들마저도 과거에는 저 인물 면전에서 무릎을 끓고 부복해야만 했다.

색혼도가 알고 있는 한 저 인물은 당금 무림에서 가장 위대한 절대자였다.

'중천절…….'

그는 목 안이 온통 모래가 들어찬 것처럼 껄끄러운 것을 느끼면서 속으로만 중얼거렸다.

설무검은 조금도 서두르지 않는 걸음으로 천천히 똑바로 색혼도를 향해 걸어가 이 장 앞에 멈췄다.

뒤따르던 양궁표는 설무검의 뒤쪽 일 장 거리에 멈춘 후 왼쪽으로 세 걸음 이동했다.

양궁표는 긴장한 얼굴로 색혼도를 뚫어지게 주시했다. 그는 색혼도가 자신과는 비교도 할 수 없을 정도로 굉장한 무림 고수라는 사실을 직감했다. 그것은 누가 가르쳐 주지도 않았지만 그저 본능적으로 느껴졌다.

하지만 조금도 위축되지 않았다. 그 이유는 순전히 자신의 곁에 설무검이 있다는 사실 하나 때문이었다.

설무검과 함께라면 지옥마저도 두렵지 않다고 생각하는 양궁표였다.

"소, 속하……."

그때 색혼도가 더듬거리며 겨우 입술을 뗐다.

양궁표가 흠칫 놀라서 쳐다보자 색혼도는 가늘게 온몸을 떨기까지 했다.

"속하, 색혼도 진권(陳權)이 중천절을 뵈옵니다."

"……!"

그 말을 듣는 순간 양궁표는 혼비백산했다. 그는 눈을 부릅뜨고 색혼도를 다시 한 번 쏘아보았다.

절대 잘못 들은 것이 아니었다.

눈앞의 있는 자는 방금 자신을 색혼도라고 했으며, 설무검을 중천절이라 칭했다.

'아아……'

양궁표는 눈이 부신 듯한 표정으로 설무검을 바라보았다.

심장이 터질 것만 같은 벅참이었다. 뭐라고 형언할 수 없는 감동과 경이로움이 그의 온몸으로 차올랐다.

양궁표가 아무리 인간 말종인 산적의 신분이었다고 해도 저잣거리의 장사치들조차 알고 있는 삼천무림이니 삼천절 같은 말을 들어보지 못했을 리가 없다.

사람들 말로는 당금의 무림은 삼천으로 나뉘고, 그것을 지배하는 세 명의 절대자가 군림하고 있으니, 그들을 곧 삼천절이라고 했다.

중천절, 북천절, 남천절이 곧 그들이며, 무림인들은 그들을 '세 명의 절대자' 혹은 '검신(劍神)', '도제(刀帝)', '검황(劍皇)'이라고 부르며 숭상한다고도 들었다.

그런데 그중 하나의 하늘이며, 한 명의 절대자, 그리고 검신인 인물이 이곳에 있는 것이다.

아니, 그는 바로 양궁표 자신의 의형이었던 것이다.

양궁표는 문득 목관 속에 누워 있던 설무검을 처음 봤던 이 년 전 어느 날의 충격이 떠올랐다.

그날 느꼈던 설무검에 대한 너무도 강인한 인상. 그것은 결코 잘못 본 것이 아니었다.

"흠, 담제웅이 널 보냈느냐?"

양궁표는 설무검의 말에 퍼뜩 정신을 차렸다.

그가 낮게 헛기침을 하면 준비를 하라는 것이 사전에 계획된 설무검의 지시였다.

"그렇습니다."

냉철한 성정의 색혼도는 잠시의 시간이 흐르자 조금씩 충격에서 벗어나 안정을 되찾아가고 있었다. 그에 따라 눈앞의 인물이 중천절이 아닌 하나의 사냥감이라는 사실 또한 되살아나고 있었다.

그러나 되살아나는 속도는 매우 느렸다. 색혼도의 냉정한 자제력으로도 그것은 재빨리 회복되지 않았다. 그만큼 눈앞의 인물은 거대한 존재였던 것이다.

"담제웅이 그렇게 가르치더냐?"

설무검의 목소리가 약간 거칠어졌다.

색혼도는 움찔 가볍게 몸을 떨었다.

"무슨 말씀이신지……."

겨우 되살아나고 있던 중천절이 사냥감에 불과하다는 사실이 다시 퇴색하고 있었다.

"담제웅도 내 앞에서는 예를 갖춘다. 하물며 너 같은 놈이!"

설무검이 약간 언성을 높이며 가볍게 발을 굴렀다. 사실 이런 것은 전혀 그답지 않은 행동이며, 예전 중천절 시절의 그는 한 번도 이런 모습을 보인 적이 없었다.

그러나 지금은 이럴 수밖에 없었다. 살아남기 위해서다. 살아 있어야 복수도, 부활도 가능할 테니까.

색혼도의 안색이 심하게 흐려졌다. 설무검의 호통이 마른 하늘에서 내리꽂히는 뇌성벽력처럼 들렸다.

색혼도는 중천오세가 왜 중천절을 배신했는지 이유를 모른다. 알 필요도 없다.

또한 그들 다섯 명이 어떤 방법으로 중천절을 권좌에서 몰아냈는지도 모른다.

다만 중천절이 더 이상 공력을 사용하지 못하고, 오른팔을 쓰지 못한다는 말을 진천방주 담제웅으로부터 들었을 뿐이다.

그게 사실이라면 중천절을 발견하게 되더라도 죽이는 것은 어렵지 않다고 여겼다.

그런데 색혼도의 눈앞에 서 있는 중천절은 조금도 그렇게 보이지 않았다.

옷만 평범하게 입었을 뿐이지 과거 먼발치에서 봤던 중천절의 모습과 신위 그대로를 지니고 있었다. 아니, 살이 많이 빠진 것 같았고, 나이가 조금 더 들어 보이는 정도로 변했을 뿐이었다.

색혼도의 시선이 설무검의 얼굴에서 오른팔로 흘러내렸다.

때마침 설무검은 오른팔을 들어 올려 이마에 흘러내린 머리카락을 쓸어 넘겼다.

너무도 자연스러운 동작. 힘줄이 잘렸다면 팔병신이 됐다는 뜻이다.

머리카락을 쓸어 올리기는커녕, 오른팔이 어깨에 매달린 채 그저 흔들거려야 마땅했다.

색혼도는 자신의 상전인 담제웅이 뭔가 잘못 알고 있다고 생각할 수밖에 없었다.

문득 색혼도의 시선이 설무검의 오른쪽 어깨에 메어져 있는 한 자루 검으로 향했다.

'묵침강!'

순간 그의 눈이 부릅떠졌다. 틀림없는 묵침강이었다. 그는 병기에도 일가견이 있었다. 잘못 봤을 리가 없다.

묵침강으로 만들었다면, 저 정도 크기면 족히 이백 근 이상은 나갈 것이다.

공력을 잃은 자가 어떻게 다 자란 돼지 두 마리 무게인 이백 근을 어깨에 메고 끄떡없이 서 있을 수 있다는 말인가?

담제웅의 말처럼 중천절은 팔병신이 되지도, 공력을 잃지도 않았다. 색혼도는 그 사실을 지금 자신의 눈으로 생생하게 확인했다.

문득 그의 귓가로 설무검이 했던 마지막 말이 스쳐 갔다.

그는 후드득 가볍게 몸을 떤 후 최면에 걸린 듯이 천천히 허리를 접었다.

일단 예는 갖춘다.

하지만 그것뿐이다. 색혼도의 상전은 담제웅이지 중천절이 아닌 것이다.

그러므로 담제웅의 명령만이 색혼도를 움직일 수 있다. 무슨 일이 있어도 명령은 수행해야만 한다.

물론 중천절은 공력을 잃은 것도, 팔을 못 쓰게 된 것도 아니므로 색혼도는 그에게 채 일 초식을 넘기지 못하고 죽게 될 것이다.

그래도 임무는 수행해야만 한다. 임무는 목숨보다 더 중요한 것이다.

예를 갖춘 후에 생애 최후의 공격을 가하리라.

"속하 진권, 중천절을 뵈옵니다."

원래는 무릎을 꿇고 오체투지를 해야 마땅하지만, 색혼도는 허리를 굽히는 것으로 대신했다.

스륵—

순간 허리를 굽힌 색혼도는 흐릿한 금속성을 들었다. 평범한 쇳소리와는 다른 소리였다.

그것은 묵침강끼리 부대끼며 내는 소리였다. 그것은 중천절의 검이 검집을 벗어나고 있음을 의미했다.

설마… 절대자 중천절이 자신에게 예를 갖추는 사람을 급습하리라고는 색혼도는 추호도 예상하지 못했다.

색혼도는 벼락같이 허리를 펴는 것과 동시에 뒤로 몸을 날리며 어깨의 도파를 잡았다.

그 찰나의 순간 그는 깨달았다. 중천절은 팔병신이고, 공력을 잃었다는 사실을.

담제웅의 말은 과연 옳았다.

색혼도의 반응은 빨랐다.

그러나 설무검은 색혼도가 허리를 굽히기 시작하는 것과 동시에 천지검을 뽑았다.

고오—

색혼도는 난생처음 들어보는 기음이 자신의 머리 위에서 흐르는 것을 감지하는 순간 본능적으로 상체를 오른쪽으로 비틀었다.

팍!

찰나, 화끈한 느낌이 왼쪽 어깨 어림에서 느껴졌다. 그러나 쳐다볼 여유가 없었다.

순간적으로 상체를 비틀지 않았다면 화끈한 느낌을 정수리에서 느껴야만 했을 것이다. 물론 느끼는 순간 즉사를 면치 못했겠지만.

색혼도는 본능적으로 설무검을 향해 혼신의 힘을 다해서 도를 떨쳐 냈다.

만약을 대비하여 처음부터 공력을 극한으로 끌어올리고

있었기 때문에 구십 년 공력으로 충분히 검기를 발출할 수 있을 것이라고 확신했다.

그 정도면 공력이 없는 중천절 정도를 즉사시키는 것은 여반장 같은 일일 것이다.

그러나 그것은 그의 바람으로 끝나고 말았다.

쐐애액!

그의 도가 설무검을 향해 절반쯤 그어져 내렸을 때 허공을 찢는 파공성이 터졌다.

양궁표가 색혼도를 향해 전력으로 전광류를 전개한 것이다.

그 순간 색혼도는 또다시 본능적으로 상체를 왼쪽으로 비틀었다.

퍽!

이번에는 화끈한 느낌이 오른쪽 어깨에서 느껴졌다.

"……."

그가 일그러진 얼굴로 쳐다보니 팔 하나가 피를 뿌리면서 허공중에 떠 있었다.

그 팔이 힘껏 움켜잡고 있는 것은 무척 눈에 익은 도 한 자루였다.

색혼도는 어깨에서부터 두 팔을 잃고 비틀거리며 뒤로 물러섰다.

처음의 일검은 그의 왼팔을 잘라냈던 것이다.

그러나 팔 두 개를 잃었어도 색혼도의 입에서는 신음 한마디 흘러나오지 않았다.

다만 얼굴 가득 불신의 표정이 떠올랐을 뿐이다. 그는 너무 늦게 깨달았다.

사냥감에게는 예를 갖추지 말아야 한다는 사실을.

고오오—

이번의 파공성은 그의 정수리 위에서 흘렀다.

그는 고개를 들어 자신의 반 장 앞에서 검을 휘두르고 있는 설무검을 쳐다보았다.

설무검의 표정은 변함없는 무심이었다. 그에게 색혼도는 분노할 만한 가치도 없는 존재였다.

삭!

색혼도는 책장을 넘기는 것과 흡사한 소리를 들었다. 자신의 몸이 베어지는 소리였다.

검기도, 검풍도, 그 무엇도 아닌, 그저 검이 뼈와 살을 쪼개는 소리다.

역시 중천절은 공력을 잃었다. 색혼도는 마지막 순간에야 그 사실을 분명히 확인했다.

그의 입가가 비틀어지며 비웃음이 떠올랐다. 살아생전에는 꿈도 꿔보지 못할 절대자에게 향한 비웃음이었다.

"당신은 중천절이 아니로군… 그는 예를 갖추는 사람에게 암습 따윈 하지 않소……."

무심한 설무검의 얼굴에 냉막함이 한 겹 깔리며 입술 사이로 그보다 더 냉막한 음성이 흘러나왔다.

"자비심이 나를 망쳤으므로 내게 더 이상의 자비는 남아 있지 않다."

색혼도의 눈이 가볍게 빛났다.

그는 곧 고개를 끄덕였다.

"당신이 옳소."

스륵!

그 말을 끝으로 색혼도의 몸이 정수리에서 사타구니까지 세로 두 쪽으로 쫙 갈라졌다.

피는 한 방울도 흐르지 않았고, 베어진 단면은 면도로 무를 자른 것처럼 매끄러웠다.

색혼도는 묵침강으로 만든 검이 이처럼 예리할 수도 있다는 사실을 알지 못했다.

그때 두 명의 고수가 소리없이 숲에서 튀어나와 설무검과 양궁표를 향해 쏘아갔다.

그들은 색혼도를 뒤쫓아온 그의 수하인데, 방향을 잃고 주변을 헤매다가 이제야 당도한 것이다.

그들이 워낙 기척없이 다가갔기 때문에 설무검과 양궁표는 아직 그들의 출현을 모르고 있었다.

"대형!"

그때 숲에서 단랑과 염탕이 뛰쳐나오며 급히 외쳤다.

쏘아가던 두 고수의 신형이 주춤했다.

설무검과 양궁표는 즉시 숲 쪽을 보다가 그제야 두 명의 고수를 발견했다.

색혼도를 유인하여 죽이는 것이 첫 번째 계획이었다면, 저들을 해치우는 것이 두 번째 계획이다. 이제 그것을 발동해야 할 때가 된 것이다.

두 명의 고수는 단랑과 염탕을 무시한 채 곧장 설무검과 양궁표를 향해 짓쳐들어왔다.

설무검과 양궁표는 자신들을 향해 쏘아오는 두 명의 고수를 향해 나란히 마주 섰다.

색혼도가 직접 거느리고 다닐 정도라면 색혼당 내에서도 일류에 속하는, 공력 일 갑자 이상의 고수일 것이다.

그러나 양궁표의 공력은 사십 년 남짓이고, 설무검은 삼십 년에도 조금 못 미치는 수준이다.

설무검은 얼마 전에 운공을 하다가 큰 깨달음을 얻었다.

육단전운공을 할 때에 육단전 각기 여섯 개의 공력의 흐름이 전신을 주천하는 과정에서 파훼된 기해단전을 슬쩍슬쩍 건드리면서 치료를 하고 있다는 사실이었다.

그러나 그의 공력이 너무 약해서 치료하는 속도가 무척 더뎠다. 그대로 놔둔다면 아마도 그의 생전에는 기해단전이 완치되지 못할 정도였다.

하지만 파훼된 기해단전을 치료할 수 있는 방법을 깨달았다는 사실이 중요했다.

만약 설무검의 공력이 십 년 더 증가하여 사십 년이 된다면 완치 시기는 삼십여 년으로, 공력이 오십 년으로 증가하면 완치는 십여 년으로 대폭 단축시킬 수 있을 것이다.

그러나 그것은 설무검이 살아 있어야 가능한 일이었다.

"궁표, 마음껏 펼쳐 봐라."

설무검이 오륙 장 전면까지 쇄도하고 있는 두 명의 고수를 주시하며 나직이 중얼거렸다.

양궁표는 전면을 주시한 채 지그시 어금니를 악물었다.

"놈들은 죽을 것입니다!"

숲에서 보화와 십여 명의 무사가 쏟아져 나와 설무검 쪽으로 달려왔다.

강에는 어느새 십여 척의 중간급 배들이 떠서 학의 날개처럼 진형을 만든 상태에서 설무검이 있는 방향을 향하고 있었는데, 각 배에는 이십 명씩의 군사들이 강궁에 화살을 잰 채 두 명의 고수를 겨누고 있었다.

그들은 오장보의 수하들이었다.

"가자."

설무검이 힘차게 앞으로 달려나가며 낮게 말했다.

천지검은 그의 오른손에 쥐어져 있었다. 그는 이곳에 오기 위해서 오른팔의 철갑을 이 년여 만에 풀었다.

이 년 전, 흑풍채의 돌팔이의원 유승에게 설무검의 끊어진 힘줄을 이으라고 억지스럽게 명령했던 양궁표의 무식한 방법은 결국 성공을 거두었다.

그러나 만약 설무검이 자신의 오른팔에 백 근 이상 나가는 묵침강 철갑을 씌우고, 피나는 수련을 하지 않았더라면 성공을 거두지 못했을 것이다.

그의 오른팔은 방금 전에 이백 근 무게의 천지검으로 색혼도를 죽임으로써 거의 완치되었음이 입증됐다.

색혼도의 두 수하는 아직 설무검의 신분을 모르고 있다. 그들은 설무검과 양궁표를 단지 색혼도를 죽인 흉수 정도로만 여길 뿐이었다.

설무검과 양궁표, 그리고 두 명의 고수는 마치 성난 들소처럼 곧장 부딪쳐 갔다.

공력은 두 명의 고수가 높지만 설무검과 양궁표에겐 초식이 있었다.

그리고 필사(必死)의 각오가 있었다.

쉬이잇!

설무검과 양궁표가 두 고수의 이 장까지 이르렀을 때 그들이 동시에 발검하며 두 자루의 검이 허공에서 춤을 추었다.

거의 동시에 몇 개의 검풍이 초저녁의 이른 별처럼 흐릿하게 빛나며 쏘아왔다.

검풍은 검을 통해 공력을 쏟아내 순식간에 허공을 예리하게 쪼개고 다듬어서 뿌리치는 수법이다.

그것을 얼마나 빨리, 그리고 강하게 만들어 뿌리치는가가
관건이다.

째쨍!

파팍!

설무검과 양궁표는 검을 휘둘러 한 개씩의 검풍을 튕겨냈
으나 각기 한 개씩의 검풍을 어깨와 옆구리에 스쳤다.

피가 튀었으나 깊은 상처는 아니었다. 아니, 중상이라고 해
도 지금 이 순간에는 동작을 멈출 수가 없다.

다시 또 한 개씩의 검풍이 설무검과 양궁표에게 쏘아왔
다.

두 사람은 쏘아가는 자세를 최대한 유지하면서 약간만 상
체를 비틀었다.

검으로 튕겨낼 수도 있겠지만 그렇게 하지 않았다.

두 사람의 검은 이미 상대의 급소를 향해 겨누어져 있고,
또 쏘아가는 중이기 때문에 검풍을 막아내고 다시 자세를 잡
는다면 공격 시기를 놓치고 만다.

팍! 팍!

설무검은 심장에 가까운 왼쪽 어깨에, 양궁표는 오른쪽 가
슴에 검풍이 적중됐다.

다음 순간 상처에서 피가 뿜어지기도 전에 설무검은 자신
이 표적으로 삼은 고수의 동작을 훔치면서 그의 일 장 이내로
스며들었다.

검풍은 그처럼 가까운 거리에서는 발출하지 못한다.

그오—

천지검이 허공을 세로로 쪼갤 때, 양궁표의 검에서도 전광류가 뿜어지고 있었다.

두 고수의 반응은 민첩했다. 검풍을 두 차례나 발출했으면서도 검을 들어 각자에게 가해지는 공격을 막았다.

그러나 그들은 모르고 있었다.

설무검의 천지검과 양궁표의 전광류가 지닌 위력을.

캉!

쩽!

그들은 비명도 지르지 못했다.

천지검은 가로막는 검을 수수깡처럼 부러뜨리는 것과 동시에 고수의 정수리를 쪼갰고, 전광류는 검을 박살 내며 다른 한 고수의 미간에 쑤셔 박혔다.

설무검과 양궁표는 거의 동시에 신형을 멈추었다.

두 사람과 단랑, 염탕, 보화, 오장보, 반호, 그리고 보화의 수하들, 또한 강상의 이백여 명에 이르는 군사들이 지켜보는 가운데 배신자의 명령을 받고 온 진천방의 두 고수가 모래밭에 몸을 뉘였다.

설무검이 양궁표를 쳐다보았다.

양궁표의 얼굴에 잔잔한 희열이 번지고 있었다.

"어떤가?"

설무검의 물음에 양궁표는 환한 미소를 지었다.

"하하하! 이런 것이었군요? 진짜 싸움에서 이긴 기분이란 몹시 상쾌합니다!"

설무검의 입가에 미소가 떠올랐다.

"잘 기억해 두도록 하게. 앞으로는 그런 기분에 익숙해져야 할 테니까."

그때 보화가 놀란 참새처럼 설무검에게 달려오며 뾰족한 비명을 질렀다.

"어머! 다쳤잖아요!"

그녀는 사람들의 시선은 아랑곳하지 않은 채 품속에서 금창약을 꺼낸다, 옷을 찢어 상처를 묶는다 하며 부산을 떨었다.

양궁표가 미소를 지으면서 그 광경을 바라보고 있을 때, 그것을 부러운 눈길이라고 착각한 단랑이 갑자기 호들갑스럽게 그에게 달려가며 외쳤다.

"어머! 둘째 오라버님, 다치셨군요? 많이 아파요?"

그녀는 장난으로 한 행동인데, 그것이 장내의 분위기를 단번에 바꾸어 버렸다.

"헛헛헛헛! 역시 셋째 형님께선 그쪽이 더 어울립니다!"

"우헤헷! 까딱했으면 셋째 형님이 아니라 내 마누라가 될 뻔 했다는 얘기, 막내, 자네에게 했던가?"

오장보와 염탕이 웃음을 터뜨렸다.

"하하! 단랑, 저리 비켜라! 소현 엄마가 보면 오해한다!"
양궁표도 기분이 좋아 슬쩍 단랑을 밀면서 웃었다.
중인들이 왁자하게 웃고 있을 때 서랍목륜하 너머로 시뻘건 태양이 힘차게 솟아오르고 있었다.

第二十五章
천주시여!

무투계를 떠들썩하게 만든 놀라운 소문 하나가 몽고 고원 전역에 널리 퍼졌다.

소문은 최고의 무투사인 철검사와 경붕현 군총 소속의 무투사들이 더 이상 무투 경연을 하지 않을 것이라고 그의 주인인 오장보 군총교독이 발표했다는 것이다.

많은 사람들이 아쉬워했지만 더 많은 사람들이 환호했다.

철검사는 너무 강해서 무투계에서는 더 이상 적수가 없는 상태였다.

그것은 철검사가 본의 아니게 흐르는 강물을 가로막는 보(堡) 역할을 했기 때문이다.

강은 원래 도도하게 흘러야 하지만, 보에 가로막힌 강은 더이상 흐르지 못하고 고인다.

고이면 썩게 되고 발전이 없다. 하지만 철검사가 은퇴를 선언함으로써 무투계는 다시 강물처럼 도도히 흘러 새로운 전성기를 맞이하게 될 것이다.

군총 뒤편에는 야트막한 가산 하나가 있다.

그곳 가산 중턱에는 하나의 철문이 있으며, 그 앞에 설무검이하 양궁표, 단랑, 염탕, 오장보, 반호가 늘어서 있었다.

설무검과 양궁표는 색혼도와 그의 두 명의 수하와 싸우는과정에서 가볍지 않은 부상을 당하여 지난 며칠 동안 치료를받았다.

겉으로는 멀쩡해 보이지만, 실상 상처 부위에는 속으로 붕대가 친친 감겨져 있었다.

그긍!

반호가 철문을 열자 거대한 괴물이 아가리를 벌린 것 같은어두컴컴한 입구가 나타났다.

반호가 앞장 서고 그 뒤를 설무검 등이 뒤를 이어 안으로들어갔다.

입구에서 이 장쯤 진입하자 아래로 향하는 계단이 나타났고, 반호는 익숙하게 계단을 따라 내려갔다.

앞장 선 반호와 맨 뒤의 염탕이 횃불을 들었기 때문에 내부는 그리 어둡지 않았다.

계단은 길고도 깊어서, 이십여 장이나 내려와서야 일행은 바닥에 내려설 수 있었다.

횃불을 들고 있는 두 사람의 주변만 밝을 뿐 주위는 아무것도 보이지 않아서 단랑이나 염탕, 오장보와 반호는 눈뜬장님이나 다름이 없었다.

하지만 설무검과 양궁표는 공력을 지니고 있었으므로 뿌옇게 동이 트기 전의 밝기 정도로 실내가 보였다.

저벅저벅.

횃불을 든 반호가 어둠 속을 이리저리 돌아다니면서 벽에 설치해 놓은 이십여 개의 유등에 일일이 불을 붙였다.

"우와!"

"야아!"

지하 전체가 환해지며 사물이 드러나자 염탕과 단랑이 자신도 모르게 탄성을 터뜨렸다.

그곳은 원형의 넓은 연무장이었다.

지름이 무려 오십여 장에 달했으며, 한쪽 벽면에는 각종 무기들 수백 자루가 걸려 있었고, 연무장 곳곳에는 사람의 형상, 체형과 비슷한 크기의 목인형 수십 개가 질서정연하게 세워져 있었고, 벽면에는 이 장 간격으로 유등이 타오르고 있어서 연무장 전체를 대낮처럼 밝혀주었다.

오장보가 설무검의 옆에 서서 연무장을 둘러보며 쓸쓸한

표정으로 설명했다.

"육 년여 전, 소제가 전장에서 물러나 경붕현 군총교독이 되었을 당시에 축조한 연무장입니다."

그의 표정이 더욱 씁쓸해졌다.

"원래는 한직에 있더라도 무술 수련만은 게을리 하지 않겠다는 각오와 전쟁이 벌어질지도 모르는 만약의 사태를 대비하여 강병(强兵)을 양성하겠다는 의지를 품고 만든 곳인데, 처음 몇 달 동안 소제와 호야 둘이서만 사용하다가 결국 문을 닫았습니다."

과녁이 있어야 활을 쏠 수 있는 것이고, 상대할 적이 존재해야 무술 수련도 신명이 나는 법이다.

전시 상황도 아니며, 그렇다고 전쟁터를 떠난 상태에서 살아생전 언제 다시 전쟁이 벌어져 나라의 부름을 받을지 어떨지도 모르는 상황에서 맹목적인 무술 수련을 계속한다는 것은 웬만한 각오로는 지속하기 어려웠을 것이다.

사람이든 짐승이든 죽어서 썩으면 온갖 벌레가 들끓기 마련이다.

경붕현 군총교독이라는 지위와 주변의 환경은 벌레가 들끓을 수 있는 최적의 조건을 갖추고 있었다.

그러므로 할 일이 없어진 오장보가 방탕으로 빠지지 않았다면 오히려 그것이 이상한 일일 것이다.

"죄송합니다, 대형."

오장보는 부끄러운 표정을 얼굴 가득 떠올리며 어쩔 줄을 몰라 했다.

그러나 설무검은 단 한 마디로 그의 부끄러운 마음을 잠재우고 대신 새로운 각오가 불타오르게 했다.

"그러지 않았으면 나를 만나지 못했겠지."

엄청난 무게가 실린 말이었다. 오장보의 남은 인생 전체의 무게이기도 했다.

오장보의 얼굴에 고마움과 기꺼움이 가득 떠올랐다. 그는 설무검에게 공손히 허리를 굽혔다.

"대형은 소제의 어버이이십니다."

오장보뿐만 아니라 양궁표와 단랑, 염탕 역시 그렇게 생각하고 있었다. 설무검은 그들에게 새 생명을 불어넣어 준 어버이인 것이다.

오장보는 잠시 망설이는 듯하다가 설무검에게 머쓱한 표정으로 운을 떼었다.

"저… 대형, 소제에게 청이 하나 있습니다."

"뭔가?"

오장보는 나이와 체구에 어울리지 않게 몹시 쑥스러워했다. 어찌 보면 그 모습이 귀엽게도 보였다.

"소제는 막내를 면하고 싶습니다."

그러면서 그는 반호를 힐끗 쳐다보았다.

설무검은 그의 말이 무슨 뜻인지 즉시 간파했다. 반호를 천거하는 것이었다.

스스로 막내를 자청했던 오장보가 어찌 하루 만에 마음이 바뀌었겠는가.

그의 말이 순전히 반호를 동참시키기 위해서라는 것을 설무검이 모를 리 없었다.

오장보는 일전에 설무검이 반호를 영입하려고 했던 일에 대해서는 모르고 있었다.

설무검은 담담한 어조로 반호에게 물었다.

"어떤가?"

반호는 복잡한 표정으로 잠시 머뭇거리더니 뜻밖에도 고개를 가로저었다.

"나는… 싫습니다."

오장보가 빽 소리를 질렀다.

"뭐야? 왜 싫어? 이건 명령이다!"

"그래도 못합니다."

"이 자식이!"

오장보는 화가 나서 씩씩거리면서 한 대 쥐어박을 듯 주먹으로 을러댔다.

그때 양궁표가 중재에 나서며 오장보를 한쪽으로 밀었다.

"그만두게."

이어서 반호를 보며 진중히 말했다.

"자네, 우리와 형제가 되면 장보를 형님이라고 불러야 하는 것 때문에 이러는 것인가?"

반호는 머뭇거리다가 무겁게 고개를 끄덕였다.

"교독님은 제겐 아버지 같은 분이십니다."

오장보의 눈초리가 가볍게 떨렸지만 아무도 발견하지 못했다.

반호는 어렸을 때 오장보에게 거두어져서 이날까지 그를 아버지처럼 믿고 따랐다.

그런데 어떻게 형제가 되어 졸지에 그를 다섯째 형님으로 부를 수 있다는 말인가?

오장보가 분하다는 듯 소리를 질러댔다.

"이놈아! 내가 너한테 아비가 될 만큼 늙었느냐? 나는 여태 너를 자식으로 생각한 적이 한 번도 없었다! 그저 막내 동생 정도로만 여겼다는 말이다!"

반호는 뜻밖이라는 얼굴로 오장보를 쳐다보았다. 그의 표정이 심하게 흔들리고 있었다.

사실 오장보 역시 반호를 아들처럼 여겼다. 그렇다고 이 형제의 모임에 그를 아들로 받아들일 수는 없는 노릇이 아니겠는가?

"나쁜 놈! 나는 아직 장가도 안 갔는데 아비라니! 지금 누구 혼삿길 막을 일이라도 있는 것이냐?"

오장보는 분이 풀리지 않는다는 듯 과장된 몸짓으로 씨근거렸다.

양궁표는 슬쩍 반호를 쳐다보았다. 어떠냐는 물음이었다.

"저는… 교독께서 그렇게 생각하고 계시는 줄은 미처 몰랐습니다."

순진한 그는 오장보의 말을 액면 그대로 믿고는 못내 섭섭한 표정을 지었다.

"이봐, 반호! 도대체 대형을 언제까지 기다리시게 할 셈이냐?"

염탕이 반호를 몰아붙였다.

"우리 모두는 대형께 거두어 달라고 애걸복걸을 했건만, 네놈은 형제가 되어달라고 부탁하는 데도 너무 뻣뻣하구나!"

무투사 시절이었다면 염탕이 반호에게 호통을 친다는 것은 꿈에서조차 불가능한 일이지만 지금 이곳에서 그런 것을 따질 사람은 아무도 없었다.

이윽고 반호는 결심한 듯 설무검의 앞으로 걸어가 멈춘 후 진중한 표정으로 입을 열었다.

"저를 거두어주시겠습니까?"

설무검은 가볍게 고개를 끄덕였다.

"환영한다."

반호는 즉시 그 자리에 무릎을 꿇고 이마를 바닥에 대며 큰 절을 올리며 웅혼하게 부르짖었다.

"소제, 반호! 목숨을 바쳐 대형을 모시겠습니다!"

그 말은 반호의 어버이가 오장보에게서 설무검으로 바뀌

었다는 뜻이고, 목숨을 설무검에게 맡긴다는 뜻이었다.

설무검은 손을 뻗어 반호를 일으켰다.

그때 기다렸다는 듯이 단랑과 염탕이 반호에게 다가와 어깨와 등을 두드리며 수선을 피었다.

"야아~! 반갑다, 호야! 나는 셋째 형님이다!"

"너도 우리 형제가 됐으니 앞으로 잘 지내보자, 응? 내가 너의 넷째 형님이라는 것은 알고 있지?"

두 사람은 특히 '형님'이라는 말을 강조하며 시끄럽게 떠들었다. 일종의 작은 거드름이었다.

그러나 반호가 두 사람을 가볍게 뿌리치자 단랑과 염탕은 서슬이 퍼래서 잡아먹을 듯이 날뛰었다.

"이 자식이? 우릴 형으로 인정할 수 없다는 것이냐?"

"이 새끼! 관을 봐야 눈물을 흘릴 놈이로구나! 뜨거운 맛 좀 보고 싶은 게냐?"

그러나 반호는 두 사람을 무시하고 양궁표에게 다가와 절을 하려고 무릎을 굽혔다.

"절은 대형께만 하는 것이다."

양궁표가 담담하게 중얼거렸다.

그 말에 반호는 다시 자세를 고친 후 양궁표에게 공손히 허리를 굽혔다.

"이형(二兄)님을 뵙습니다."

양궁표는 아무 말 없이 고개만 가볍게 끄덕였다.

이윽고 반호는 기세등등하던 단랑과 염탕을 향해 공손히 허리를 굽혔다.

"소제, 삼형(三兄)님과 사형(四兄)님께 인사드립니다."

금방이라도 반호를 때려죽일 것 같던 단랑과 염탕은 머쓱한 표정을 짓고 말았다.

반호가 윗사람부터 순서대로 인사하고 있다는 사실을 그제야 깨달은 것이다.

그때 양궁표가 표정의 변화 없이 단지 목소리로만 단랑과 염탕을 가볍게 꾸짖었다.

"앞으로 셋째와 넷째는 말을 줄이되 가려서 해라. 대형께선 말 많은 사람과 천한 행동을 좋아하지 않으신다."

방금 전에 두 사람이 반호를 몰아세운 것을 가리키는 꾸지람이었다.

단랑과 염탕은 찔끔해서 얼른 고개를 숙였다.

"명심하겠습니다, 둘째 형님."

이윽고 반호는 오장보 앞에 섰다. 그는 여태까지처럼 즉시 인사를 하지 못하고 잠시 복잡한 표정으로 머뭇거리면서 오장보를 응시했다.

그런 반호의 마음을 모를 리 없는 오장보였다. 그러나 생강은 오래될수록 매운 법이다.

그는 호방하게 껄껄 웃으면서 반호의 어깨를 두드리며 먼저 어색함을 깼다.

"헛헛헛! 우리 형제가 된 것을 축하한다, 막내야! 앞으로 잘 해보자!"

반호의 눈이 가볍게 흔들렸다. 그는 오장보가 내민 새로운 관계의 손을 쉽사리 마주 잡을 수가 없었다.

오장보가 짐짓 눈을 부릅떴다.

"뭐야, 이놈! 그동안 나를 아버지처럼 여겼다더니 형이라고도 못 부르느냐? 그렇다면 그 말이 순 거짓이었다는 것 아니냐? 부르기 싫으면 그만두어라! 나도 너처럼 표리부동한 동생은 싫다!"

그의 말이 앞뒤가 맞지 않는다는 것을 모두 알았지만 잠자코 있었다. 두 사람의 심정을 이해하기 때문이었다.

"오… 형(五兄)님."

그러자 반호는 약간 더듬거리면서 오장보를 부르며 그 자리에서 큰절을 올렸다.

양궁표가 절은 설무검에게만 하는 것이라고 말했지만, 이 순간만큼은 아무도 반호를 나무라지 않았다.

그 절은 수많은 의미를 담고 있었다. 그리고 그것은 반호와 오장보가 가장 잘 알고 있을 것이다.

"어떻습니까, 대형?"

한바탕 육 형제(六兄弟) 간의 설왕설래가 끝난 후 오장보가 연무장을 가리키며 설무검에게 조심스레 물었다.

설무검은 가볍게 고개를 끄덕였다.

"몇 군데 손을 보면 쓸 만하겠군."

"말씀만 하십시오. 어딜 어떻게 뜯어고치면 되겠습니까?"

설무검은 아까부터 연무장 곳곳을 유심히 살피고 있는 양궁표를 쳐다보았다.

"궁표의 생각은 어떤가?"

양궁표는 즉시 설무검 앞으로 달려와서 공손한 자세로 대답했다.

"이곳이 최초에는 대규모 군사들의 연무장으로 만들어진 탓에 전체의 폭이 오십여 장이나 되는 것은 지나치게 넓다고 생각합니다."

설무검이 고개를 끄덕여 공감을 표하자 양궁표는 계속 자신의 의견을 설명했다.

"그런데 우리에겐 각각의 연공실이 필요하므로 연무장 둘레에 석벽으로 칸을 막아서 여섯 개의 연공실을 만드는 것이 좋겠습니다. 그렇게 해도 한복판에 폭 이십여 장 정도의 꽤 큰 공동의 연무장이 남을 것입니다."

"좋은 생각일세. 그다음은?"

양궁표는 가볍게 움찔했다. 자신의 생각을 다 말했는 데도 설무검이 그다음의 설명을 요구했기 때문이다.

그는 자신이 생각하지 못한 부분이 무엇인지 곰곰이 생각해봤지만 종내 떠오르지 않았다.

"혹시… 퇴로가 없다는 것입니까?"

그때 반호가 조심스럽게 입을 열자 양궁표는 그제야 아! 하는 표정을 지었다.

이곳은 군총의 뒤편 가산 중턱에서 이십여 장 지하에 위치해 있으며, 출구는 오직 하나뿐이다.

만약 무슨 일이라도 벌어져서 누군가 출구를 봉쇄해 버린다면, 이 안에 있는 사람들은 독 안에 든 쥐 꼴이 되고 마는 것이다.

양궁표 대신 말했던 반호가 연무장의 입구 맞은편 벽면을 보면서 설명을 이었다.

"저 뒤쪽은 지란하(芝蘭河)라는 강의 절벽입니다. 지란하는 오 리쯤 흘러 내려가다가 서랍목륜하와 합쳐집니다."

그는 설명을 하는 도중에 좋은 생각이 났는지 탄력을 받아 계속 말을 이었다.

"저길 뚫어 지란하와 연결하는 것이 좋겠습니다. 지하 통로가 되겠지요. 그리고 강 쪽에 작은 포구를 만들어서 작은 배 한 척을 상시 대기시키도록 하겠습니다."

그의 말에 양궁표와 단랑, 염탕은 적이 감탄했다.

출구가 하나뿐이면 위험하므로 퇴로를 만들어야 한다는 것. 그것에 더하여 포구를 만들어 배까지 대기시킨다는 것은 생각하지도 못한 기발한 발상이었다.

그것은 반호가 군부에 적(籍)을 두고 있었기에 가능했다.

군대에서는 장수들에게 여러 병법을 가르치기 때문이다.

"좋은 생각이다."

설무검이 고개를 끄덕이며 칭찬하자 반호는 쑥스러운 표정으로 슬쩍 얼굴을 붉혔다.

오장보는 반호를 보며 흐뭇한 미소를 짓고 있었다. 반호에게 형이라 부르라고 호통을 쳤지만, 그의 눈길은 마치 대견한 아들을 바라보는 아비의 그것과 다르지 않았다.

사실 오장보도 반호가 말한 사실을 알고 있었지만 반호가 설명할 기회를 주려고 입을 다물고 있었던 것이다.

이곳이 원래의 용도대로 군사를 훈련시키는 곳으로 사용된다면 사실 퇴로 같은 것은 없어도 무방할 터이다.

전시 상황도 아닌 후방 깊숙한 곳에서 연무장의 퇴로는 무용지물일 뿐이다.

하지만 이제는 설무검과 그의 형제들이 이곳을 사용하게 될 것이므로 언제 어떤 위험이 닥칠는지 모르는 일이다. 그러니 미리 퇴로를 만들어두는 것은 필수적이었다.

"다른 의견은 없나?"

설무검의 물음에 다들 침묵을 지켰다. 그의 물음은 뭔가 보완할 것이 남았음을 의미했다.

그러나 오 형제는 아무리 생각해 봐도 이곳에 더 이상 다른 무엇이 필요할 것 같지 않았다.

설무검은 잠시 기다리다가 이윽고 입을 열었다.

“은폐다.”

그러자 아! 하고 양궁표와 오장보, 반호가 뭔가 깨달은 듯 탄성을 터뜨렸다.

하지만 그래도 단랑과 염탕은 아직도 감이 잡히지 않는 모양이었다.

“현재는 민둥산인 가산에 많은 나무를 심도록 하겠습니다. 겨울에도 시들지 않는 상록수가 좋겠군요.”

“군총 후원 쪽을 금지로 선포하여 군사들이나 다른 사람들의 출입을 제한하겠습니다.”

오장보와 반호가 연이어 의견을 내놓았다.

설무검은 가볍게 고개를 끄덕인 후 마지막 정리를 했다.

“그리고 오제(五弟)와 육제(六弟)는 본직에 충실하도록. 오제는 가끔 기루에도 가는 것이 좋겠네.”

“대형, 그것만은 좀…….”

오장보가 난색을 표했다. 열하맹룡으로 다시 부활한 그는 이제 기루나 계집이라면 딱 질색이었다.

이따금 자신의 허랑방탕했던 육 년여 세월을 돌이켜 보며 몸서리를 치곤 하는 그였거늘, 기루에 다시 출입하라는 말은 사형선고와도 같은 것이었다.

설무검은 나직한 어조로 못을 박았다.

“소기의 성과를 거두기 전까지는 완벽한 은폐가 필요하다.”

"대형의 명에 따르겠습니다."

오장보는 더 이상 항의하지 못하고 공손히 고개를 숙였다. 잠시 생각해 보니 군총 소속의 무투사들을 앞으로는 무투 경연에 내보내지 않겠다고 선언했는데, 거기에 오장보마저 예전과 완연히 달라진 모습을 보인다면 누구라도 쉽사리 의심을 할 것이기 때문이었다.

연무장의 공사가 끝날 때까지 설무검과 양궁표, 단랑, 염탕은 원래 사용하던 연공실을, 그리고 오장보와 반호는 그 옆 두 칸의 연공실을 임시로 쓰기로 했다.

설무검의 지시를 받은 양궁표는 그날부터 네 사람에게 북두신공의 구결을 가르쳤다.

매일 아침 식사 후에 한 시진 정도의 시간을 할애하여 그날 배울 것만을 가르쳤다.

처음 며칠 동안은 네 사람의 습득 속도가 고만고만하더니, 닷새가 지나자 서서히 차이가 나기 시작했다.

반호가 가장 빨랐으며, 그다음이 단랑, 오장보, 염탕의 순서였다.

열흘, 그리고 보름이 지날 무렵, 그 순서는 여전했지만 네 사람의 간격은 많이 벌어지고 있었다.

"누가 찾아왔는데, 아무래도 대형을 찾는 것 같습니다."

군총 내의 일상적인 업무를 처리하고 있던 반호가 설무검의 연공실로 찾아온 것은 정오가 반 시진쯤 지난 정시(丁時) 무렵이었다.

설무검의 형제들이 군총에서 계속 머무르기 위해서는 오장보가 교독의 지위를 유지하고 있어야만 했고, 그의 오른팔 격인 반호 역시 군위교로서 직무를 수행해야만 했다.

설무검은 자신과 다섯 명의 형제가 은신하면서 공력을 회복하고 무공을 연마하기에는 군총이 최적지라고 판단했다.

원래 무림과 관(官)은 서로 상종하지 않으면서 또한 침범하지도 않는 관계라서 설혹 중천오세가 또다시 수하들을 보낸다고 해도 관가를 의심하지는 않을 것이라는 사실에 착안한 것이었다.

양궁표를 제외한 형제들은 웬만한 일로는 감히 설무검의 연공실에 들어서지 못하는 데에도 불구하고 반호가 찾아왔다는 것은, 필시 설무검을 찾는다는 자가 범상치 않음을 의미하고 있었다.

"어떤 자던가?"

마침 운공을 막 끝낸 설무검이 석대에서 내려서며 묻자 반호는 공손히 대답했다.

"전문 앞이 소란스러워서 소제가 나가보니, 말을 타고 먼 길을 온 듯한 사내 한 명이 자세한 설명은 하지 않은 채 상단 '다물'의 고선 소저가 가르쳐 주었다면서 무조건 철검사를 만나게 해달라고 통사정을 하고 있었습니다."

순간 설무검은 그가 현조운일 것이라고 직감했다.

"그를 데려오게."

설무검은 연공실을 나서며 지시했다.

척!

접객실의 문이 열리면서 반호가 앞서 들어서고 뒤이어 본래는 무슨 색이었는지 모를 정도로 변색된 경장 차림에 한 자루 도를 멘 사내가 극도로 긴장된 표정으로 조심스럽게 안으로 들어섰다.

얼마나 먼지를 뒤집어썼는지, 털어낸 것 같은 데도 사내의 옷에는 여전히 뽀얀 먼지가 쌓여 있었고, 드문드문 털어내다가 남긴 듯한 손자국이 보였다.

또한 머리카락은 봉두난발이었으며, 수염이 덥수룩하여 나이를 짐작하기도 어려운 몰골이어서 그가 즐풍목우(櫛風沐雨)하며 먼 길을 왔다는 사실을 어렵지 않게 짐작할 수 있었다.

하지만 설무검은 그 사내가 오래전에 자신이 산적으로부터 구해준 적이 있던 현조운이라는 것을 한눈에 알아볼 수 있었다. 아마 수십 년 세월이 더 흘렀다고 해도 그를 알아볼 수 있을 것이다.

"아!"

사내는 실내의 의자에 단정한 자세로 앉아 있는 설무검을 발견하고는 그 자리에 얼어붙으며 외마디 탄성을 터뜨렸다.

그와 함께 그의 온몸이 벼락을 맞은 듯이 후드득 떨렸다.

아니, 그 떨림은 이후로도 한동안 멈추지 않았다.

사내의 얼굴 가득 떠오른 것은 극도의 기쁨과 감격이었다.

그리고는 굵은 눈물이 주르르 흘러내려 까칠한 뺨과 덥수룩한 수염을 적셨다.

"크흐흑!"

그는 말을 꺼내기도 전에 울음부터 터뜨렸다. 그리고는 그 자리에 무너지듯이 무릎을 꿇었다.

이어서 설무검을 향해 마치 천민이 황제를 알현하듯 온몸을 떨면서 절을 하며 흐느꼈다.

"크흐흑! 살아 계셨군요……! 감사합니다… 정말 감사합니다……."

그는 누구에겐지 모를 감사를 거듭했다.

"소인… 현조운입니다. 알아보시겠습니까?"

설무검의 입가에 빙그레 미소가 떠올랐다.

"이리 오너라."

그의 말에 현조운은 이마를 바닥에 댄 채 엉금엉금 무릎으로 기어 설무검에게 다가갔다.

현조운의 행동을 유심히 지켜보고 있던 반호는 놀라움을 금치 못했다.

그는 설무검이 과거에 평범한 신분이 아니었을 것이라고는 짐작하고 있었다.

하지만 지금 현조운이 보여주는 광경은 반호의 추측을 훨씬 뛰어넘는 것이었다.

마치 설무검을 황제를 대하듯 하고 있지 않은가?

현조운이 거의 기듯이 다가오는 것을 보고 설무검이 벌떡 일어나 그의 어깨를 잡아 일으켰다.

문득, 설무검의 표정이 가볍게 흔들렸다.

그는 자신이 잡고 있는 현조운의 왼쪽 어깨를 더듬었다.

헐렁했다.

있어야 할 왼팔이 없었다.

"조운, 너의 팔이 어떻게 된 것이냐?"

현조운은 감히 설무검을 면전에서 쳐다보지도 못했다.

"벼, 별것 아닙니다……."

"말해라! 누가 그랬느냐?"

설무검의 낮은 호통이 실내를 쩌렁쩌렁하게 울렸다.

"소… 소인이 그랬습니다……."

설무검의 짙은 눈썹이 꺾였다.

"네가 팔을 스스로 잘랐다는 말이냐?"

털썩!

"잘못했습니다……!"

현조운은 다시 무릎을 꿇으며 이마를 바닥에 찧었다.

"이 년 전에… 소인의 불찰로 천주(天主)를 잃은 후… 천주 께서 변을 당하셨을 것이라고 생각하니까 도저히 못난 제 자 신을 용서할 수 없었습니다……!"

반호의 눈이 더할 수 없이 커졌다. 당금 천하에서 '천주' 라 고 불리는 인물은 단 세 명뿐이다.

무림의 세 명의 절대자. 삼천절이 바로 그들이었다.

'맙소사… 천주라니…….'

여간해서는 얼굴에 표정을 드러내지 않는 반호의 얼굴 가 득 경악지색이 가득 떠올랐다.

놀라움은 중첩됐다. 자신을 현조운이라고 말한 자가 스스 로의 왼팔을 잘랐으며, 그 이유가 설무검을 제대로 보호하지 못한 자신을 용서할 수 없었기 때문이라는 것이다.

그런 눈물겨운 충성심을 반호는 그 옛날 고서에서나 읽은 기억이 있을 뿐이었다.

설무검의 눈빛이 안타까움으로 물들었다.

"조운, 너는……."

그는 차마 말을 잇지 못했다.

그는 지난날 목관에 시체처럼 누워 있는 자신을 현조운이 마차에 실은 채 끝없는 도주의 길을 떠나는 광경을 수없이 상 상했다.

그런 현조운이 설무검을 잃고 비탄에 빠져 스스로를 응징 하느라 자신의 팔을 잘랐다는 것이다.

현조운이 얼마나 괴로워했으며, 절망했는지는 더 이상 말이 필요하지 않았다.

비할 바 없는 믿음과 권력을 주었는 데도 배신을 하는 자가 있는가 하면, 잡초처럼 거들떠보지도 않았는데 목숨을 바쳐 충성을 하는 자도 있지 않은가?

"용서하십시오, 천주……."

설무검은 다시 현조운을 일으켰다.

"조운, 너는 용서받을 것이 없다."

"천주……."

설무검은 두 손으로 현조운의 양어깨를 잡고 잔잔한 눈빛으로 바라보았다.

"너는 여태 달이호에 있었느냐?"

"네… 천주께서 언젠가는 달이호로 돌아오실 것만 같아서……."

그는 또 용서를 빌었다.

"잘못했습니다. 더 열심히 천주를 찾아 다녔어야 했는데……."

설무검은 현조운이 달이호에서 지난 이 년여 동안 어떤 심정으로 어떤 삶을 살았을지 상상할 수 있었다.

설무검의 두 눈에 온화함이 가득 차올랐다.

"고맙다, 조운. 네가 나를 살렸다."

"천주……."

현조운은 걷잡을 수 없이 뜨거운 눈물을 쏟았다.

설무검은 현조운을 끌어당겨 가만히 품에 안았다. 현조운의 몸이 움찔하더니 이어 가늘게 떨었다.

"조운, 이제는 내 곁을 떠나지 마라."

현조운은 몸을 떨면서 오열하느라 대답하지 못했다. 그러나 대답을 하지 않아도, 듣지 못했어도 상관이 없었다.

그렇게 현조운은 이 년여 만에 잃었던 하늘을 되찾았고, 절망에서 희망으로 올라섰다.

설무검은 오 형제를 모두 모이게 한 자리에서 현조운을 소개했다.

모두들 분분히 나서서 자신들을 소개하며 반갑게 인사를 하는데 양궁표만이 나서지 않았다.

사 형제와의 인사가 끝난 후 현조운의 시선이 자신과 인사를 나누지 않은 양궁표에게 향했다.

형제들의 시선도 자연스럽게 양궁표에게 향했다.

양궁표의 얼굴에는 복잡한 표정이 떠올라 있었다. 고마움과 반가움, 그리고 설명하기 어려운 끈끈한 그 무엇이었다.

"만나고 싶었소."

양궁표는 두 손을 내밀어 현조운의 하나뿐인 손을 두 손으로 덮듯이 굳게 잡았다.

설무검이 담담히 일러주었다.

"그가 나를 구했다."

"아아……."

현조운은 더할 수 없는 고마운 표정으로 양궁표를 바라보다가 그 자리에 무릎을 꿇고 큰 절을 올렸다.

"정말 감사합니다. 제가 살아생전에 갚을 수 없는 큰 은혜를 입었습니다!"

설무검의 목숨을 자신의 것보다 열 배, 백 배 이상 소중하게 여기는 사람만이 가능한 행동이었다.

"이러지 마시오! 나는 대형께 더 큰 은혜를 입었소! 나 역시 당신과 같소!"

단랑과 염탕, 오장보, 반호는 그 광경을 보면서 많은 것을 느끼고 있었다.

자세한 설명은 없었지만 현조운이 먼저, 그리고 양궁표가 나중에 차례로 설무검의 목숨을 구했다는 사실.

그리고 두 사람이 얼마나 설무검에게 충성하는지도 깨달았다.

양궁표는 잡고 있는 현조운의 손을 놓지 않은 채 네 형제를 가리키며 설명해 주었다.

"나를 포함한 이들 넷은 대형의 아우들이오."

현조운은 믿음직스러운 표정으로 그들을 둘러보았다.

이어서 양궁표는 설무검을 쳐다보았다. 말은 하지 않았지만 현조운을 형제로 맞이하고 싶다는 뜻이 얼굴에 가득 담겨 있었다.

"조운을 우리 형제로 맞이하겠다."

설무검이 미소 지으며 현조운을 바라보았다.

"안 됩니다! 절대 그럴 수 없습니다!"

그러자 현조운이 놀라서 격렬하게 외쳤다.

중인이 의아한 표정을 지으면서 쳐다볼 때 그는 설무검 앞에 무릎을 꿇었다. 그는 설무검을 만난 이후 너무 자주 무릎을 꿇고 있었다.

"부디 거두어주십시오! 방금 그 말씀은 천륜을 거스르는 것입니다!"

"조운."

현조운은 설무검의 부름을 들으려고도 하지 않았다. 심지어 그는 도까지 뽑아 들어 자신의 목에 갖다 댔다. 여차하면 벨 기세였다.

"천륜을 거스르느니 차라리 죽겠습니다!"

양궁표 등 다섯 명은 설무검의 신분을 모르는 상황에서 우여곡절 끝에 새로 만난 사람들이다. 그래서 큰 거부감 없이 형제가 될 수 있었을 것이다.

그러나 현조운은 다르다. 설무검이 누군지, 그가 어떻게 살았는지, 그의 한마디에 중천무림이 어떤 반응을 보였는지 너무도 잘 알고 있기에 받아들일 수 없는 것이다.

현조운은 피를 토해내듯이 아뢰었다.

"주인이 개나 말을 아무리 귀여워한다고 해도 개나 말과 같은 식탁에서 식사를 할 수는 없는 일입니다! 개나 말은 결국 개나 말일 뿐입니다! 절대 불가합니다!"

그는 스스로를 개나 말이라고 했다. 자신을 그렇게 여기고 있었기 때문이다.

양궁표와 형제들은 그런 현조운을 보며 숙연해졌다. 특히 양궁표를 제외한 네 사람의 마음은 더욱 착잡했다.

양궁표나 현조운에 비해 설무검을 위해서 너무나도 한 일이 없으면서도 버젓이 형제의 자리를 차지하고 있는 자신들이 뻔뻔하다는 느낌을 떨쳐 버릴 수가 없었다.

"알았다. 네 뜻에 따르마."

설무검은 어쩔 수 없다는 듯 고개를 끄덕였다.

"감사합니다! 정말 감사합니다!"

비로소 현조운은 기쁜 얼굴로 연신 절을 했다.

그러나 설무검은 현조운의 신분이 무엇이든 앞으로 그를 형제로 대하겠다는 마음은 변함이 없었으며, 양궁표와 네 명의 형제들 역시 그를 자신들과 동등한 신분으로 대하겠다고 다짐하고 있었다.

고선과 우평은 경붕현 군총의 육중한 전문 앞에서 크게 낙담하고 있었다.

두 사람은 상단 '다물'의 달이호까지 넉 달 가까운 길고도

먼 원행을 마치고 경붕현에 막 당도하자마자 군총으로 달려
온 길이었다.

현조운이 설무검을 만났는지, 만났다면 어찌 되었는지 너
무나 궁금했기 때문이다.

그런데 이곳 전문 앞에서 군사들이 두 사람을 들여보내 주
지도 않고, 어떤 조치도 취하지 않으면서 무조건 철검사 등이
이곳에 없다고만 앵무새처럼 되풀이하고 있었다.

상단 '다물'이 달이호에 도착했을 때, 두 사람은 만사 제쳐
두고 현조운부터 찾아 나섰다.

그리고 오래지 않아서 어떤 낡은 주루 앞 담벼락에 기대앉
아 하염없이 동쪽 하늘을 멍하니 바라보고 있는 형편없는 거
지 꼴의 현조운을 발견했다.

우평을 알아본 현조운은 기절초풍할 정도로 놀랐다.

그는 이 년여 전에 이곳에 도착하여 설무검을 기다리던 중
에 우평이 이끌던 상단이 산적의 습격으로 전멸했다는 소문
을 접하고는 절망에 빠졌다.

하지만 그래도 한가닥 희망을 버리지 않고 이 년여 동안 달
이호를 떠나지 않은 채 문전걸식을 하면서 설무검을 기다려
왔다.

그동안 우평은 산적에게 습격당했던 장소를 물어물어 여
러 차례 그곳을 다녀오기도 했다.

그러나 끝내 설무검은 찾을 수 없었으며, 돌아오지도 않았

고, 실오라기만 한 희망적인 조짐조차 보이지 않았다.

그렇게 끝없는 절망의 밑바닥으로 가라앉고 있을 즈음에 불쑥 우평이 나타났으니 어찌 놀라지 않았겠는가?

우평으로부터 설무검의 소식을 들은 현조운은 달이호에서 한시도 지체하고 싶은 생각이 없었다.

그래서 그 즉시 우평이 마련해 준 말을 타고 동쪽으로 쉬지 않고 달린 끝에 이십여 일 만에 경붕현에 도착, 극적으로 설무검과 해후할 수 있었던 것이다.

이후 고선과 우평은 달이호에서의 일을 마치고 돌아오는 길에 여러 곳에 들러 장사를 하면서도 마음은 내내 이곳 경붕현에 와 있었다.

그렇게 해서 현조운보다 보름이나 늦게 도착하여 한달음에 군총으로 달려왔거늘, 군사들은 가타부타 설명도 없이 무조건 철검사가 군총에 없다고만 하니 두 사람은 답답한 마음을 금할 길이 없었다.

"가요, 우 백부님."

이대로 전문 앞에서 무작정 사정만 해서는 안 되겠다고 판단한 고선이 우평의 소매를 잡아끌었다. 그래도 우평은 쉬이 발길이 떨어지지 않는 모양이었다.

우평 자신으로 인해서 헤어져야만 했던 설무검과 현조운을 이 년여가 흐른 지금 다시 자신의 손으로 만나게 해주었으니, 어찌 되었는지 궁금한 것은 인지상정이 아니겠는가?

돌아서지 않으려는 우평을 상단 '다물'이 묵고 있는 장원으로 먼저 보낸 후, 고선은 주위의 시선을 살피면서 슬며시 군총의 담 옆쪽으로 돌아갔다.

군총에는 뒷담이 없었다. 대신 인공으로 만든 가산이 뒷담의 역할을 해주었고, 가산의 끝은 까마득한 낭떠러지였으며, 그 아래로는 지란하의 푸른 강물이 넘실거리면서 흐르고 있었다.

고선은 옆 담의 거의 끝에 이르러 발끝에 슬쩍 힘을 주고 가볍게 땅을 박차면서 너무도 간단하게 담을 넘어 군총 안에 내려섰다.

"얘기 좀 해요."

설무검이 저녁 식사를 하려고 연공실을 나서자 입구 위 지붕에서 고선이 그의 앞으로 소리없이 내려서며 말했다.

설무검은 마치 그녀가 나타날 줄 알고 있었다는 듯 조금도 놀라지 않았다.

물론 그녀가 갑자기 나타날 줄은 몰랐지만, 그는 담력이 커서 여간해서는 놀라지 않았다.

"밥 먹었느냐?"

"여태 이곳에서 당신을 기다리고 있었는데 먹기는 어디에서 먹겠어요?"

그의 뜬금없는 물음에 기다리느라 많이 지친 고선은 약간

쌀쌀맞게 대답했다.

"같이 밥 먹으러 가자."

그러면서 설무검은 먼저 성큼성큼 앞서 걸어갔다.

사실 고선은 설무검의 연공실 지붕에서 거의 두 시진 가까이 기다리고 있었다.

연공실의 철문 정도는 간단하게 부술 수 있는 있는 그녀이지만, 싸우러 온 것이 아니니 그럴 수도 없었다.

또한 지붕에서 감지한 바에 의하면 설무검은 운공조식을 하고 있는 것 같았기 때문에 소리 내어 불렀다가 자칫 주화입마에라도 들면 큰일이기에 그럴 수도 없는 상황이었다.

'밥 먹자고?'

고선은 방금 설무검이 한 말을 반추했다. 그런데 별것 아닌 것 같은 그 말 한마디에 희한하게도 그녀는 지금껏 설무검에게 갖고 있던 여러 가지 좋지 않은 선입견들을 말끔히 날려 버렸다.

그러다 보니 문득 설무검이 그 말을 할 때의 목소리가 평소와는 달리 약간은 다정했다는 느낌이라고 제 나름대로 해석도 곁들여 보았다.

저만치 걸어가는 설무검의 뒷모습을 바라보는 고선의 입가에 부드러운 미소가 떠올랐다.

그를 만나려고 두 시진을 기다린 지루함이나 그것 때문에 신경질이 났다는 것쯤은 이미 그녀의 기억에 없었다.

"같이 가요!"

고선은 나비처럼 팔랑거리면서 달려가며 명랑하게 외쳤
다.

오늘 저녁 식사 시간은 여느 때와는 사뭇 다른 분위기였다.

줄곧 설무검 육 형제와 현조운을 포함한 일곱 사내가 말 한
마디 없이 묵묵히 식사를 해오다가 처음으로 여자인 고선이
끼니 분위기가 확 달라졌다.

물론 단랑도 여자이지만 이들 중에서 그녀를 여자라고 여
기거나 대우하는 사람은 아무도 없었다.

그렇다고 고선이 여자답고 고즈넉한 면이 있거나 화술이
좋아서 분위기를 사뭇 화기애애하게 만드는 것도 아니거늘,
사내들 틈에 여자다운 여자가 한 명 낀 것이 고작인 데도 금
방 티가 났다.

고선은 수줍음도 전혀 타지 않았다.

설무검을 따라 식당에 들어온 그녀를 보고 사내들이 깜짝
놀라 낯빛이 변하는데, 오히려 그녀는 그들에게 두 손을 앞에
모아 두루 포권지례를 해 보이더니 당연하다는 듯 설무검의
옆에 앉아서 손바닥을 비비며 기대 어린 표정으로 요리가 나
오기를 기다렸다.

그러더니 요리가 나오자 식탁에 둘러앉은 여덟 명 중에서
가장 맛있게, 그리고 씩씩하게 먹었다.

식사를 하는 사람은 설무검과 고선, 둘뿐이었다. 양궁표를 비롯한 여섯 명은 고선의 먹는 모습을 주시하느라 요리에는 젓가락도 대지 않았다.

설무검과 고선을 제외한 여섯 명이 고선을 주시하는 이유는 각기 달랐다.

오장보의 표정이 제일 복잡했다.

자신은 열하맹룡으로 다시 부활했기 때문에 이제는 제아무리 아름다운 여자를 보더라도 목석처럼 끄떡없을 것이라고 자부했는데, 고선을 보는 순간 입 안에 침이 마르고 가슴이 심하게 두근거리는 것을 느꼈다.

욕정이라고까지는 할 수 없지만, 마음의 동요를 일으킨 것만은 분명했다.

그래서 그는 자신이 아직도 완전한 열하맹룡으로 돌아오지 못했다는 자책에 빠져 버렸다.

단랑은 질투를 느꼈다.

이날까지 살아오면서 이런 경우는 한 번도 없었는데, 고선이 설무검의 옆에 다정하게 앉아 있다는 사실과 그녀의 지독한 아름다움에 심하지는 않지만 은은한 질투를 느끼며 싸늘하게 그녀를 노려보고 있었다.

그녀는 또 자신이 늘 남자처럼 행동했으며, 형제들이 자신을 한 명의 남자로 대해주기를 바라고 있다는 평소의 마음을 지금은 잠시 잊고 있었다.

워낙 색을 밝히는 염탕은 노골적으로 음탕한 표정을 지으며 고선에게서 시선을 떼지 못했다.

그러나 그 자신도 깨닫지 못하고 있는 사실이 하나 있었다. 지금 고선을 보면서 느껴지는 욕정이 예전처럼 참기 어려울 정도로 지독한 것이 아니라 조금만 마음을 고쳐서 먹으면 충분히 제어할 수 있을 것 같다는 사실이었다.

설무검과 형제들끼리의 생활이 만들어준 환경은 지독한 호색한이었던 그의 욕정마저 변화시키고 있었다.

반호는 지금도 여전히 고선을 보면서 예전에 자신이 알았던 '소연' 이라는 소녀를 떠올리며 괴로워하고 있었다.

하지만 처음 봤을 때보다는 두 번째가, 그리고 그때보다는 이번 세 번째가 좀 덜했다.

양궁표와 현조운은 고선을 보면서 똑같은 표정에 똑같은 생각을 하고 있었다.

나란히 앉아 있는 설무검과 고선, 두 사람이 너무도 잘 어울린다는 생각이었다.

"이것 정말 맛있군요! 당신, 이것 좀 먹어봐요."

그때 고선은 설무검의 밥공기에 자신이 방금 먹었던 요리를 듬뿍 얹어주며 미소를 지었다.

그 광경은 영락없이 금슬 좋은 부부의 모습이어서 양궁표와 현조운은 한층 눈을 빛냈다.

그날, 설무검은 고선에게 현조운을 찾아내어 보내줘서 고맙다는 말을 한마디도 하지 않았다.

하지만 예전과는 달리 시종일관 온화한 말과 미소로써 그녀를 대했다.

물론 그로서는 현조운을 보내준 것에 대한 고마운 마음일 뿐이지만, 고선은 그렇게 생각하지 않는 것 같았다.

*   *   *

역시 반호가 가장 빨랐다. 그는 북두신공을 배운 지 한 달 닷새 만에 첫 운공을 시작했다.

그 뒤로는 단랑이 한 달 보름 만에 운공을 시작했고, 그 사흘 뒤에는 오장보가 시작했다.

염탕이 가장 늦었다. 그는 석 달이 지나서야 천신만고 끝에 첫 운공을 시작했다.

그리고 가장 늦게 합류한 현조운은 불철주야 거의 광인처럼 북두신공 구결에만 매달렸다.

양궁표는 충격을 받았다. 그는 북두신공을 배운 지 두 달 보름 만에 첫 운공을 시작했다.

그런데 현조운과 염탕을 제외한 세 사람이 모두 두 달 안에 운공을 시작했다.

그것도 반호는 불과 한 달 닷새였다.

양궁표에 비하면 절반이나 단축시킨 것이다. 그러니 충격을 받지 않을 수가 없었다.

항심(抗心)이 생긴 양궁표는 여태까지보다 가일층 열심히 무공 연마에 전력을 쏟았다. 아내 하정이 걱정하는 소리도 그의 귀에는 들리지 않았다.

넉 달이 지나 현조운도 운공을 시작하게 되었을 때, 양궁표는 모두에게 초일검류 일초식을 가르쳤다.

그즈음 양궁표는 초일검류를 삼초식까지 거의 완벽하게 터득한 상태였다.

第二十六章
거보(巨步)

중천오세의 하나인 진천방.

드넓은 대전. 바닥에서 반 장 높이의 단(壇) 위에 위치한 크고 화려한 태사의에 진천방주 담제웅이 손으로 턱을 괸 채 잔뜩 이맛살을 찌푸린 얼굴로 앉아 있었다.

그의 전면 단 아래의 바닥에는 열세 명의 경장 고수들이 태사의를 향해 두 줄 횡대로 무릎을 꿇은 채 상체를 최대한 낮추어 이마를 바닥에 댄 자세를 취하고 있었다.

그리고 대전의 양쪽에는 진천방의 두 전주와 아홉 당주, 마흔여덟 향주가 도열해 있었다.

원래는 십 당주였지만 색혼도가 빠진 상태였다.

또한 꿇어앉은 자들 중에는 두 명의 향주가 속해 있었다.

대전에는 많은 사람들이 있었지만 숨소리조차 들리지 않을 정도로 조용했다.

무릎을 꿇고 있는 열세 명은 색혼도의 수하들이다. 그들이 진천방을 떠났을 때에는 색혼도까지 모두 열여섯 명이었으나, 지금은 열세 명만 돌아왔다.

"그래서……."

이윽고 담제웅이 침묵을 깼다.

대전 양쪽 벽을 등지고 도열한 자들의 시선이 일제히 담제웅에게 집중됐다.

"색혼당주를 끝내 찾지 못했다는 것이냐?"

"그렇습니다."

앞줄에 무릎을 꿇은 두 명의 향주 중 한 명이 더욱 납작한 자세를 취하면서 공손히 대답했다.

추적과 수색에는 귀신이라고 할 수 있는 색혼당 소속의 고수들이 끝내 찾지 못했다고 하면 색혼당주 색혼도는 그곳에 없다는 뜻이다.

아니면 죽었던가.

"그곳이 어디라고 했느냐?"

"열하성 경붕현입니다."

"그곳에서 무슨 일이 있었는지 자세히 설명해라."

뒷줄 복판의 한 명이 고개를 들고 담제웅을 우러러보며 설명을 시작했다.

"당주는 속하를 포함한 세 명의 수하를 데리고 경붕현에 당도했습니다. 시간이 너무 늦었기에 당주는 경붕현으로 들어가는 초입에 위치해 있으며 현 내에서 가장 큰 기루 만화루에 찾아갔고, 나오면서 당주는 속하에게 만화루를 감시하라 명령했습니다. 오래지 않아 만화루에서 두 명의 호위무사가 나와 어디론가 급히 가기에 속하는 그들을 따라 열하성 남쪽에 위치한 평천현 낙일루라는 곳까지 추적했지만, 그다지 의심할 만한 일은 아니었습니다. 이후 경붕현으로 돌아갔지만 어디에서도 당주와 두 명의 수하를 찾지 못했습니다."

"노부(路符:표식)는?"

"현 내 태화객잔을 마지막으로 끊겨 있었습니다."

"끊겨 있었다……."

"속하는 그 즉시 두 향주에게 연락을 했고, 이후 두 향주와 동료들이 도착하여 닷새 동안 경붕현 안팎을 샅샅이 뒤졌지만 당주를 포함한 세 명을 끝내 찾지 못했습니다."

담제웅은 입을 다물고 생각에 잠겼다.

그는 과거 중천의 절대자의 모사(謀士)였을 정도로 지략이 뛰어난 인물이다.

"색혼당주는 죽었다."

잠시 후 담제웅이 결론을 내렸다. 그의 결론은 명쾌했고,

막힘이 없었다.

"그리고 색혼당주의 죽음에는 어떤 식으로든 만화루가 개입됐을 것이다."

그의 시선이 대전 좌측에 도열해 있는 인물들 중 첫 번째 인물에게 향했다.

"비호전주."

사십오 세. 진천방의 삼인자. 이빨을 드러낸 채 도약하고 있는 맹호가 수놓인 옷을 입은 짧은 수염에 당당한 체구의 비호전주가 깊숙이 허리를 접었다.

"하명하십시오, 방주."

"정예 일백을 이끌고 경붕현으로 가서 이 잡듯이 뒤져라. 특히 만화루는 모조리 도륙을 해서라도 색혼당주와의 연관점을 찾아내라."

"존명!"

그때 대전 우측 첫 번째에 서 있는 진천방 이인자, 청룡전주가 허리를 굽히며 입을 열었다.

"방주, 만화루는 사령단 휘하 봉황단의 백봉령루 중 한 곳입니다. 만화루주는 십오봉령 중에 십이봉령이지요."

"알고 있다."

"더구나 열하성은 북천이 지배하는 지역입니다. 혹여 이번 일로 북천이나 사령단과 마찰이라도 생기면……."

비천하는 청룡이 수 놓인 옷을 입고 있는 청룡전주는 후리후리한 체구에 얼굴이 길었고, 한 뼘 길이의 검고 탐스러운 수염을 기른 학자풍의 인물이었다.

"청룡전주."

"네, 방주."

사십칠 세의 청룡전주는 올해 삼십사 세인 담제웅에게 더욱 깊이 허리를 굽혔다.

"너는 앞으로 야기될지도 모르는 그런 마찰과 우리가 해결해야만 하는 일 중에서 무엇이 더 중요하다고 생각하느냐?"

쿵!

청룡전주는 그 자리에 무릎을 꿇으며 머리를 조아렸다.

"속하가 우둔했습니다! 벌을 내려주십시오!"

망치가 가벼우면 못이 솟는 법이다[槌經釘聳].

너그럽고 덕이 높은 수장(首長)은 수하들의 존경을 받는 대신 자칫 통솔력을 잃기 쉽다.

하지만 엄격한 수장은 존경받지 못하는 대신 완벽하게 수하들을 장악한다.

무거운 망치를 휘두르면서도 자신의 망치가 늘 가볍다고 생각하는 담제웅은 후자 쪽이다.

"비호전주, 즉시 실행하라."

"존명!"

진천방 내에서 이 년여 전, 중천절에게 일어났던 일에 대해서 가장 잘 알고 있는 사람은 당연히 배신의 주역 중 한 명

이었던 담제웅이고, 그에게서 약간의 설명이라도 들은 사람
은 청룡전주와 비호전주. 그리고 색혼당주 세 사람뿐이었
다.

만약 중천절의 생사를 확인하고 살았을 경우 제거하려는
목적이 아니었다면, 아무리 자신의 심복인 청룡전주나 비호
전주, 색혼당주라고 해도 죽을 때까지 비밀로 했을 것이다.

＊　　　＊　　　＊

보화가 설무검을 찾아왔다.

그동안 그녀는 사흘 건너 한 번 꼴로 군총에 설무검을 만나
러 왔지만 실제 그를 만난 횟수는 채 세 번도 되지 않았으며,
얘기를 나눈 시각은 제일 길었던 것이 반 시진을 넘지 않았
다.

그녀가 찾아올 때마다 설무검은 대부분 연공실에 틀어박
힌 채 연공을 하는 중이었으며, 요행이 아주 가끔 얼굴을 보
게 되더라도 그가 너무 바빴기 때문에 오래 붙잡고 있을 수가
없었다.

지금도 예외가 아니어서 설무검은 어김없이 연공 중이었
다. 하지만 보화는 여느 때처럼 그냥 돌아갈 수가 없었다.

오늘은 꼭 설무검에게 알려야만 하는 중대한 정보를 갖고
왔기 때문이다.

그래서 그녀는 지금 세 시진이 넘도록 설무검의 연공실 밖 정원을 초조하게 서성이고 있었다.

요즘 설무검의 하루하루는 팽팽한 긴박감과 위험천만함의 연속이었다.

충분한 공력이 쌓일 때까지 마냥 기다리고 있을 수만은 없어서 모험을 시도하기로 결정을 내렸으며, 그래서 실행을 하고 있는 중인 것이다.

이즈음 그의 공력은 꽉 찬 사십 년 수준이었다. 그 정도 공력으로는 얼마 전에 깨우친 육단전운공을 본격적으로 시전할 수 없었다.

그래서 그는 오랜 궁구 끝에 새로운 방법을 하나 찾아내기에 이르렀다.

설무검의 사십 년 공력은 체내 육단전에 흩어져서 축적되어 있는 상태였다.

몇 달 전에 그는 운공을 할 때 육단전이 차례로 파훼된 배꼽의 기해단전을 슬쩍슬쩍 건드리며 아주 미미하게 치료를 한다는 사실을 발견해 낸 적이 있었다.

즉, 운공을 하면 진기가 제일 먼저 백회단전에 속해 있는 세 개의 경락. 삼십칠 혈도를 주천하는데, 그 과정에서 진기가 기해단전을 스치면서 치료를 하고, 그다음에는 미간단전의 두 개의 경락, 십육 혈도가, 또 그다음에는 상단전, 천돌단전, 중단전, 하단전, 회음단전 식으로 육단전이 차례로 기해단전을 스치며 치료한다는 것이다.

그렇게 해서 한 번의 운공이 끝나 다시 운공을 하면 똑같은 순서가 거듭된다.

하나의 단전이 파훼됐을 경우, 다른 단전의 진기가 그것을 치료하는 것은 설무검이 익힌 무극파천황의 또 다른 묘리(妙理)였지만 그로서는 그때 처음 깨달은 것이다.

하지만 지니고 있는 공력이 너무 약해서 치료라고도 할 수 없을 정도로 미미한 수준이었기 때문에 그런 방법으로 계속하다가는 수십 년, 아니, 살아생전에는 기해단전을 복구하지 못할 터이다.

그래서 설무검이 수백 번의 시행착오 끝에 마침내 찾아낸 방법은 육단전에 흩어져 있는 공력을 치료를 목적으로 하는 운공에서만큼은 하나의 단전으로 모으는 것이었다.

즉, 운공을 시작하면 제일 먼저 백회단전이 주천을 하는데, 그때에 나머지 오단전의 공력을 백회단전으로 끌어와서 주천을 하고 기해단전을 치료하는 방법이었다.

그다음에 미간단전과 상단전. 천돌단전 차례 때에도 나머지 오단전의 공력을 끌어와 하나의 단전에 모아주고 주천을 하면서 기해단전을 치료한다.

사십 년 공력이 육단전에 흩어져 있으면 각각 칠 년에도 미치지 못하는 공력이지만, 하나의 단전으로 끌어모으면 무려 여섯 배의 치료 효과를 거둘 수 있는 것이다.

과연 이 방법은 효과가 탁월했다. 최초의 것이 나무망치로 거대한 바위를 두드리는 것이었다면, 이 방법은 쇠망치로 깨뜨리는 정도로 비교할 수 있었다.

하지만 깨뜨려야 할 바위가 너무 거대했다. 그리고 망치는 지나치게 작았다.

설무검은 또 한 차례의 육단전운공을 끝냈다.

오늘만 벌써 이십여 차례 이상 운공을 했다. 아침 식사를 조금 했을 뿐 그 이후로는 아무것도 먹지 않았으며, 시각이 얼마나 흘렀는지 알지도 못했고 관심도 없었다.

"형님."

그가 긴 한숨을 토해낸 후 막 운공을 시작하려 할 때 입구 밖에서 양궁표의 조심스러운 목소리가 들려왔다.

철컹!

마침내 설무검이 철문 밖으로 천천히 걸어나가자 그곳에는 죄송스런 표정의 양궁표와 지친 듯한 모습의 보화가 나란히 서 있었다.

"죄송합니다, 형님."

다들 설무검을 대형이라고 부르지만, 유독 양궁표만은 입에 습관이 배서 형님이라고 불렀다.

기다리다 지친 보화는 결국 양궁표에게 도움을 청할 수밖에 없었다.

하지만 양궁표라고 설무검의 운공을 방해할 특별한 재주가 있는 것이 아니었다.

만약 방금 전에 설무검이 운공을 끝낸 후 길게 내쉬는 한숨 소리를 듣지 못했더라면, 양궁표 역시 하염없이 철문 밖에서 기다릴 수밖에 없었을 것이다.

"보화 소저가 중요한 일로 형님을 뵙기를 원합니다."

양궁표의 설명이 있기도 전에 설무검은 그런 사정을 짐작하고 보화를 쳐다보며 눈으로 무엇이냐고 묻고 있었다.

보화는 말을 하지 않고 머뭇거리면서 양궁표의 눈치를 살폈다. 그가 있으면 말하기 곤란하기 때문이었다.

"괜찮네. 말해보게."

설무검이 가볍게 고개를 끄덕이자 양궁표는 가슴이 뿌듯함을 느꼈다.

자신이 설무검의 완전한 신임을 받고 있다는 생각이 들었기 때문이다.

이윽고 보화가 조금 전보다 더 긴장된 표정으로 조심스럽게 입을 열었다.

"진천방이 또 사람을 보냈다는 정보예요."

설무검은 색혼도와 두 명의 수하를 죽인 후 그들의 시체를 태워 버리라고 지시했다. 그러니 진천방 고수들이 그들을 찾지 못했던 것이다.

색혼도가 실종됐으니 또다시 수색대를 보내는 것이 당연했다. 이미 예상하고 있던 일이었다.

"어젯밤에 비호전주가 정예 고수 일백을 이끌고 야음을 틈타 은밀하게 진천방을 출발했다는군요."

어제 낙양에서 있었던 일을 거의 일만 리나 멀리 떨어진 이곳의 보화가 자신의 손바닥을 들여다보듯이 알 수 있는 것은 봉황단의 정보력이 얼마나 방대하고도 치밀하며 또 신속한지를 여실히 증명하는 것이었다.

보화의 말에도 설무검의 표정에는 변화가 없었다. 하지만 두 사람은 설무검이 그것에 대해서 깊이 생각하고 있다는 것을 알 수 있었다.

양궁표는 적잖이 놀랐다. 색혼도와 두 명의 수하가 경붕현에 있다는 사실만으로도 설무검과 그의 형제들은 바짝 긴장을 했고, 한차례 소동을 벌였으며, 설무검과 양궁표는 가볍지 않은 상처를 입었다.

그런데 이제는 자그마치 백 명이 몰려온다는 것이다. 비호전주가 누군지는 모르지만, 필경 색혼도보다는 상위의 인물일 터이다.

그러니 우직한 양궁표라고 해도 사태의 심각함을 나름대로 추측하지 못할 리가 없었다.

보화가 극도의 초조함을 감추려고도 하지 않은 채 설무검을 종용했다.

“여길 떠야 해요.”

그것이 제일감(一感)이고, 또 지금으로선 가장 타당한 방법이었다.

설무검은 비호전주를 조금 알고 있다. 담제웅의 양 날개 중 좌익(左翼)이며, 외전(外殿)인 비호전을 맡고 있는 진천방 삼인자의 인물.

예전에 색혼도는 수하 열다섯 명과 함께 광활한 북방 전체를 수색했지만, 이제는 비호전주가 정예 고수 일백을 이끌고 경붕현 한 곳만을 집중적으로 뒤지게 될 것이다.

설무검 역시 여길 떠야 한다는 보화의 말에 전적으로 공감하고 있었다.

발각되거나 발각되지 않을 가능성이 각각 절반씩이라고 해도 안심할 수 없는 처지였다.

하물며 지금은 발각될 가능성이 구 할 이상. 요행을 바라는 것이 일 할에도 미치지 못하므로 굳이 모험을 할 가치조차 없었다.

“제가 임시로 거처할 곳을 알아봐 두었어요. 우선은 그곳에 은신하고 있다가 태풍이 지나간 후에 다시 돌아오는 게 좋겠어요.”

보화는 중요한 정보만 가져온 것이 아니라 해결책까지 마련해 왔다.

그녀의 의견은 지금으로서는 최선책이었다. 더 이상 좋은 방법이 없을 것 같았다.

그러나 설무검에겐 다른 생각이 있었다.

실내에 설무검과 형제들, 현조운과 보화가 탁자 둘레에 모여 앉아 있었다.

"지하 연공실 공사가 다 끝났는데……."

오장보가 아쉬운 듯 중얼거렸다.

지난 다섯 달 동안 북두신공을 연마하랴, 지하 연공실 공사를 진두 지휘하랴 단 하루도 제대로 밤잠을 못 잤던 그로서는 아쉽지 않을 수가 없었다.

"한두 달 지나서 다시 돌아오면 사용할 수 있으니 섭섭하게 생각지 말게."

양궁표의 말에 오장보는 반색을 했다.

"정말 한두 달이면 되는 겁니까, 이형님? 헛헛! 소제는 그것도 모르고……."

조금 전에 양궁표가 설무검을 대신하여 형제들과 현조운에게 이곳을 떠나야 한다고 말했다.

물론 왜 그래야 하는지는 설명하지 않았으며, 그들도 묻지 않았다.

설무검이 결정하면 그들은 그저 따른다. 그것뿐이다.

"아닐세. 우린 한동안은 이곳에 돌아오지 않을 게야."

그때 줄곧 침묵하고 있던 설무검의 말에 모두들 크게 놀라고 말았다.

설무검은 비호전주가, 아니, 교활한 담제웅이 결코 쉽사리 포기하지 않을 것임을 알고 있다. 또한 비호전주는 빈손으로는 절대 돌아가지 않을 것이다.

그러므로 그들이 경붕현에 어떤 조치를 취해둘 것이 분명한데, 어떻게 한두 달 만에 군총으로 돌아와서 편안하게 무공 연마에 전념할 수 있겠는가?

"당분간이라면 어느 정도입니까?"

오장보가 조심스레 물었다.

"오 년."

설무검의 말에 아무도 입을 열지 않았다. 모두들 몹시 놀랐지만 여전히 왜 그래야 하는지는 묻지 않았다.

누가 억지로 시킨 것도 아니지만, 이들 형제들은 설무검이 내린 결정은 무조건 따라야 한다고 여겼다. 설무검을 그만큼 믿고 따르기 때문이다.

다만, 형제들은 그 오 년 동안 자신들이 무공을 대성해야 한다는 사실 정도만을 짐작할 수 있었다.

"다섯째, 갖고 있는 자금이 얼마나 되는가?"

설무검이 뜬금없이 묻자 오장보는 가볍게 놀랐으나 곧 얼굴을 붉히며 겸연쩍게 턱을 쓰다듬었다.

"그동안 소제가 워낙 주색을 탐하다 보니 모아둔 돈이 별로 없습니다. 대략 은자 오십만 냥쯤 될 겁니다."

설무검의 왼편에 앉아 있던 보화가 조심스럽게 입을 열었다.

"제게 백만 냥쯤 있고, 더 필요하시면 본 루의 여유 자금을 오백만 냥 정도 더 드리겠어요."

엄청난 액수다.

그것도 빌려주는 것이 아니라 거저 주겠다는 말에 형제들과 현조운은 적잖이 놀랐다.

여장부가 아니고서는, 그리고 설무검에게 어떤 각별한 마음과 믿음을 갖고 있지 않다면 어림도 없는 말이었다.

"고맙지만 사양하겠네."

설무검의 일언지하 거절에 보화는 서운한 표정을 감추려고 하지 않고 얼굴에 그대로 드러냈다.

"다섯째."

"말씀하십시오, 대형."

"군총을 다른 곳으로 이전하는 데에 얼마나 걸리겠나?"

또 뜬금없는 말이고, 놀라운 내용이다. 하지만 오장보는 잠시 생각하다가 공손히 대답했다.

"서두르면 닷새면 가능할 것입니다."

"그렇다면 우선 이곳을 매물로 내놓게."

"그다음엔 어떻게 합니까?"

"자네가 갖고 있는 오십만 냥으로 매물로 나온 이곳 부지를 매입하게."

오장보는 고개를 끄덕였다.

"그리고 그 오십만 냥으로는 새로 이사 갈 군총 건물을 사들이면 되겠군요."

"그렇지."

설무검은 보화를 쳐다보았다.

"다섯째, 매입한 이곳은 보화 앞으로 이전해 놓게."

"그리하겠습니다."

그의 입에서 나오는 말들은 모두 이해 불능이었다. 그는 적잖이 놀라고 있는 보화를 더 놀라게 만드는 당부를 했다.

"자네는 이곳을 오 년 동안만 맡아주게."

그래도 이들 중에서는 보화가 가장 총명했다. 만화루라는 기루를 오랫동안 운영해 온 경험 덕분일 것이다.

"오 년 후에 무엇에 쓰시려고요?"

"방파를 하나 만들까 하네."

그의 망설임없는 대답에 모두들 크게 놀랐다. 난데없이 방파라니…….

보화는 놀랍고 또 고마웠다.

설무검이 자신을 형제들과 똑같이 대우해 주고 또 오 년 동안 이곳을 맡아달라는 부탁까지 스스럼없이 했다는 사실 때문이었다.

보화는 자신이 왜 설무검의 일에 끼어들어 사서 고생을, 아니, 위험을 자초하는 것인지 왜 굳이 나서서 힘든 일을 도맡

으려는 것인지 스스로에게 물어본 적조차 없었다.

그저 막연히 그래야만 한다고 여길 뿐이었다.

그 이유는 그녀 자신도 모른다.

그녀가 혹시라도 설무검을 한 명의 남자로 여기게 된 것이라면, 그것은 가당치도 않은 일이다.

봉황단에서는 분타주 이상의 신분을 지닌 단 내의 모든 여자들이 혼인하는 것은 물론이거니와, 사내와 정을 나누는 것조차 엄격하게 금지하고 있다.

그러므로 지금 보화의 행동은 섶을 지고 불속으로 뛰어드는 것처럼 어리석은 행동일 수도 있었다.

만약 봉황단에서 이런 사실을 알게 된다면, 그녀는 중벌을 면치 못할 테니까.

그러나 남녀 간의 정이며 마음이란 때가 되면 찾아드는 계절과도 같아서 막는다고 오지 않는 것이 아니고, 숨는다고 피할 수 있는 것이 아니다.

보화는 지금 맨몸으로 사계절 중에서도 가장 추운 엄동설한을 맞이하고 있었다.

"보화."

설무검은 여태까지와는 약간 다른 가라앉은 목소리로 보화를 부르며 응시했다.

"네?"

"비호전주는 만화루를 제일표적으로 삼을 것이네."

색혼도는 경붕현에 와서 만화루에 제일 먼저 들렀다. 그리고 수하 한 명을 남겨두었으며, 그가 살아 돌아가 진천방주에게 보고 들은 것들을 그대로 보고했다면, 비호전주가 경붕현에 도착하여 제일 먼저 만화루를 집중적으로 조사하리라는 것은 불을 보듯이 뻔한 사실이었다.

"알고 있어요."

보화는 뜻밖에도 침착했다.

"어쩔 생각인가?"

비호전주는 만화루가 봉황단 휘하 백봉령루라는 사실을 알고 있을 것이다.

그런 전제하에 그가 취할 수 있는 행동은 두 가지로 추측할 수 있다.

봉황단과의 마찰을 꺼린다면 은밀한 조사를 진행할 것이다.

그러나 마찰을 감수한다면 먼저 만화루를 박살 낸 후에 루주 이하 모든 사람들을 고문할 것이다.

그 과정에서 만화루 식구들의 생사 따윈 당연히 염두에 두지 않을 것이다.

그것은 무언가를 알아내려고 할 때 무림의 대방파들이 자주 사용하는 고전적이고 거친 방법이지만 효과는 언제나 탁월했다.

"염려 마세요. 진천방은 절대 본 루를 함부로 건드리지 못할 거예요."

보화가 총명하고 뛰어난 여장부임에는 분명하지만, 자신이 속해 있는 봉황단을 지나치게 믿는 데 반해서 진천방을 과소평가하는 것을 보면 역시 여자라는 한계를 넘지 못하는 것 같았다.

"보화, 놈들은 만화루를 공격할 거야."

설무검의 말에 보화의 표정이 급변했다. 그녀는 설무검이 허언을 할 것이라고는 생각하지 않는다. 그의 말이라면 황하가 거꾸로 흐른다고 해도 믿을 것이다.

"그럴까요?"

그러면서 보화의 얼굴에 먹구름이 가득 드리워졌다.

비호전주가 이끄는 일백의 정예 고수들이 만화루를 공격하는 광경이 머릿속에서 생생하게 그려졌다.

만화루에는 이십여 명의 호위무사들과 삼십여 명의 정예 무사들이 있다.

그들 중에 사밀을 포함한 십여 명은 고수라고 불릴 정도로 강하다.

또한 보화는 일류 고수 수준이다. 하지만 그들로서는 비호전주가 이끄는 일백의 진천방 정예 고수들을 절대 당해내지 못할 것이다.

"놈들의 목적은 나다. 무엇을 가리겠는가?"

"그렇군요……."

설무검이 묵직하게 말하자 보화는 고개를 끄덕였다.

사실 그녀는 설무검이 중천절이라는 사실을 알고 난 후 자신의 능력이 닿는 한 모든 정보망을 동원하여 중천무림에 대한 정보를 입수했다.

그리고 수집된 정보와 이곳에 중천절인 설무검이 생존해 있다는 사실을 조합하여 몇 가지 사실들을 알아냈다.

─중천오세는 이 년 전에 중천절이 운공 도중에 주화입마에 들어 요절했다고 발표했다. 그러나 중천절의 시신을 봤다는 사람은 중천오세의 다섯 지존들뿐이다.

─중천절이 죽었다는 소문이 파다하고 대부분 그렇게 알고 있지만, 죽지 않았을 것이라는 소문도 공공연하게 나돌고 있다.

─중천오세의 진천방과 사해부(四海府), 낙성검가(落星劍家), 그리고 혼천도문(混天刀門)이 비밀리에 각각 천하 곳곳으로 자파의 고수들을 파견하여 누군가를 찾고 있는데, 정보에 정통한 사람들은 그 사람이 바로 중천절일 것이라고 입을 모으고 있다.

─금봉천궁을 제외한 중천사세는 새로운 중천절을 옹립(擁立)하려고 하는데, 그는 바로 낙성검가의 가주인 낙성절정검(落星絶頂劍) 단해룡(段海龍)이다.

─새로운 중천절을 옹립하는 데에 가장 큰 걸림돌은 중천오

세의 바로 아래 세력인 중천십이지파(中天十二支派)다. 표면적
으로는 중천십이지파의 일곱 파가 옹립을 찬성하고, 다섯 파가
반대하고 있다. 가장 큰 반대 이유는 중천절의 죽음이 석연치 않
다는 사실이다.

등이 그것이다.

물론 보화는 그런 사실들을 알아낸 즉시 설무검에게 빠짐
없이 알려주었다.

지금 보화는 설무검의 말을 듣고 그런 사실들을 새삼 다시
떠올려 보았다.

중천오세 중에서 설란궁을 제외한 중천사세는 낙성절정
검 단해룡을 새로운 중천절로 옹립하려고 혈안이 된 상태
다.

그런데 중천십이지파 중 다섯 개 파가 중천절의 죽음이 석
연치 않다면서 옹립을 반대하고 있는 것이다.

현재로서 그들 다섯 개 파를 굴복시키는 데에 가장 필요한
것은 중천절 설무검의 시체였다.

그게 아니면 그가 죽었다는 사실을 증명할 수 있는 확실한
그 무엇이 필요했다.

상황을 다시 정리해 본 보화는 중천사세가 중천절의 흔적
을 찾아내기 위해서라면 무슨 짓이라도 서슴지 않을 것이라
는 결론을 내렸다.

“총단에 지원을 요청해야겠군요.”

가라앉은 목소리로 그렇게 말하면서 그녀는 이번 사건의 발단을 어디에서부터 어떻게 총단에 설명할 것인지에 대해서 부심했다.

보화는 색혼도와 그의 두 명의 수하를 죽이는 과정에서 자신이 도움을 주었던 일과 설무검이 중천절이라는 사실을 총단에 보고하지 않았다.

순전히 설무검을 보호하기 위해서였다. 그 마음은 지금도 변함이 없다.

그랬거늘, 이제 와서 지원을 받으려고 총단에 설무검을 팔 수는 없었다.

그녀가 고심하고 있을 때 설무검도 뭔가 생각에 잠겨 있다가 이윽고 나직이 입을 열었다.

“보화, 은자랑에게 내 얘기를 하게.”

보화는 의아한 표정을 지었다. 은자랑이란 처음 들어보는 이름이었다.

“은자랑이 누군가요?”

설무검은 조용히 대답했다.

“그녀는 신봉각주네.”

“아……!”

순간 보화의 얼굴에 놀라움, 아니, 혼비백산하는 표정이 가득 떠올랐다.

보화는 태어나서 지금처럼 놀라본 적이 없었다. 얼마 전, 설무검이 중천절이라는 사실을 알았을 때에도 지금처럼 놀라지는 않았다.

신봉각은 동정호 변의 악양(岳陽)에 위치해 있으며, 봉황단의 총단이다.

즉, 백봉령루의 우두머리로서 천하 온유향과 살명계의 모태인 염뢰방과 검풍루를 거느리고 있다.

다시 말하면, 신봉각주가 곧 봉황단주라는 뜻이다.

일설에 의하면, 신봉각주는 사령단 총단주인 철혈태후의 맏딸이라고 한다.

사령단이 거느리고 있는 헤아릴 수 없이 많은 수하들에게 철혈태후는 하늘이고, 봉황단주는 태양 같은 존재다.

물론 수하들은 그들에 대해서 아무것도 모를 뿐 아니라 알려고 드는 것조차 금기 사항이다.

그 태양의 이름을 설무검이 아무렇지도 않게 불렀으니 보화가 놀라는 것은 당연했다.

"설마… 봉황단주와 친분이 있나요?"

한참이 지나서도 놀라움이 진정되지 않은 상태에서 보화가 조심스레 물었다.

"약간."

이 신비한 사내가 약간이라고 말할 정도라면 봉황단주와 잘 알고 지내던 사이였다는 의미라는 것을 보화는 여태까지의 경험으로 미루어 짐작할 수 있었다.

보화는 갑자기 자신이 높이와 넓이를 짐작하기조차 어려운 거대한 벽 앞에 서 있는 느낌이 들었다.

또한 설무검이 중천절이었다는 사실을 자신이 잠시 잊고 있었다는 사실을 새삼 절감했다.

그것은 설무검이 그녀가 하늘이나 태양으로 여기는 인물들과 동격이라는 의미이기도 했다.

하지만 그녀의 내심을 모르는 설무검은 자신이 할 말을 망설이지 않았다.

"내가 은자랑에게 친서를 써줄 테니 그것을 신봉각에 보내게. 만화루의 일은 그 정도로 해결될 것일세."

달랑 친서 한 장으로 만화루의 위급을 없애 버릴 수 있다고 말하는 설무검.

보화는 설무검 때문에 자신이 얼마나 더 놀라야 하는지 가늠조차 할 수가 없었다.

중천절 시절의 설무검에겐 친분있는 사람들이 백사장의 모래알처럼 많았다.

그 모래알들 중에서 중천오세는 굵은 모래알, 아니, 바위였다. 그런 그들이 배신을 했다.

설무검은 배신을 당해 변방의 산적 소굴에서 정신을 차린 날 이후부터는 아무도 믿을 수 없었다.

중천절이었을 때에도 배신을 당했는데, 무공을 포함한 모든 것을 잃고 쓸모없는 인간이 된 그가 과연 누굴 섣불리 믿을 수 있겠는가?

그래서 아무에게도 찾아가지 않았다.

복수도, 재기도 혼자 힘으로 해보겠다고 결심한 그였다.

만약 만화루가, 아니, 보화가 위험에 처하지 않았다면 은자랑에게도 연락하지 않았을 것이다.

그러나 지금으로서는 그 방법밖에 없었다.

은자랑이라면 그래도 안심할 수 있을 것이다.

"어디로 가실 계획인가요?"

설무검은 침묵을 지켰다.

무슨 생각을 했는지 보화는 곧 손을 저었다.

"아니, 말씀하지 마세요."

설무검이 말해주지도 않겠지만, 설혹 말해준다고 해도 보화는 그것을 지켜낼 자신이 없었다.

만약 자신에게 무슨 일이 생겨서 고문이라도 당한다면 정신이 남아 있는 한 끝끝내 버티겠지만, 짐작하기도 어려운 어떤 괴이한 방법에 걸려들어 자신도 모르게 설무검에 대해서 실토할지도 모른다.

그런 상황이 닥친다면 아는 것은 다 실토할 것이다. 그러나 아예 처음부터 모르고 있다면 죽인다고 해도 끝까지 모르는 것이다.

"그럼… 오 년 후에나 보게 되는 건가요?"

“빨라야 오 년이다.”
보화가 금방이라도 울음이 터지려는 것을 간신히 참으며 물었더니 이 목석 같은 사내는 아예 한술 더 뜬다.

第二十七章
백두산(白頭山)

사위가 칠흑처럼 어두운 그믐밤.

일곱 필의 말이 경붕현을 소리없이 빠져나온 후 동쪽으로 방향을 잡고 질풍처럼 내달리기 시작했다.

그로부터 칠 일 후에 중천오세의 진천방 비호전주가 이끄는 백 명의 정예 고수들이 경붕현에 들이닥쳤다.

경붕현을 출발한 지 열흘 후.

설무검 일행은 요령성(遼寧省) 요양현(遼陽縣)에 당도했다.

요령은 옛 고구려의 땅으로, 그 당시에는 요동(遼東)이라고 불렀다.

또한 요양현은 요령성의 성도(省都)이며 요동 삼성(三省) 중에서 가장 크고 번화한 대도였다.

어둠이 자욱이 깔리고 인적이 거의 없는 해시(亥時:하오 10시) 무렵.

일곱 필의 말이 요양현에서도 가장 번화한 대로 한복판에 위치한 거대한 장원의 전문 앞에 멈추었다.

전문 위에 걸린 커다란 편액에는 '다물상군부(多勿商群府)'라는 다섯 글자가 웅혼한 필체로 적혀 있었다.

이곳이 바로 상단 다물상군부의 총부(總府)다.

일곱 필의 말 위에 올라앉은 사람들은 설무검을 비롯한 육형제와 현조운이었다.

쿵쿵쿵!

말에서 뛰어내린 현조운이 굳게 닫힌 전문을 묵직하게 두드리는 소리가 밤의 적막을 깨뜨렸다.

"무슨 일이오?"

그리 오래지 않아서 전문이 열리고 중원의 복장이 아닌 특이한 흰색 옷차림을 한 다섯 명의 사내가 전문 밖으로 나와 설무검 일행을 가로막는 듯한 자세의 일 열 횡대로 당당하게 늘어선 후, 그중 우두머리로 보이는 자가 정중하지만 위엄있는 태도로 물었다.

먼 길을 온 듯 먼지를 뽀얗게 뒤집어쓴 채 마상에 올라앉아 하나같이 어깨에 검을 메고 있는 일곱 사내가 한밤중에 전문 앞에 나란히 서 있는 데도 장원 안에서 나온 사내들은 조금도 위축되지 않은 모습이었다.

사내들은 왼쪽 허리에 생소한 모양의 도인지 검인지 모를 석 자 길이의 무기를 차고 오른쪽 허리에는 한 자 반 길이의 짧은 도를 찬 이색적인 모습이었는데, 이곳 다물상군부의 호위무사들처럼 보였으며, 잘 훈련받았다는 것을 한눈에 알아볼 수 있었다.

나중에 알게 된 사실이지만 사내들은 이곳 다물상군부 총부의 호위무사의 신분이며, 그들이 허리에 차고 있는 무기는 옛적 고구려 군사들이 사용했던 '환두대도(環頭大刀)'와 '소환두대도(小環頭大刀)'라는 것이었다.

말에서 내려 있던 현조운이 방금 물은 사내에게 묵직하게 입을 열었다.

"긴히 우평 대인을 만나러 왔소."

"우선 안으로 드시지요."

그 말에 우두머리사내가 즉시 열려 있는 전문을 가리키자 다른 사내들이 양옆으로 길을 터주었다.

우평을 찾아왔다는 것에 대한 예우이며, 설혹 설무검 일행이 장원 안에 들어와 행패를 부리더라도 충분히 제압할 수 있다는 자신감이 넘치기 때문에 가능한 행동이었다.

설무검 일행은 접견실로 안내를 받았고, 우평이 모습을 나타낸 것은 그로부터 일각이 지나서였다. 아마도 하던 일을 마저 끝내느라 늦은 듯했다.

"험! 누구신지…… 앗!"

접견실로 들어서며 실내를 살피던 우평의 눈길이 설무검 얼굴에 꽂히더니 낮은 비명은 터뜨렸다.

"철검사!"

그는 한달음에 달려와 막 일어서고 있는 설무검의 두 손을 그러잡았다.

"잘 오셨소! 정말 잘 오셨소이다!"

왜 왔느냐고도 묻지 않고 그저 잘 왔다고만 연발하더니 입구에 대기하고 있는 조금 전의 우두머리사내에게 냅다 소리를 질렀다.

"너, 당장 달려가서 소저를 모셔오너라!"

명령을 받은 사내가 부리나케 밖으로 달려나갔다.

"오는 길은 험하지 않았소? 미리 기별이라도 했으면 마중이라도 나갔을 텐데 왜 그냥 오셨소?"

설무검은 아무 말도 하지 않고 그저 묵묵히 서 있는데, 우평은 개의치 않은 채 혼자 이것저것 말하다가 웃기도 하는 등 여간 즐거운 표정이 아니었다.

"어디 봐요! 정말 그 사람이 맞는 거예요?"

그때 고선이 쏜살같이 실내로 들어서면서 맑게 외쳤다. 그녀는 자신을 부르러 온 사내에게 한밤중에 방문한 사람들의 행색과 용모에 대해서 대충 전해 듣고는 즉시 한 사람의 모습을 떠올렸다.

설무검이었다. 그의 외모는 결코 평범하지 않았으므로 우두머리사내가 설명하는 데에 그리 어렵지 않았고, 알아듣는 고선도 헷갈리지 않았다.

"정말 당신이로군요!"

고선은 한 마리 나비처럼 곧장 달려와 거리낌없이 설무검의 품에 안겨들었다.

그녀의 그런 행동을 아무도 어색해하거나 낯설게 여기지 않았다.

설무검은 엷은 미소를 지으며 고선의 나긋한 몸을 가볍게 마주 안아주었고, 그녀는 더 깊이 그의 품속으로 파고들었으며, 우평도 형제들과 현조운도 빙그레 미소를 지으며 흐뭇하게 바라보았다.

강둑은 홍수가 무너뜨리고 벽은 태풍이 허물지만, 사람 사이의 벽을 허물어뜨리는 것은 정이고 마음이다.

아마도 설무검과 고선의 벽은 한 달 보름 전쯤 두 사람이 식사를 하는 과정에서 허물어진 듯했다.

그리고 그때의 벽이 외벽(外壁)이었다면, 지금 고선이 설무검에게 안김으로써 무너뜨리고 있는 또 하나의 벽은 분명 내벽(內壁)일 것이다.

어떤 남녀는 처음 만나는 순간 눈에 불꽃이 튀며 사랑을 느끼다고도 한다.

그렇지만 설무검이나 고선처럼 마음이 깊고 신중한 사람들은 사랑이 아니라 그저 상대를 이성으로 인정하는 것만으로도 오랜 시간과 노력을 필요로 한다.

"대체 무슨 일이죠? 날 보러 이 먼 요동 땅까지 왔을 리는 없을 테니 말이에요!"

잠시의 기쁨과 흥분이 지나간 후 설무검 옆에 붙어 앉은 고선이 자신의 성격대로 단도직입적으로 물었다.

그녀는 이곳을 중원식의 요령이 아닌 고구려식인 요동이라고 불렀다.

"오륙 년 동안 머물 장소가 필요하다."

설무검의 말은 마치 맡겨놓은 것을 내놓으라는 것처럼 사뭇 당당하기까지 했다.

하지만 고선은 조금도 개의치 않았다. 오히려 그가 자신에게 찾아와 주었고, 그래서 그런 요구를 하는 것이 기쁘기 그지없다는 표정이었다.

그녀는 영특하게 눈을 빛냈다.

"물론 누구의 간섭도 받지 않는 곳이어야 하겠죠?"

설무검은 고개를 끄덕였다.

"또한 아무도 당신을 찾아내지 못하는 장소여야 하겠고요?"

설무검은 이번에는 고개를 끄덕이는 대신 그녀를 쳐다보며 어쩌면 그녀가 보화 이상으로 총명할지도 모른다는 생각을 해보았다.

"그런 장소를 제공해 드리겠어요."

그녀는 흔쾌히 수락했다.

"나도 부탁 하나 할까요?"

'그 대신'이라든지, '조건'이라고 하지 않고 그저 '부탁'이라고 말했다.

설무검은 그렇게 말하는 것을 좋아한다.

형제들이 점점 설무검을 닮아가는 것보다 더 빠르게 고선은 설무검의 어떤 면을 닮기도 하지만 필요에 따라서는 성격을 분석하기도 했다.

물은 그릇의 모남과 둥금에 따라 그 모양이 달라지는 것처럼[水任方圓器], 사람은 마음에 두고 있는 사람의 성격이나 선악에 따라서 자신의 성격이나 선악도 변한다고 했다.

고선이라는 물은 설무검이라는 그릇에 담겨져 형상을 이루고 있는 중이었다.

역시 고선은 설무검의 대답을 기다리지 않고 자신의 부탁을 말했다.

"당신이 머무는 곳에 나도 함께 머물게 해주세요."

우평과 형제들은 크게 놀랐지만 설무검과 양궁표만은 놀라지 않았다.

고선의 표정이 단호하게 변했다.

"나는 애를 태우면서 당신을 오륙 년씩이나 기다릴 자신이 없어요."

사실상의 고백이다.

과연 그녀다웠다. 그녀는 내숭을 모른다. 좋으면 좋다고, 싫으면 싫다고 자신의 감정에 충실하며 결코 말과 속내를 빙빙 돌리지 않는다.

설무검은 대답하지 않았다. 그 대신 행동으로 자신의 뜻을 밝혔다.

저벅저벅…….

그는 누가 말릴 새도 없이 벌떡 일어나 입구 쪽으로 성큼성큼 걸어가기 시작했고, 형제들과 현조운이 우르르 그 뒤를 따랐다.

깜짝 놀라 발딱 일어선 고선은 설무검의 뒷모습을 보면서 복잡한 표정이더니 그가 막 입구를 통과하려고 할 때 뾰족하게 외쳤다.

"알았어요! 알았으니까 가지 말아요!"

설무검이 뚝 멈추자 고선이 달려가 그의 팔을 잡고 다시 의자로 이끌면서 빨갛고 조그만 입술을 삐죽거렸다.

"하지만 가끔씩 당신에게 놀러 가는 것마저 뭐라고 나무라지는 말아요."

우평은 자신의 눈과 귀를 의심하는 듯한 표정으로 고선을 쳐다보고 있었다.

그는 고선이 갓난아기 때부터 업고 안으며 거의 반 아버지 노릇을 해왔기 때문에 그녀에 대해서는 누구보다도 잘 알고 있었다.

그가 알고 있는 고선은 어느 아름다운 여자들보다 여자다우면서도 어떤 굴강한 사내들보다 강했다.

그녀가 한 번 뜻을 세우면 설사 부모라고 해도 꺾지 못했으며, 그녀가 세운 상단의 계획은 '다물상단부' 의 그 누구조차도 혀를 내두를 정도로 치밀했고, 그녀의 고혹적인 미소에 가슴을 떨면서 한숨을 내쉬지 않는 사내가 없었다.

그런 그녀가 설무검이라는 무쇠 같은 사내에게 속절없이 허물어지고 있는 것을 눈으로 보면서도 우평은 쉽사리 믿어지지가 않는 표정이었다.

"이왕 저희 집에 왔으니까 며칠 푹 쉬었다 가요. 그리고 지금은 아버님을 뵈어야지요?"

당연히 그럴 것이라고 생각한 고선이 설무검의 팔을 잡고 밖으로 이끌었다.

그녀의 풍만한 젖가슴이 설무검의 팔에 짓눌렸으나 두 사람은 아무도 개의치 않았다.

"내가 머물 장소가 어디지?"

단도직입적이라는 점에 있어서는 고선이 설무검의 상대가 되지 않을 것 같았다.

"꽤 먼 길이에요. 하지만 당신 일행이 머물기에는 최적의 장소예요."

"지금 출발한다."

설무검은 고선의 팔을 뿌리치고 성큼성큼 걸어나갔다.

고선의 가늘고 짙은 아미가 확 꺾이며 설무검의 뒷모습을 쏘아보았다.

우평은 이번만큼은 고선이 참지 못할 것이라고 생각했다. 설사 내기를 한다고 해도 자신의 모든 것을 걸 수 있었다.

설무검을 쏘아보던 고선의 표정이 복잡하게 변하더니 잠시 후 호로록 한숨을 토해냈다.

문득 우평은 불길함을 느꼈다.

"기다려요! 당신은 가는 길을 모르잖아요!"

고선이 외치면서 바람같이 설무검을 향해 쏘아가자 우평은 두 다리에 힘이 쭉 빠졌다.

만약 내기를 했다면, 우평은 방금 자신의 모든 것을 잃고 말았을 것이다.

한밤중에 요양현을 출발한 설무검과 고선 일행은 다시 동쪽으로 닷새 동안 더 달렸다.

그리고는 산중턱 위쪽이 온통 흰 눈에 덮여 있는 거대한 산악 아래에 당도했다.

설무검은 대륙의 최북단인 천산(天山)에서부터 최남단인

해남도에 이르기까지, 그리고 중원오악(中原五嶽)과 천하의 명산들을 두루 돌아다녔지만, 지금 같은 이런 기분은 한 번도 느껴본 적이 없었다.

저 산을 바라보고 있자니 가슴이 울렁거렸고, 무언지 알 수 없는 힘[力]이 불끈거렸다.

그때 옆에 서 있는 고선이 아스라한 표정으로 산의 정상을 응시하며 꿈을 꾸듯이 중얼거렸다.

"우리 고구려인들의 영원한 민족의 영산(靈山)인 백두산(白頭山)이에요."

설무검은 하나의 산을 놓고 중원의 한인(漢人)들은 장백산(長白山)이라고, 그 산의 원주인인 고구려와 그의 조상, 그리고 후예들은 백두산이라고 부른다는 사실을 오래전부터 알고 있었다.

고선은 얼굴에서 꿈을 꾸는 듯한 표정을 자랑스러움으로 바꾸고, 목소리마저도 활기차게 변화시키며 설명을 이었다.

"백두산 정상에는 거대하면서도 신비로운 호수 용왕담(龍王潭)이 있는데, 천지(天池)라고도 불러요. 호수 둘레에는 다섯 개의 높고 웅장한 봉우리들이 솟아 있고, 그중 북쪽의 두 봉우리 아래쪽 계곡에 본 파 천백검문이 있지요."

설무검은 고선의 사문인 천백검문을 중원에서는 마음대로 장백파(長白派)라고 바꾸어 부른다는 사실도 알고 있었다.

아마도 그 이유는 백두산을 자신들의 영토라고 주장하여

장백산이라고 부르는 한인들이 그 산에 있는 문파마저도 장
백파라고 바꿨을 터이다.

"본 파는 매우 크고 방대하며 은밀한 연공 장소가 수십 군
데나 흩어져 있어요. 내가 사부님께 부탁하면 당신들을 그곳
들 중 한 곳에 머물게 해주실 거예요."

사실 설무검은 한 달 보름쯤 전 고선과 식사를 하던 중에
그녀가 자신이 천백검문 장문인의 제자라고 소개했던 말을
건성으로 들었다.

그랬는데, 비호전주 때문에 경붕현을 떠나야만 하는 상황
에 이르러 어디로 갈까 고심하다가 문득 고선의 천백검문이
떠올랐던 것이다.

천백신문은 중원에서 수만 리 떨어진 대륙의 동쪽 끝이며,
원래는 고구려의 영토였으나 현재는 여진족(女眞族)의 땅인
백두산 정상에 위치해 있다.

또한 그 아래 남쪽으로는 고구려의 대통을 이었다는 고려(高
麗)가 버티고 있으니, 국가 간의 일이야 어떻든 설무검이 이곳
에 은둔해 있으면 중천오세가 그를 찾아내는 것은 불가능할 것
이라고 판단하여 고선을 찾아왔던 것이다.

"내가 집을 떠날 때 미리 사부님께 비합전서로 연락을 해
놨으니까 백두산 중턱쯤에는 본 파의 사람들이 마중을 나왔
을 거예요."

고선의 말에 힘이 실렸다.

"가요! 이럇!"

두두두둑!

그녀가 힘차게 외치며 말을 몰아 완만한 경사면에 구불구불하게 뻗어 있는 길을 따라 달려 오르기 시작했다.

우두두둑!

그 뒤를 설무검과 다섯 형제들, 그리고 현조운이 탄 말들이 질풍처럼 내달렸다.

그들이 달려가는 곳에는 미래가 있었다.

*　　　*　　　*

삼 년 후 악양.

악양성 내를 동서로 가로질러 흐르는 몇 줄기의 하천 중에서 춘예하(春芮河) 양쪽 변에는 악양에서도 손꼽히는 부자들의 장원이 처마를 맞대고 늘어서 있으며, 이곳을 춘예 대로라고 부른다.

벽풍장(碧風莊)도 그중 하나인데, 다른 장원들에 비해서 건물의 규모는 작지만 너른 정원과 후원을 갖고 있으며, 건물 전체가 푸른 벽색(碧色)이었고, 정원과 후원에 빼곡한 수림 또한 푸른색이어서 장원 전체가 벽 일색이었다.

그러므로 가히 벽풍장이라는 장원의 이름이 썩 잘 어울렸다.

지하 연공실 한복판의 높이 석 자가량의 원형의 석대에 누군가 가부좌의 자세로 앉아 운공조식을 하고 있었다.

그러나 사람의 모습은 제대로 보이지 않았다. 뿌연 자색 운무가 그 사람을 원형으로 감싸고 있었기 때문이다.

운무는 시간이 흐를수록 점차 더 짙어져서 이각이 지나자 사람의 형체는 아예 보이지 않았고, 세 개의 층(層)을 이룬 채 우측으로 느릿하게 회전하고 있었다.

또한 운무는 은은한 자색 광채를 뿜어내고 있어서 상서로운 느낌을 자아냈다.

스우우…….

그때 짙은 운무가 서서히 걷히기 시작했다. 아니, 걷히는 것이 아니라 운무 안쪽에 있는 사람에게 빨려들고 있었다.

운무가 사라지면서 사람의 형상이 드러났다.

스스으으…….

운무는 그 사람의 전신 모공을 통해서 체내로 흡수되고 있는 것이었다.

그 사람이 운공을 하는 동안 몸속에 있던 기의 일부가 몸 밖으로 뿜어 나와 자색 운무의 형태로 호신막을 형성하여 운공을 하는 그를 보호하다가, 운공이 끝날 즈음에 다시 몸속으로 흡수되는 것이다.

운무는 완전히 흡수됐고, 석대에 늠름하게 앉아 있는 미소

년의 모습이 완연히 드러났다.

십육칠 세 정도의 나이.

아니, 소년이 아니었다. 지상에서 그 무엇과도 비교할 수 없는 아름다움을 지닌 미소녀였다.

그러나 그가 입고 있는 옷은 남자의 경장 차림이었다.

남자 옷을 입은 절대완미(絶對完美)의 미소녀.

빙기옥골(氷肌玉骨)이란 이 미소녀를 위해 준비되어 있던 말 같았다.

잡티 한 점 없이 희고 깨끗한 살결은 차라리 투명해서 속이 내비칠 것만 같았다.

갸름한 얼굴 윤곽.

초승달처럼 짙고 섬연한 눈썹.

그 아래 흑백이 또렷하며 크고 서글서글한 한 쌍의 봉목(鳳目)이 자리 잡았다.

날카롭게 오뚝 솟은 콧날.

자그마하면서 피를 머금은 듯 붉고 도톰한 입술.

길고 희며 우아한 목선 아래 슬프도록 가녀린 어깨와 쇄골이 있었다.

"후우… 이제 겨우 금정대신공의 삼단계를 끝냈군."

미소녀는 약간 힘든 듯 나직한 한숨을 토해내며 석대에서 바닥으로 내려서며 중얼거렸다.

그런데 목소리가 남자, 아니, 소년의 그것이었다.

그렇다. 미소년은 다름 아닌 올해로 십칠 세가 된 설영이
다.

우뚝 선 키는 오 척 다섯 치에 달하고, 후리후리하면서 약
간 마른 듯한 체구에 두 팔과 다리가 보통 사람보다 약간 더
길어 보였다.

길고 검은 삼단 같은 머리카락은 그냥 등 부위에서 하나로
질끈 묶었다.

그의 그런 외모는 귀한 가문의 금지옥엽(金枝玉葉)으로 보
일 뿐이지, 무공을 익혔을 것이라고는 상상하기 어려웠다.

저벅저벅.

설영은 창문 하나 없이 사방이 밀폐된 지하 석실의 한쪽에
있는 통로를 통해 돌계단을 올라갔다.

스르릉!

돌계단의 끝에 이른 그가 전면을 가로막은 벽을 약간 힘주
어 밀자 직사각형의 문이 바깥쪽으로 활짝 열렸다.

"소주, 식사 준비가 끝났습니다."

설영이 방금 자신이 밀고 나온 문으로 사용하는 서가를 원
래대로 벽면에 밀착시키고 있을 때 등 뒤에서 공손하며 나직
한 음성이 들려왔다.

그가 돌아서자 서재 한복판에 곽정이 서서 공손히 허리를
굽히고 있는 모습이 보였다.

"조금 늦었지?"

설영은 부드럽게 미소 지으며 곽정에게 다가갔다.

"평소보다 반 시진가량 늦으셨습니다."

"그럴 일이 있었어."

금정대신공 삼단계를 완성하느라 전력을 쏟았기 때문이었고, 결국 성공했다.

"아직 밥 안 먹었지? 배고프다! 어서 가자!"

설영은 자신보다 한 뼘 정도 키가 큰 곽정의 어깨를 툭, 치며 서재 입구로 걸어갔다.

벽파장은 설영의 양어머니인 한효령의 소유인데, 삼 년 전에 설영의 부름을 받고 절강성 항주에서 이곳 악양으로 온 곽정이 머물고 있는 중이다.

그리고 설영은 일 년 전쯤부터 한 달에 한 번씩 정기적으로 외출할 수 있는 특권이 생겼으며, 한 번 외출 때마다 사흘의 여유가 주어졌다.

설영은 최초에 검풍루의 영검낭자가 된 후 이 년 만에 살수로서의 모든 무공을 터득했다.

검풍루의 예검녀들의 수련 기간은 최장 십 년, 최단 칠 년이며, 영검낭자들은 최장 칠 년, 최단 삼 년이다.

검풍루 사상 예검녀나 영검낭자를 통틀어 삼 년 만에 살수로서의 모든 과정을 완벽하게 터득한 사람은 손가락으로 꼽을 정도에 불과했다.

그런데 설영은 이 년 만에 전 과정을 완벽하게 터득함으로써 종전의 기록을 또다시 갈아치웠다.

그는 마땅히 살수가 돼야 했지만, 일 년 전에는 나이가 십육 세에 불과했기 때문에 그럴 수가 없었다.

검풍루는 살수가 되는 적정한 나이를 정해놓지는 않았지만 십육 세는 너무 어렸다.

지금껏 그렇게 어린 나이에 모든 과정을 터득한 사람이 전무했기에 검풍루 지도부는 설영의 조기 완성 때문에 난감할 수밖에 없었다.

그래서 검풍루주는 그 일을 신봉각주인 은자랑에게 품신(稟申)하여 그녀를 다시 한 번 놀라게 만들었고, 결국 설영이 십팔 세 되는 해에 살수로 입적시키라는 최종적인 명령을 받았다.

사실 설영은 검풍루에서 가르치는 쌍월원공이나 월인자삭을 중심으로 한 이십여 종류의 자객술(刺客術)을 배우는 한편, 한효령이 가르치는 아미파의 무공도 병행해서 배웠다.

아니, 자객술보다는 정종무공인 아미파 무공을 더 심혈을 기울여 연마했다.

만약 설영이 자객술만을 수련했다면 완성을 일 년, 아니, 반년으로 줄일 수도 있었을 것이다.

어쨌든, 자객술을 완성한 설영은 정식으로 살수가 되는 이 년 후까지 더욱 수련에 매진하여 원숙해지도록 정진하라는 대기 명령이 내려졌다.

그리고 한 달에 한 번씩의 외출을 허락해 달라는 설영의 요구가 받아들여져서 지금에 이른 것이다.

"어서 오세요, 공자."

식당으로 들어서자 기다렸다는 듯 짤랑짤랑한 여자의 목소리가 설영과 곽정을 맞이했다.

곽정의 누이동생인 곽선랑이었다. 그녀는 삼 년 전에 오빠를 따라 이곳으로 왔고, 탐사자와 현사자가 손을 써주었는데, 그녀들의 아량이 검풍루 부루주인 한효령의 입김 덕분이었다는 것은 두말하면 잔소리다.

곽선랑은 삼 년 전 십구 세 때에 비해 더욱 성숙해졌지만 기녀였을 때의 요염함은 찾아볼 수 없을 만큼 정숙한 여인으로 변모해 있었다.

곽선랑 자신도 기녀였을 때보다 벽파장의 안주인 역할을 하는 것을 훨씬 좋아했다.

악양에서는 총각인 곽정이 벽풍장의 주인이고, 누이동생인 곽선랑이 안주인으로 알려져 있으며, 두 사람은 나름대로 유지로 행세하고 있다.

그리고 설영은 두 사람의 조카로 행세하고 있다. 주변은 물론이고 심지어 장원의 하인들까지도 설영이 곽정과 곽선랑의 조카라고 알고 있었다.

곽정이 뒤에서 의자를 빼주고 그 자리에 설영이 앉자 곽선 랑이 분주하게 요리들을 날라왔다.

설영이 식사를 하는 동안 곽정은 뒤에 우뚝 서 있고, 곽선 랑은 옆에 앉아서 이것저것 시중을 드느라 여념이 없었다.

식당은 이들 세 사람만의 공간이라서 장원의 어느 누구도 얼씬거리지 않는다.

자신이 하늘 아래 한 명의 피붙이도 없는 외톨이라고 여기 는 설영은 곽정 남매를 가족이라고 생각한다.

그래서 그들과 식사도 함께하고 싶고, 모든 것을 가족처럼 화목하고 싶은 데도 곽정이 극구 반대했다.

이유는 단 하나, 설영은 하늘이고 자신들은 땅이라는 것이 다.

설영은 너무 외로웠기 때문에 가족의 따스함이 필요했지 만 곽정은 지나칠 정도로 완고했다.

第二十八章
무비일화(無比一花)

　벽파장에서 절색의 미녀 한 명이 나와 대로를 따라 동정호를 향해 걸어갔다.

　여장을 한 설영이었다.

　설영이 남자라는 사실은 곽정 남매밖에 모르기 때문에 아직도 그는 검풍루나 그 외의 장소에서 여자로 행세할 수밖에 없었다.

　머리를 구름처럼 틀어 올려 옥과 보석으로 만든 몇 개의 비녀를 꽂아 치장을 했으며, 일신에는 얇은 비단 녹라(綠羅)로 지은 구름무늬의 운금상(雲錦裳)을 입었고, 긴 치맛자락에 덮여 걸을 때마다 살짝살짝 드러나는 발에는 명주실로 짠 사혜(絲

鞋)를 신었다.

또한 취대(翠黛)로 눈썹을 그리고, 홍분청아(紅粉淸蛾)로 볼과 이마를 살짝살짝 두드리는 옅은 화장을 했기 때문에 원래 지니고 있는 미모보다 한층 더 아름답게 보였다.

지금 그의 옷차림이나 화장은 곽선랑이 해준 것이다.

그녀는 중원 전역에서도 유행이 가장 앞선 색향 항주 한매루에서도 가장 유명한 십한매 중에 청매였으므로 옷차림이나 장신구, 화장 등에 있어서는 전문가 못지않은 솜씨를 지니고 있었다.

대륙 최고의 대도인 북경이나 항주, 낙양에서도 이런 식의 복장은 최상층의 몇몇 여인이나 소녀들만이 입는다.

악양은 그런 대도에 비해서 조금쯤은 유행이 뒤떨어지는 곳이니 이런 설영의 모습이 유행을 이끌어간다고 해도 과언이 아니었다.

설영은 여장을 하는 것이 정말 싫었다. 옷차림이나 화장 등의 치장을 하는 데에 드는 정성도 정성이지만, 그것에 할애해야 하는 시간이 너무 아까웠다.

예를 들자면 상류층 여자들이 주로 하는, 머리를 구름 모양으로 틀어 올리는 운발(雲髮) 하나만 하는 데에 무려 반 시진 이상의 시간이 소요됐다.

그러니 전체 치장을 하는 시간이 얼마나 걸릴는지 미루어 짐작할 수 있을 것이다.

시간을 금쪽처럼 여기는 설영이 여자가 되기 위해서 허비되는 그 시간을 얼마나 아까워하리라는 것은 어렵지 않게 짐작할 수 있을 터이다.

그러나 설영이 여장을 싫어하는 더 큰 이유는 사람들의 시선 때문이었다.

지금 설영의 등장으로 조용하던 거리는 한순간에 어수선하게 변해 버렸다.

춘예 대로를 오가는 행인들은 물론이고, 장사치들마저도 장사할 생각은 하지 않고 점포 밖으로 나와 설영의 폐월수화 같은 자태를 구경하느라 여념이 없는, 웃지 못할 촌극이 벌어지고 있는 것이었다.

그것은 하등의 그들을 탓할 일이 아니었다. 굳이 누구 탓을 하자면 지독하게 아름다운 용모를 지닌 설영의 탓일 수밖에 없었다.

사내들은 물론이고, 여자들조차도 걸음을 멈추고 같은 동성(同性)의 아름다움에 넋을 빼앗겼다.

"무비일화(無比一花) 소저! 그간 안녕하시었소? 불초 태극공자올시다!"

"핫핫핫! 오랜만에 뵙습니다! 낭자! 그동안 더 아름다워지셨군요!"

"무비일화 소저! 소생이 늑대들로부터 소저를 보호하겠소!"

원래 벌과 나비들은 꽃향기를 따르는 법[蜂蝶隨香]이다.

벽파장 근처에서 이제나저제나 막연히 설영이 나오기만을 기다리고 있던 십여 명의 사내들이 우르르 설영의 주위로 몰려들며 제각기 떠들어댔다.

그들의 몇몇 공통점은 제법 얼굴이 반반하다는 것과 악양성에서 방귀깨나 뀌는 부유한 집안의 자식들이며, 설영에게 반했다는 사실 등이었다.

그들 중에는 춘예 대로에 있는 객잔에 장기 투숙하면서 설영이 나타나기만을 학수고대 기다리는 자들도 있었고, 막강한 재력을 앞세워 무조건 선물 공세를 펼치는 자들도 있었으며, 벽파장의 전문을 두드리거나 무릎을 꿇고 읍소(泣訴)하며 사랑을 호소하는 부류도 있었다.

무비일화.

세상에 비할 것이 없을 만큼 아름다운 꽃이라는 뜻이다.

그것이 설영이 지난 일 년여 동안 벽파장을 십여 차례 왕래하면서 사람들에게 얼굴을 보인 덕분에 그를 따르는 추종자들에 의해서 붙여진 아호였다.

덥석!

"무비일화 소저! 나하고 얘기 좀 합시다! 더 이상 참다가는 내 명에 못 죽겠소!"

그때 그들 중에 한 청년이 가까이 다가와 설영의 손목을 다짜고짜 잡더니 대로변에 있는 주루로 끌며 통사정을 했다. 목소리는 거의 울먹이고 있었다.

설영은 마치 힘이 없는 연약한 소녀처럼 끌려가야만 했다. 그에게는 이깟 사내쯤 손가락 하나로도 눌러 죽일 수 있는 능력이 있지만 그래서는 안 된다.

검풍루의 살수는, 그리고 살수가 될 사람은 많은 사람 앞에서 자신의 능력을 드러내서는 안 되기 때문이다.

"이런 무뢰배 같은 놈! 당장 소저의 섬섬옥수를 놓지 못하겠느냐?"

"이놈! 죽고 싶으냐?"

무비일화의 추종자들이 분기탱천하여 악을 썼다.

휘익! 휙!

"물러나라! 다가오는 놈은 죽이겠다!"

설영의 손목을 잡은 사내는 갑자기 품속에서 단검 한 자루를 꺼내 마구잡이로 휘두르며 악다구니를 썼다.

어설프기 짝이 없는 동작이어서 누군가 무술을 며칠쯤 배운 사람이 달려들기만 해도 단번에 제압할 수 있을 듯했다.

더구나 그는 몸을 가늘게 떨면서 눈물까지 흘렸다. 짝사랑에 빠진 한 남자의 발악이었다.

그는 비단옷을 입은 유약해 보이는 용모와 체구인데, 이마와 목에는 핏줄이 불룩불룩 솟아나 있었다. 그가 얼마나 절박한지 잘 보여주는 모습이었다.

"소저… 나는 나쁜 사람이 아니니 무서워하지 마시오… 그저 소저와 몇 마디 대화만 나누고 싶을 뿐이오."

사내는 설영을 끌고 대로변으로 향하며 절망에 가까운 표정으로 더듬거렸다.

사내와 설영이 움직이자 추종자들을 비롯한 백여 명 이상의 구경꾼들이 둥근 포위망을 형성한 상태에서 함께 이동하는 기현상이 벌어졌다.

"나는… 소저를 사랑하오… 진심이오… 소저를 위해서라면 목숨도 내놓을 수 있소……."

그는 걸어가면서 고백을 했다. 눈물과 콧물이 흘러내려 얼굴을 더럽게 물들였다.

그는 자신에게 시간이 얼마 없음을, 그리고 이런 일을 저지른 대가가 무엇이라는 것을 잘 알고 있을 것이다. 아마도 그는 관아에 끌려가기도 전에 무비일화의 추종자들에게 치도곤을 당할 터이다.

그래도 그는 이 짧은 시간을 위해서 모든 것을 건 듯했다. 그의 목소리는 절규에 가까웠다.

"소저, 내 이름은 황교방(黃敎坊)이오. 성 북쪽의 동각 대로에 살고 있소."

순간 설영의 눈 깊숙한 곳에서 작은 광채가 번뜩였다.

뒤쪽 구경꾼들 사이에서 폭사되는 한줄기 날카로운 예기(銳氣)를 감지했기 때문이다.

다음 순간 흐릿한 바람 한줄기가 설영의 어깨 옆을 지나쳐 사내 황교방의 목 언저리를 스치고 지나갔다.

그리고 그것이 검풍이라는 사실을 깨달은 사람은 설영 혼자뿐이었다.

"나는 무뢰배가 아니오! 너무도 소저를 사랑하기에 이렇게라도 내 마음을 전해야만 했소! 용서하시오!"

그는 계속 자신의 진심을 떠들어댔다. 하지만 어깨 위에서가 아니라 땅바닥에서였다.

그의 목이 반듯하게 베어져서 머리가 바닥에 나뒹굴고 있는데, 그 자신은 그런 사실을 아직 느끼지 못한 채 사랑 고백에만 열중하고 있었다.

순간 그 광경을 발견한 추종자들과 구경꾼들이 비명을 지르며 산지사방으로 흩어졌다.

"소저! 어… 떻게 된 일이오……? 내가 왜 땅바닥에……."

황교방의 머리는 뺨을 땅바닥에 대고 있었는데, 필사적으로 설영을 보려고 눈동자를 굴리면서 중얼거렸다.

푸악!

그때 여전히 설영의 손목을 잡고 있는 황교방의 잘라진 목에서 분수처럼 핏기둥이 수직으로 뿜어져 올랐다.

휘익!

"하하하! 이제부터는 나, 혈풍랑검(血風郎劍)이 낭자를 보호하겠소!"

허공으로 솟구친 피가 설영의 몸에 쏟아져 내리기도 전에

뒤쪽으로부터 한 사내가 바람처럼 쏘아오는가 싶더니 한 팔
로 설영의 허리를 가볍게 안고는 대로를 쏘아가며 낭랑한 웃
음을 터뜨렸다.

사내 혈풍랑검은 설영을 안은 채 경공술을 전개하여 순식
간에 십오륙 장이나 쏘아갔다.

느닷없이 벌어진 살인과 설영의 납치에 추종자들과 구경
꾼들은 미처 정신을 차리지 못한 얼굴로 멀어져 가는 두 사람
을 쳐다볼 뿐이었다.

이상한 방법이긴 했지만, 설영은 골치 아픈 일에서 해방되
어 마음이 후련했다.

다만 자신에게 사랑 고백을 하다가 죽은 황교방이라는 남
자가 안됐다는 생각이 들었다.

지금은 찌는 듯한 여름 한낮의 더위가 기승을 부리고 있는
시각, 준마보다 더 빨리 달리자 상쾌한 바람이 더위를 말끔히
날려 버렸다.

설영은 자신의 허리를 안고 달리는 혈풍랑검의 옆얼굴을
슬쩍 쳐다보았다.

약간 각진 턱에 구레나룻을 기른 이십칠팔 세가량의 꽤나
준수한 얼굴이었다.

오른쪽 어깨에는 홍색과 청색의 두 가닥 수실이 묶인 한 자
루 검을 메었으며, 일신에는 산뜻한 청의 경장을 입었다.

키는 설영보다 반 뼘가량 컸다.

하지만 일이 년만 더 지나면 설영이 이 사내보다 최소한 한 뼘은 더 키가 클 것이다.

쏴아아—
동정호에서 불어오는 시원한 바람이 호변의 송림을 스치고 지나갔다.
자신을 혈풍랑검이라고 소개한 사내는 춘예 대로에서 일각쯤 쉬지 않고 달려 이곳 울창한 송림 안에 당도해서야 달리던 것을 멈추었다.
혈풍랑검은 설영의 앞에 마주 선 채 한동안 말없이 설영을 뚫어지게 주시하기만 했다.
설영은 그의 얼굴에 떠올라 있는 흐릿하지만 징그러운 미소와 두 눈에서 이글거리는 욕정을 담담하게 바라보았다.
두 사람의 거리는 한 걸음밖에 안 되는 두 자 남짓.
"후후……. 무비일화라는 미명을 듣고 불원천리 먼 길을 왔는데, 과연 내가 헛걸음은 하지 않았군."
그때 혈풍랑검이 입술 끝을 씰룩이면서 흐릿한 미소를 머금으며 중얼거렸다.
슥—
이어서 그는 설영의 몸과 거의 닿을 듯이 반걸음 바짝 다가섰다.
그러나 설영은 물러나지 않고 가만히 서 있었다.

혈풍랑검의 숨결이 점점 거칠어지고 있는 것이 이마 어림에서 생생하게 느껴졌다. 그의 입가가 비틀어지면서 뜨거운 숨결과 함께 득의한 중얼거림이 흘러나왔다.

"가까이에서 보니 정말 지독하게 아름답군. 게다가 이제 잘해야 십육칠 세쯤 됐겠군. 흐흐… 무비일화의 순결지신을 안게 되다니, 난 정말 운이 좋다."

그는 지나친 흥분 때문에 평소라면 하지 않았을 실수를 하나 했다.

이런 외딴 곳에서 남녀가 단둘이 있는 상황에서도 설영이 조금도 겁을 먹지 않고 담담하다는 사실을 간파하지 못하고 있는 것이었다.

아마도 지나친 욕정 때문에 이성을 잃었기 때문이리라.

슥—

"흐흐… 무비일화, 혈풍랑검에게 순결을 바치는 것을 영광인 줄 알아라."

느닷없이 혈풍랑검이 오른손을 뻗어 그대로 설영의 가슴을 잡아왔다.

여자의 젖가슴을 잡으려는 파렴치한 행동이었다.

퍽!

"꺽!"

그러나 혈풍랑검의 손은 설영의 가슴 두 치 앞에서 정지하고 말았다.

사타구니에 엄청난 충격을 받고 순간적으로 엉덩이를 뒤로 반 자쯤 뺐기 때문이다.

설영이 입고 있는 운금상 치마 아래에서 그의 발이 뻗어 올라 혈풍랑검의 사타구니 한복판을 걷어찬 자세로 정지해 있었다.

설영의 발에는 공력이 실려 있었기에 혈풍랑검의 불알뿐 아니라 사혈인 회음혈을 찍었고, 그 위쪽의 단전까지도 터뜨려 버린 것이었다.

"너… 이년……."

혈풍랑검은 눈을 허옇게 까뒤집은 채 설영을 가리키면서 겨우 더듬거리는데, 입에서는 꾸역꾸역 피가 흘러나왔다.

쿵!

설영이 발을 거두자 혈풍랑검의 몸이 앞으로 고꾸라지더니 웅크린 자세 그대로 더 이상 움직이지 않았다.

즉사였다.

혈풍랑검은 뛰어난 검술 실력의 소유자로 강호에서 꽤나 유명한 자였다.

다만 색마적인 기질이 있어서 예쁜 여자만 보면 사족을 못 썼는데, 그것만 아니었다면 정파의 후기지수 중에서도 단연 주목을 받았을 것이다.

그는 이처럼 쉽게 당할 인물이 아닌데 욕정 때문에 명을 재촉하고 말았다.

설영은 풀 더미에 얼굴을 처박은 채 죽어 있는 혈풍랑검을 물끄러미 굽어보았다.

설영은 태어나서 처음으로 살인을 했다. 이 일이 있기 전까지는 살인을 하면 어떤 느낌일까 궁금했는데, 막상 살인을 하고 나서는 별다른 감흥을 느끼지 못했다.

아니, 더러운 구정물에 맨손을 담근 듯한 찝찝한 기분이 조금 들었다.

이윽고 설영은 주위를 둘러보다가 서쪽으로 방향을 잡고 걸음을 옮겼다.

송림을 나간 뒤 호변을 따라 십여 리쯤 가면 신봉각에 당도할 것이다.

오늘은 설영이 외출한 지 사흘째 되는 날이다. 일몰 전까지 돌아가면 되지만, 그는 언제나 정오쯤에 신봉각에 당도해 은리와 시간을 보낸 후 검풍루로 귀환했고, 오늘도 그럴 생각으로 벽파장에서 일찍 나선 것이었다.

사박사박―

그는 규칙적인 걸음으로 높이가 무릎께에 이르는 풀밭을 걸어갔다.

그러면서 기다렸다.

누군가 가까이 접근해 오거나 공격 혹은 어떤 움직임을 보이기를.

설영은 일 년여 전에 외출을 허락받은 후 이번까지 열한 번째 외출을 나왔다.

그리고 그가 누군가 자신을 감시하고 있다는 느낌을 받은 것은 일곱 번째 외출 때부터였다.

아니, 감시라고 단정할 수는 없었다. 그저 누군가 자신을 지켜보고 있는 듯한 막연한 느낌이었다.

설영은 다정다감한 성격이지만 얼음 같은 냉정함을 지니고 있기도 했다.

최초의 '느낌'을 감지했을 때 그는 허둥대지도, 주위를 두리번거리지도 않았고, 평소와 다름없이 행동했다.

그러면서 암암리에 여러 방법을 동원하여 그 '느낌'의 정체를 알아내려고 노력했다.

그러나 헛수고였다. 그 이후 열 번째 외출을 할 때까지 '느낌'은 줄곧 그의 주위를 맴돌았지만 그 누구의 모습도, 그 무엇도 감지하지 못했다.

그는 그 사실을 아무에게도 말하지 않았다. 누군가 자신을 지켜보고 있는 것이 분명하지만 이렇다 할 단서가 없기 때문이었다.

또한 자신의 힘으로 밝혀내고야 말겠다는 고집 같은 것도 어느 정도 작용을 했다.

설영은 그것이 검풍루가 자신을 감시하기 위해서 취한 조치라고는 생각하지 않았다.

검풍루주가 부루주인 한효령 모르게 그런 명령을 내렸을

리가 없다. 또한 굳이 그럴 이유도 없었다.

설영은 그 '느낌'이 이번에는 자신에게 어떤 행동을 취할 것이라고 판단했다.

지난 열 번의 외출 동안 그는 신봉각과 벽파장을 잇는 대로를 오갔을 뿐 그 길을 벗어난 적이 한 번도 없었다.

그런데 지금은 뜻하지 않은 일로 외딴곳에 오고 말았다.

설영이 오갔던 신봉각과 벽파장 대로에는 언제나 사람들이 많았지만, 이곳은 주위를 둘러보아도 인적이 없었다.

그러므로 '느낌'의 장본인이 무언가 행동을 취하기에는 적합한 장소인 것이다.

두려움은 없었다. 단지 호기심과 흥미를 느낄 뿐이었다.

설영은 걸음을 늦추었다.

'느낌'이 행동하기에는 송림 안이 안성맞춤이었다. 호변으로 나서면 사방이 탁 트여서 '느낌'이 행동을 취하지 않을지도 모른다.

지금 설영은 '느낌'에게 기회를 주고 있는 것이며, 모험을 감행하고 있는 것이었다.

'온다!'

순간 설영은 속으로 낮게 외쳤다.

배후와 좌우 세 곳에서 매우 약한 파공음을 느낀 것이다.

어떤 물체가 허공을 가르면 파공음이 발생하는 것이 자연의 법칙이다.

고수일수록 경공술을 전개할 때 파공음이 약하거나 거의 생기지 않는다. 그런 면에서 지금 접근하고 있는 자들은 일류고수가 분명했다.

설영의 머리가 빠르게 회전했다. 어떻게 할지 결정을 내려야만 했다.

접근하고 있는 자들의 의도를 모르는 상황에서의 결정은 쉽지가 않았다.

설영이 공격을 해서 싸움이 벌어지게 되면 그들이 지난 다섯 달 동안 왜 자신을 감시했는지를 알아내는 것이 어려워지거나 끝내 미궁에 빠지게 될는지도 모른다.

그러나 공격을 하지 않으면 죽임을 당할 수도 있다.

'살기를 느끼는 순간 피하거나 반격하겠다!'

결국 설영은 위험천만한 결심을 했다.

일류고수의 급습에서 살기와 예기가 흐릿하게나마 드러나는 시점은 검첨이 목표물의 급소에 닿기 직전의 극히 찰나지간뿐이다.

설영은 계속 걸어가면서 공력을 극한으로 끌어올렸다.

현재 그의 공력은 구십 년 수준이다.

무공 입문 삼 년여 만에 강호의 일류고수를 훨씬 능가하는 공력을 지니게 된 것의 가장 큰 원인은 양어머니 한효령이 준 무극신단 덕분이었다.

한효령은 설영이 뛰어난 오성과 무골을 지닌 것을 알아보았지만, 그가 보통 사람들보다 두 배 가까운 결과를 만들어내는 신체를 가졌다는 사실까지는 알지 못했다.

결론적으로 말하자면, 무공을 연마하는 사람이 복용했을 경우에 삼십 년의 공력을 생성시키는 무극신단은 설영에게 한순간에 육십 년의 공력을 안겨주었다.

또한 삼 년간 밤낮을 잊고 운공조식에 전력한 덕분에 삼십 년의 공력을 만들었다.

검풍루에서의 설영의 친구인 혜윤과 정미가 무공 입문 구 년과 오 년째인 현재 각각 오십 년과 사십 년의 공력을 축적한 것에 비하면 실로 놀라운 결과였다.

설영은 만약의 경우에 대비하여 경락을 막고 혈도를 옮기는 폐경이혈(廢經移穴)의 수법을 시도했다.

검풍루의 예검녀나 영검낭자 중에서 폐경이혈 수법을 전개할 수 있는 사람은 오직 설영뿐이었다.

아니, 검풍살수나 검풍교위녀들이라고 해도 그 수법을 전개할 만한 사람은 소수에 불과했다.

그만큼 폐경이혈은 고도로 어려운 수법이었다. 만약 설영이 아미파의 절학을 배우지 못했다면 그도 시전하지 못했을 것이다.

설영은 폐경이혈을 전개한 직후 구십 년 공력을 사지로 보내어 살기를 느끼는 순간 반격 혹은 피하는 것에 만반의 준비를 갖추었다.

'암기!'

순간 설영은 극히 미세한 공기의 파동을 느꼈다. 사람처럼 큰 물체나 도검의 파동이 아니었다.

낙엽이 떨어지면서 공기를 흔드는 것보다 더 미세한, 그러나 빠른 파동은 암기밖에 없었다.

배후와 좌우에서 접근하던 세 명은 삼 장 이내로 쇄도하고 있었다.

그렇다면 이제는 뒤늦게 그들의 기척을 알아챈 것처럼 육안으로 돌아봐도 상관이 없으리라.

설영은 적잖이 당황하는 체하면서 재빨리 좌우와 뒤쪽을 돌아보았다.

좌우와 배후 이 장 거리에서 소리없이 쇄도하고 있는 각 한 명씩 세 명의 흑의복면인과 그들이 발출한 쇠털처럼 가느다란 암기들이 보였다.

세 개의 암기가 쏘아오면서 겨냥하고 있는 부위는 설영의 좌우 어깨 견정혈(肩井穴)과 등의 혼문혈(魂門穴)로, 마혈과 혼혈이었다.

암기가 적중되는 순간 설영은 온몸이 마비되어 혼절하고 말 것이다.

이로써 한 가지 사실은 분명해졌다. 흑의복면인들은 설영을 죽이려는 것이 아니라 제압하려는 것이었다. 모험을 시도했던 설영의 예상이 다행히 적중했다.

하지만 설영이 미리 폐경이혈의 수법으로 혈도를 옮겼으
니 세 개의 암기는 그저 맨살에 꽂힌 것에 불과했다.

만약에 대비하지 않았더라면 그는 암기를 피하거나 튕겨
내느라 본래의 실력을 드러낼 수밖에 없었을 테고, 그랬다면
결국 '느낌' 의 실체를 확인하지 못했을 것이다.

설영은 몸이 마비되는 것처럼 움찔 몸을 떨고서는 풀썩 그
자리에 쓰러졌다.

세 명의 흑의복면인은 한 자루씩의 검을 메었으며, 허리에
검은색의 어른 주먹 크기의 가죽주머니를 하나씩 차고 있다
는 점이 특이했다.

아마도 가죽주머니에는 방금 설영이 적중된 것 같은 여러
종류의 암기가 들어 있을 것이다.

흑의복면인 중 한 명이 즉시 설영을 어깨에 들쳐 메더니 세
명은 곧 한쪽 방향으로 바람처럼 신형을 날렸다.

설영은 자신을 멘 자의 어깨가 단단하고 넓은 것을 느끼고
이들이 남자들이라고 판단했다.

한 가지 사실이 더 확인됐다. 검풍루에는 여자들뿐이므로
검풍루가 설영을 감시하지는 않았다는 사실이다.

설영은 어디론가 빠르게 떠메여 가면서도 가끔씩 실눈을
뜨고 주위의 경물을 확인했다.

세 명의 흑의복면인은 악양성에서 동정호을 따라 북쪽으

로 사십여 리쯤 쉬지 않고 달리다가 호변에 위치한 한 채의 호젓한 장원의 뒷담을 가볍게 날아 넘어서 들어갔다.

잠시 후 설영은 어느 방의 바닥에 반듯한 자세로 눕혀졌다.

그러더니 누군가 나가는 소리가 들렸지만 설영은 눈을 뜨지 않았다. 자신의 양쪽에 아직도 두 명이 서 있는 기척을 감지했기 때문이다.

반 각 후에 방문이 열리고 두 명이 들어서는 기척이 났다.

설영은 아마도 세 명의 흑의복면인 중 한 명이 우두머리를 데리고 온 것이라 짐작했고, 그것은 맞았다.

"깨워라."

강한 사천 억양이 섞인 사내의 명령에 흑의복면인 한 명이 즉시 설영을 뒤집어 등의 혼문혈에 꽂혀 있는 쇠털 암기를 뽑아내고 몇 군데 혈도를 가볍게 찍고는 다시 똑바로 눕혔는데, 재빠르면서도 능숙한 솜씨였다.

설영은 천천히 눈을 뜬 후 몇 차례 눈을 깜빡였다.

세 명의 흑의복면인 외에 갈의 장삼을 입고 어깨에 두 자루 단창을 멘 중년인이 한 명 더 있었다.

중년인이 절도있는 걸음으로 묵묵히 의자에 앉자 흑의복면인 중 하나가 의자 하나를 중년인 앞에 갖다 놓았고, 다른 흑의복면인이 설영을 가볍게 일으켜 그 의자에 앉혔다. 중년인과 마주 보는 자세였다.

설영은 또 한 가지 사실을 깨달았다. 이들은 신봉각에 대해서 무언가를 알아내려고 설영을 납치해 온 것이다.

그렇다면 신봉각에 드나드는 사람 중에서 기루를 찾는 손님이 아니라면 누구든 상관이 없었을 텐데, 왜 굳이 설영 자신이라는 말인가?

더 손쉬운 상대라면 기녀나 기루에서 일하는 숙수(熟手)나 하인, 하녀들도 있는데 말이다.

또 한 가지. 이들은 설영의 미모에는 조금도 관심이 없는 것 같았다.

만약 음심을 품고 있다면 이렇게 질질 끌 필요가 없었다. 게다가 이들의 얼굴에는 한 올의 음탕한 기색도 떠올라 있지 않았다.

'왜 하필 나였지?'

그러나 그 의문은 곧 풀어졌다.

"겁먹지 마라. 검풍루에 대해서 네가 알고 있는 사실들만 사실대로 말해준다면 고이 살려서 보내주겠다."

중년인이 설영을 주시하며 나직이 입을 열었다. 설영의 크고 서글서글한 눈을 두려워하는 것으로 오해한 것 같았다.

이들의 목적은 신봉각이 아니라 검풍루였다.

그래서 설영은 아주 조심스럽게, 겁먹은 듯한 목소리로 입을 열었다.

"뭐가… 궁금한 거죠?"

설영은 원래 고운 미성(美聲)이라서 약간만 성대를 오므려고음을 내면 영락없는 소녀의 목소리였다. 수년 동안 검풍루의 숱한 사람들도 감쪽같이 속였는데 이들 네 명쯤이야 식은 죽 먹기보다 쉬울 터이다.

"신봉각이 검풍루냐?"

"그게 무슨……. 신봉각은 기루예요."

설영은 중년인이 무엇을 얼마나 알고 있는지 궁금했다.

"신봉각을 말하는 것이 아니다. 신봉각이 겉으로는 기루처럼 보이지만 내부에 검풍루라는 살수 집단이 도사리고 있다는 사실을 알고 있다."

중년인은 검고 짧은 수염을 코 밑과 입 주변에 길렀는데 두툼한 입술과 뭉툭한 코, 부리부리한 눈을 지닌 용맹하면서도 강직해 보이는 인상이었다.

그런 그가 미간을 좁혀 눈을 세모꼴로 만들며 짐짓 무서운 표정을 지어 보였다.

설영은 가볍게 몸을 움찔해 보였다.

"맞… 아요. 신봉각에는 검풍루가 있어요."

그가 겁먹은 얼굴로 더듬거리자 중년인의 얼굴에 엷은 미소가 번졌다. 자신이 짐작하고 있던 것이 틀림없다는 확신의 미소였다.

"신봉각에는 여러 건물이 있는데, 어떤 것이 검풍루냐?"

이들은 검풍루를 찾고 있으면서도 신봉각 내부로는 잠입하지 못한 것 같았다.

아니면 설영이 제대로 대답을 하고 있는지 시험하는 것일 수도 있다.

이들이 검풍루에 대해서 얼마나 알고 있는지 감을 잡아야지만 거짓말도 적당히 꾸며서 할 수 있을 텐데, 설영으로서는 난감한 일이었다.

설영은 신봉각이 어떤 경계 체제인지 모른다. 알려고 한 적도 없었고, 알아야 할 필요도 없었다.

중년인의 물음에 대답하지 않거나 만약 거짓말을 한 사실이 밝혀진다면 필경 따끔한 징계가 뒤따를 것이다.

하지만 그의 물음에 곧이곧대로 대답할 수도 없었다. 만약 설영이 이들 모두를 제압하지 못해서 이들 중 한 명이라도 이곳을 살아서 떠난다면, 설영의 대답이 나중에 어떤 결과를 초래하게 될지 모르는 일이다.

"어떤 건물이냐고 묻지 않았느냐?"

중년인의 얼굴이 험악해졌다. 이자는 참을성이 없는 것이 분명했다.

그의 험악한 표정은 설영이 곧 대답하지 않으면 어떤 식으로든 손을 쓸 것을 예고하고 있었다.

"호수… 에 있어요."

설영은 일부러 더듬거렸다. 지금은 그가 마혈이 제압된 상태로 되어 있기 때문에 몸을 움직일 수가 없었다.

움직여야 한다면 이자들을 죽이려고 손을 쓰는 순간뿐이다.

"음! 거짓말을 하지는 않는군."

중년인이 표정을 풀면서 턱을 쓰다듬었다. 과연 그는 설영을 시험한 것이었다. 만만하게 볼 자가 아니다.

중년인이 다시 표정을 엄숙하게 만들었다.

"자, 이제 장난은 그만이다. 나는 신봉각 내에 검풍루가 있다는 사실을 알고 있다."

중년인은 설영이 빠져나가지 못할 그물을 쳤다.

"또한 네가 한 달에 한 번씩 외출했다가 신봉각으로 돌아가면 그 안에 있는 포구에서 배를 타고 곧장 검풍루로 들어간다는 사실도 알고 있다. 그로 미루어 너는 장차 검풍살수가 될 예비 살수가 분명하다. 무슨 연유로 외출까지 하는 특권을 누리는지는 모르지만."

중년인이 장황하게 말을 하는 동안 설영은 암암리에 공력을 극한으로 끌어올렸다.

설영은 상류층 미소녀로만 보일 뿐이지 무기 같은 것은 지니고 있지 않은 듯했다.

중년인이 설영을 검풍루의 예비 살수라고 콕 집었지만 설영이 워낙 미모가 출중하고 연약하게 보이는 데다 제압된 상태라서 크게 경계하지 않는 것 같았다.

그러나 그가 허리에 차고 있는 요대(腰帶)가 바로 폭 이 촌, 길이 두 자의 연검(軟劍)이라는 사실은 양어머니 한효령만 알고 있는 사실이다.

바로 그녀가 처음 외출을 하는 설영에게 호신용으로 선물한 것이었다.

설영은 연검으로도 많은 수련을 했으며, 연검을 허리에 두른 채 발검하는 연습도 수없이 반복했기 때문에 지금은 어떤 상황에서도 민첩하게 발검할 수 있었다.

문제는 각기 다른 방향에 있는 이들 네 명을 어떻게 순식간에 제압하느냐는 것이었고, 이들의 무공 수위를 정확하게 모르므로 검 초식에 어느 정도의 위력을 실어야 할지 모른다는 사실이었다.

지금 이 순간이 설영으로서는 최초의 실전이었다.

이미 화살은 시위를 떠났다. 선택의 여지가 없다.

이들이 원하는 대답을 순순히 털어놓는다고 해도 설영을 살려줄 리가 만무했다.

설영이 중년인이라고 해도 이용 가치가 없어진 예비 살수 계집 따위를 살려주지는 않을 것이다.

이윽고 중년인이 입을 열었다.

"검풍루의 전체 구조와 각 층에 무엇이, 그리고 누가 있으며, 어떻게 잠입할 수 있는지 거짓없이 상세히 설명해 봐라. 알았느냐?"

"네."

설영은 고분고분 대답했다. 상대를 아주 잠깐이라도 방심시키기 위해서였다.

허리의 연검을 뽑으려면 찰나의 시간이 필요했다.

그때였다.

중년인이 자세를 약간 흐트러뜨렸다.

여태까지는 꼿꼿하게 앉은 자세였는데, 상체를 뒤로 슬쩍 눕히면서 조금쯤은 느긋한 자세를 취했다.

사실 이들 네 명은 자신이 속한 방파 내에서 제법 지위가 높고 일류에 속하는 자들이라서 처음부터 검풍루의 예비 살수 정도는 크게 경계하지도 않았다.

다만 여태까지는 심문하는 사람으로서의 고압적인 태도를 견지하고 있었을 뿐이다.

이들은 설영을 더 이상 위험한 존재라고 여기지 않는 것이 분명했다.

설영은 마음을 명경지수처럼 맑게 가라앉혔다. 살수 수업에서 가장 역점을 두고 가르치는 것은 검술도 은둔술도 아닌 마음을 다스리는 방법이었다.

어떠한 극한 상황에 처하더라도 절대 내심이나 기척을 겉으로 드러내지 않는 것이야말로 살수가 갖추어야 할 첫 번째 과제요, 덕목이었다.

마음이 가라앉자 설영 자신을 제외한 네 명의 호흡과 맥박이 또렷하게 감지됐다.

정면에 앉아 있는 중년인을 제외한 세 명의 흑의복면인은 설영의 좌우와 등 뒤 세 방향에 설영을 향해 서 있었다.

호흡과 맥박이 안정적인 것으로 미루어 긴장하거나 설영을 경계하지도 않는 것이 분명했다.

또한 설영은 그들의 호흡과 맥박으로 자신과의 거리와 위치를 정확하게 파악했다.

설영은 중년인을 똑바로 주시했다. 그렇지만 중년인은 단지 크고 아름다운 한 쌍의 겁먹은 눈이 자신을 바라보는 정도로만 여겼다.

원래 험악하게 생긴 사람은 애써 미소를 지어도 공격적으로 보이지만, 설영 같은 사람은 살기 어린 표정을 지어도 아름답게만 보이는 법이다.

순간 자세를 흐트러뜨린 중년인이 이번에는 눈을 감았다. 아니, 눈을 깜빡이는 중인데 그 속도가 많이 느렸다.

사실 이들 네 명은 지난 다섯 달 동안 호시탐탐 신봉각에 잠입한다든가 설영을 납치할 기회를 노리느라 동분서주하는 바람에 제대로 쉬지도 못해서 늘 피곤에 절어 있는 상태였다.

그러나 신봉각은 비조불입의 철통 같은 경계 때문에 단 한 차례도 잠입하지 못했고, 벽파장에는 곽정이라는 걸출한 고수가 설영의 주위를 한시도 떠나지 않는 바람에 납치할 엄두도 내지 못하고 피로만 가중됐다.

중년인의 눈까풀이 감겨졌다. 원래 무거운 눈까풀은 한 번 감기면 금방 떠지지 않고 보통의 경우보다 서너 배는 더 늦기 마련이다.

그 찰나의 순간 설영의 오른손이 자신의 허리로 향했다.

그는 우선 세 명의 흑의복면인을 연검이 뽑히는 각도에 따라 우측부터 뒤, 좌측의 순서로 벨 계획이다.

직후 중년인을 상대로 일 대 일로 싸울 각오다. 중년인의 무위가 어느 정도인지 파악하지 못했으므로 전력을 다할 뿐, 승패는 자신할 수 없는 상태다.

잠시 눈을 감고 있는 중년인은 설영이 발검하는 것을 보지 못했고, 설영에게서 눈을 떼지 않고 있던 세 명의 흑의복면인은 그의 발검을 발견했다.

원래 놀라움에도 단계라는 것이 있다.

사람마다 차이가 있지만 대부분의 경우를 세분하자면, 최초에는 심적인 놀라움. 그다음은 동공 확장, 직후 몸이 움찔하면서 반응하고, 마지막으로 대응 단계에 들어간다.

설영의 행동은 스스로 생각하기에도 지독하게 빨랐다.

착!

세 명의 흑의복면인이 최초의 단계인 심적인 놀라움을 느낄 때 설영은 이미 연검을 뽑는 것과 동시에 우측의 흑의복면인을 베고 있었다.

사삭!

이어서 흑의복면인들의 동공이 확장될 때 설영은 빙글 한 바퀴 몸을 회전하면서 배후의 흑의복면인을 베었고, 좌측의 흑의복면인이 움찔 몸을 떨면서 오른손을 어깨의 검으로 가져가려고 할 때 그를 베어버렸다.

중년인은 막 눈을 뜨면서 아주 미약한 파공음 세 개를 듣고 뭔가 불길함을 느꼈다.

그러나 그는 꼼짝도 할 수 없었다.

자신의 앞에 우뚝 서 있는 설영이 연검을 뻗어 검첨으로 목을 찌를 듯이 겨누고 있었기 때문이다.

중년인은 뻣뻣한 몸으로 눈동자만을 굴려 자신의 수하들을 쳐다보았다.

수하 세 명은 하나같이 원래의 자리에 우두커니 서 있었다.

얼핏 보면 아무 일도 없었던 것처럼 보였다.

그러나 중년인은 수하들의 목에 가느다란 선(線)이 가로로 그어져 있는 것을 발견했다.

그리고 그 선이 지금 자신을 겨누고 있는 얇디얇은 연검에 의한 것이라고 직감했다.

방심은 순식간에 전세를 역전시켜 놓았다.

중년인은 평소 자신의 무위에 꽤나 자부심을 갖고 있었으며, 그가 속한 문파나 강호에서도 쟁쟁한 명성을 날리고 있는 인물이었다.

그랬기에 그는 자신이 처하게 된 이 상황이 쉽사리 믿어지지도, 이해가 되지도 않았다.

더구나 자신들이 완벽하게 제압했다고 확신한 어린 예비

살수에게 당했다는 사실이 더욱 그랬다.

'이런… 말도 안 되는…….'

설영으로서는 생애 처음으로 사람을 상대하여 검과 초식을 발휘한 것이고, 결국 성공했다.

그는 자신의 실력이 예상했던 것보다 뛰어나다는 사실에 적잖이 놀라고 있었다.

중년인은 설영을 주시하면서 동공이 한껏 확장되어 있고 놀라움 때문에 목젖이 오르락거렸다.

"너……."

그가 막 입을 열려고 할 때 설영은 재빨리 그의 혈도를 찍어 혼절시켰다.

第二十九章
수줍음

신봉각에서 기루로 사용하고 있는 신봉상루 입구 바깥에 한 명의 소녀가 신봉상루 앞을 스쳐 지나가는 대로의 한쪽 방향을 하염없이 바라보며 서 있었다.

아래위 눈처럼 흰 비단 순견(純絹)으로 만든 백의를 입었으며, 삼단 같은 긴 윤기 흐르는 머리카락을 허리로 늘어뜨렸고, 허리에는 오색의 비단실로 꼰 채승(彩繩)을 묶은 비교할 수 없이 최상급의 옷차림을 한 소녀였다.

십오륙 세 남짓.

소녀를 보고 느끼는 첫인상은 아마도 순수하고 고결하다는 것일 게다.

새카만 눈동자와 붉은 입술, 검은 머리카락을 제외하고는 입고 있는 옷과 살결 모든 것이 눈처럼 흰 백일색이어서 그런 느낌이 더욱 강렬했다.

소녀는 다름 아닌 은리였다.

신봉각주의 여동생인 그녀가 신봉상루 입구에 서 있는 바람에 기루는 제대로 영업을 할 수가 없었다.

사실 신봉각은 삼십여 명의 정예 고수들을 보유하고 있으며, 그들은 모두 여자로 이루어졌다.

염뢰방에서 기녀가 될 소녀들을 가르치는 삼십여 명의 기예 선생들, 즉 예련사(藝練師)가 그녀들이며, 달리 신봉정검수(臥龍頂劍手)라고 불린다.

그녀들은 신봉각의 여느 고수들과는 차원이 전혀 다른 초일류 급이다.

매일 불과 열 명이 거대한 신봉각 전역을 경계하고 있지만 여태껏 그 누구의 잠입도 불허했던 것만 봐도 그녀들의 실력을 짐작할 수 있을 것이다.

신봉각에 속해 있는 검풍루는 자체적으로 검풍교위녀들이 순번을 정해 돌아가면서 경계를 하고 있으며, 철옹성이기는 신봉각과 매한가지다.

지금, 은리가 신봉상루 입구에 나와 서 있는 바람에 두 명의 신봉정검수가 암중에 은둔한 채 그녀를 호위하고 있는 중이었다.

또한 신봉상루의 루주와 총관 이하 간부급들은 신봉상루의 입구에서 발을 동동 구르면서 어쩔 줄 모르며 은리를 쳐다보기만 할 뿐이었다.

조금 전에 루주가 은리에게 다가가 조심스럽게 안으로 들어갈 것을 권유했지만 말이 씨도 먹히지 않았다.

은리는 설영을 기다리고 있는 중이었다. 그런 사실을 모두 잘 알고 있었다.

은리와 설영이 친자매 이상으로 친하고, 서로 죽고 못 사는 사이라는 것은 신봉각에서는 더 이상 비밀도 아니었다.

항상 정오가 되기도 전에 외출에서 돌아와 은리의 거처에서 그녀와 점심 식사를 하고 반나절 동안 지내다가 검풍루로 귀환했던 설영이었다.

그런데 오늘은 어떻게 된 일인지 한 시진이나 지났는 데도 돌아오지 않고 있어서 기다리다 못한 은리가 아예 입구에서 기다리게 된 것이었다.

시간이 흐를수록 은리의 얼굴은 초조하게 변해갔다.

'아직까지도 오지 않다니……. 오빠에게 무슨 일이 생긴 것이 분명해! 아아… 어쩌면 좋아…….'

은리의 초조함이 극에 달했을 때 루주가 급히 그녀에게 달려와 빠른 어투로 보고했다.

"소저, 그녀는 이미 도착했다는 보고입니다."

순간 은리의 얼굴 가득 안도와 기쁨이 피어났다.

"그래요? 언니는 지금 어디에 있나요?"

"각주의 거처에 있습니다."

은리는 루주의 말이 끝나기도 전에 이미 신봉상루 안으로 달려가고 있었다.

신봉각주 은자랑의 거처에는 신봉각을 대표하는 굵직굵직한 거물들이 모두 모여 있었다.

은자랑은 자신의 태사의에 꼿꼿한 자세로 앉아 있었고, 그녀 앞쪽 바닥에는 설영이 잡아온 중년인이 무릎이 꿇려 있으며, 그 옆에는 검풍루주와 한효령, 설영이 나란히 서 있고, 맞은편에는 예련총사가 서 있었다.

설영은 오늘 자신이 겪었던 일들을 모두에게 숨김없이 설명했다.

단, 다섯 달 전부터 자신의 주변에서 맴돌던 '느낌'에 대해서는 한마디도 말하지 않았다. 굳이 말할 필요가 없다는 판단에서였다.

"이자는 사천당문(四川唐門) 문주의 친동생인 천비혼수(千臂魂手) 당평원(唐平元)입니다."

잠시의 침묵을 깨며 한효령이 조용히 입을 열었다. 그녀는 오랜 세월 강호를 주유했기 때문에 웬만한 인물들을 훤히 알고 있었다.

"음! 아무래도 이놈은 제 아우의 복수를 하려고 본 루를 염탐했던 것 같습니다."

한효령 옆에 서 있던 검풍루주가 말을 이었다.

사실 검풍루는 작년에 청부를 받고 사천당문 오 형제 중 넷째를 죽인 일이 있었다.

누가 무엇 때문에 그를 죽여 달라고 청부했는지는 알 필요도 없었다.

살수 조직은 그저 돈을 받고 청부자가 지목한 인물을 죽이기만 하면 그만인 것이다.

검풍루주는 사십대 중반의 여인으로 일신에 피처럼 붉은 혈의(血衣)를 입었으며, 후리후리하게 큰 키에 온몸에 한 겹 살얼음을 두른 듯 냉기가 풀풀 뿜어져 나왔다. 또한 특이하게 두 자루 검을 양쪽 허리에 찬 모습이었다.

설영은 삼 년여 동안 검풍루에 기거했지만 검풍루주를 직접 보기는 지금이 처음이었다.

그때 중년인 천비혼수 당평원이 전면의 은자랑을 쏘아보면서 얼굴을 보기 싫게 일그러뜨리며 말을 씹어뱉었다.

"어린 계집아! 네년이 여기 있는 년들의 우두머리인 모양인데, 나를 이런 식으로 대하면 좋지 않을 줄 알아라!"

그렇지만 욕설을 들은 당사자인 은자랑은 눈썹 하나 까딱하지 않았다.

오히려 당평원의 옆에 있던 예련총사가 나직하게 중얼거리며 그를 일깨워 주었다.

"네놈은 방금 봉황단주께 불경을 범했다."
"……."
당평원의 눈이 찢어질 듯이 부릅떠졌다. 그는 불신의 표정으로 은자랑을 쳐다보았다.
무림에 삼천(三天)이 있으면, 천하에는 사령단이 있다고 했다.
그 사령단의 하나인 봉황단의 단주가 눈앞에 있는 이십대 중반으로 보이는 여자라고 하니 당평원으로서는 쉽사리 믿을 수가 없었다.
"발칙한!"
쐐액!
예련총사가 낮게 외치며 소매를 뒤집자 그녀의 장심에서 한줄기 날카로운 경풍이 발출되어 어느새 당평원의 머리 두 자 가까이에 이르렀다.
당평원은 마혈이 제압되어 꼼짝할 수 없는 상태지만 옆에서 들려온 호통성과 파공성이 무엇인지 즉시 알아차리고 사색으로 변했다.
팍!
예련총사가 발출한 경풍이 당평원의 옆머리에 적중되기 직전에 어디선가 쏘아온 한줄기 암경이 경풍을 가볍게 건드리며 방향을 틀었다.
픽!

방향이 바뀐 경풍은 당평원의 바로 앞 바닥에 둔탁하게 적중되며 돌먼지가 피어올랐다.

단단하기 이를 데 없는 청강석 바닥에는 깊이 삼 촌가량의 구덩이가 파였다.

당평원은 눈동자를 아래로 하여 그걸 보면서 온몸에 소름이 쫙 돋았다.

만약 그 경풍이 자신의 머리에 적중됐다면 두부처럼 으깨어졌을 것이다.

당평원의 시야에 자신을 향해 중지손가락 하나를 뻗고 있는 은자랑의 모습이 들어왔다.

그제야 그는 은자랑이 지풍을 발출하여 경풍의 방향을 바꾼 사실을 깨달았다.

그의 소견으로는 경풍을 발출한 예련총사는 최소한 자신보다 한 수 위고, 지풍으로 방향을 바꾼 은자랑은 두어 수 위가 분명했다.

"총사."

은자랑의 나직한 부름에 예련총사가 급히 허리를 접었다.

"하명하십시오."

"이놈에게 알아낼 수 있는 모든 것을 짜내세요."

"존명!"

예련총사는 당평원의 뒷덜미를 잡고 지푸라기라도 잡은

듯 가볍게 끌고 나갔다.

은자랑이 잔잔한 눈빛으로 설영을 바라보다가 부드럽게 말문을 열었다.

"영아, 잘했다."

"네."

설영은 가볍게 얼굴을 붉히며 수줍어했다.

설영과 은리가 더없이 친하다 보니까 은리의 언니인 은자랑하고도 자연스럽게 가까워져서 이따금 사석에서는 마치 세 자매처럼 지내기도 했다.

그때 검풍루주의 눈썹이 가볍게 꿈틀했다. 그녀는 칼 같은 성격이라서 은자랑이 이런 공적인 자리에서까지 친근하게 설영의 이름을 부르는 것이 마뜩찮았다.

설영을 바라보는 은자랑의 미소가 조금 더 짙어졌다.

"아무리 상대가 방심을 했다고는 하지만, 사천당문 내에서 다섯 손가락 안에 꼽히는 고수인 당평원을 포함하여 네 명을 순식간에 제압하다니. 영아, 너는 내가 생각하고 있던 것보다 더 강한 듯하구나."

설영의 얼굴이 더 붉어졌다.

"운이 좋았어요."

"물론 운도 따랐겠지만, 그것은 운만으로는 할 수 없는 일이었다. 실력이 칠 할, 운이 삼 할이었어. 과연 너는 검풍루가 낳은 최고의 영검낭자다."

설영이 장차 검풍루 사상 최고의 살수가 되리라는 것을 부
정할 사람은 신봉각 내에서 한 명도 없었다.

그때 검풍루주가 힐끗 설영을 보며 날 선 목소리로 물었다.

"너는 폐경이혈수법으로 위기를 넘겼다고 했는데, 그것은
누구에게 배웠느냐?"

"저……."

곤란한 질문이었다.

"제가 가르쳤습니다."

설영이 더듬거리고 있을 때 한효령이 설영 대신 조용히 대
답했다.

"당신이?"

검풍루주와 한효령은 비슷한 연배다. 또한 두 사람 다 오랜
살수 생활을 하여 풍부한 경험과 식견을 갖고 있다는 점도 같
았다.

두 사람은 신분만 루주와 부루주일 뿐이지 실력이나 모든
면에서 비등했다.

만약 지금 당장 검풍루주에게 무슨 일이 생겨서 한효령이
루주가 된다고 해도 검풍루를 이끌어가는 데에는 추호의 문
제도 없을 것이라는 게 모두의 생각이었다.

"본 루의 무공 중에는 폐경이맥수법이 없는 것으로 아는
데, 규정 위반이 아니오?"

예검녀나 영검낭자들에게는 검풍루의 무공만 가르치는 것

이 규칙이었다.

설영과 한효령이 의모녀지간을 맺었다는 사실은 아직도 비밀이었다. 그게 알려진다면 한효령도 설영도 곤란한 처지가 될 것이다.

한효령은 검풍루주가 아닌 은자랑에게 공손히 아뢰었다.

"이 아이는 이미 일 년 전에 본 루의 모든 무공을 완벽하게 터득했습니다. 속하가 몇 차례 시험을 해본 결과, 이 아이는 공력이 부족할 뿐 초식 면으로는 본 루의 어느 누구에게도 뒤지지 않았습니다."

은자랑은 이미 그 사실을 잘 알고 있었다.

한효령은 설영이 구십 년 공력이라는 사실을 알고 있지만 아무에게도 알리지 않았다.

그것은 분명히 자랑할 만한 일이지만 딱히 그런 것만도 아니었다.

잘되는 사람이 있으면 그 주위에는 반드시 시기하는 사람도 있기 마련이다.

무공은 자랑이 아니라 생존을 위해서 배우는 것이라고 생각하는 한효령이었다.

또한 설영이 어떻게 해서 삼 년 만에 구십 년 공력을 이룰 수 있었는지를 설명하자면 한효령이 무극신단을 복용시켰다는 사실을 말해야만 할 것이다.

그리고 어쩌면 설영과 한효령이 의모녀지간이라는 사실을

밝혀야 할는지도 모른다.

긁어 부스럼을 만들 필요는 없는 것이다.

한효령은 백 년 공력이다. 그런데 이제 십칠 세인 설영의 공력이 구십 년이니 얼마나 높은 것인지 어렵지 않게 짐작할 수 있을 것이다.

"그래서 지난 일 년 동안 속하가 틈틈이 장차 살수행에 도움이 될 만한 수법들을 가르쳤습니다. 용서하십시오."

이런 말은 굳이 검풍루주에게 할 필요가 없었다. 신봉각에 속한 모든 사람의 생사여탈권을 쥐고 있는 은자랑이 결정할 일이었다.

은자랑은 가벼이 손을 저었다.

"예검녀나 영검낭자에게 검풍루의 무공 외에 것을 가르치지 말라는 것은 외부의 무공을 가르치지 말라는 뜻이에요. 부루주는 외부인이 아니므로 상관없어요."

그 말을 듣는 검풍루주의 표정은 변함이 없었다. 그저 얼음처럼 싸늘할 뿐이었다.

"검풍루 설립 이래 영아 같은 귀재가 없었기 때문에 우리는 이런 일에 대비해 둔 것이 없어요. 영아가 정식 살수가 되려면 앞으로 이 년이나 더 남았는데, 소견세월(消遣歲月)을 하게 내버려 둘 수는 없어요."

은자랑은 온화한 미소를 지으면서 설영을 바라보았다.

"영아, 너는 앞으로 내게서 직접 무공을 배우는 것이 어떻겠느냐?"

한효령은 깜짝 놀랐고, 검풍루주의 눈이 세모꼴로 좁아졌다.

설영은 공손히 허리를 굽혔다.

"알겠습니다."

그때 방문이 급히 열리면서 은리가 엎어질 듯이 달려 들어오며 소리쳤다.

"영 언니!"

은리는 다른 사람을 전혀 의식하지 않고 달려와 그대로 설영의 품에 안겨들었다.

심육 세의 은리의 몸은 이제는 삼 년 전의 어린 은리가 아니었다.

꽃봉오리라고 할 수 있었다. 활짝 피지는 않았지만, 여자의 몸매를 만들어가기 시작하는 단계였다.

봉긋한 가슴과 잘록해지는 허리. 살이 올라 탱탱하게 커지는 엉덩이. 가녀린 목과 어깨의 호선. 눈처럼 흰 백색의 미모를 지닌 얼굴.

그런 은리가 사내인 설영의 품으로 거침없이 파고들었고, 설영 역시 미소 지으며 그녀를 마주 안았다.

"얼마나 걱정했는지 알아요?"

은리는 설영의 품속에서 그를 올려다보면서 커다란 두 눈에 찰랑찰랑 눈물을 담았다. 얼굴에는 아직 가시지 않은 걱정이 그득했다.

그녀는 설영과 한 살밖에 차이가 나지 않는 데도 꼬박꼬박 존대를 했다. 설영이 여러 번이나 말을 놓으라고 했는 데도 쉽지가 않았다.

아마도 설영이 남자라는 사실을 알기 때문에 그것이 잠재적으로 작용을 하는 것 같았다.

하지만 일상에서의 그녀는 설영을 조금도 남자라고 생각하지 않았다.

"괜찮아요? 어디 다치지 않았어요?"

은리는 설영의 품에서 벗어나 그의 몸을 이리저리 살피면서 걱정스레 물었다.

설영은 빙그레 미소 지었다.

"걱정 마. 난 아무렇지도 않으니까."

은리는 설영의 품에 반쯤 안긴 채 은자랑에게 물었다.

"언니, 영 언니와 제 방에 가서 놀아도 돼요?"

은자랑은 미소 지으며 고개를 끄덕였다.

"그러려무나. 나도 조금 이따가 가마."

은자랑도 은리의 방에 가서 여느 때처럼 함께 어울리겠다는 말이다.

신봉각 내에서 이와 같은 대접을 받는 사람은 단연코 설영 한 사람뿐이었다.

은리는 검풍루주와 한효령을 두루 바라보며 허락을 구했다.

"두 분, 허락해 주세요."

검풍루주는 가볍게 고개를 숙여 허락을 표했으며, 한효령
은 엄숙하려고 애쓰면서 대답했다.

"그렇게 하세요, 소저."

그러나 그녀의 입가와 눈매에 미소가 떠올라 있는 것을 은
리는 똑똑히 보았다.

"영 언니, 무슨 고민이라도 있어요?"

설영을 데리고 자신의 방으로 와서 늦은 점심 식사를 한 후
노대(露臺:발코니)에서 후식을 겸해 차를 마시던 은리가 조심
스럽게 물었다.

그러나 설영은 듣지 못한 듯 찻잔을 손에 쥔 채 저 멀리 동
정호를 응시하고 있었다. 손에 쥐고 있는 찻잔의 차는 벌써
식은 상태였다.

그의 눈동자가 한곳에 고정된 것으로 미루어 깊은 생각에
잠긴 듯했다.

"언니!"

맞은편에 앉았던 은리가 설영 옆에 다가와 앉으며 팔을 잡
고 흔들자 그제야 설영은 상념에서 깨어났다.

"응? 왜?"

"무슨 고민이 있냐고 물었어요."

"응. 아무것도 아냐."

“피이…….”

은리는 입술을 삐쭉거렸다.

“나는 언니에게 비밀이 하나도 없는데, 이제 보니 언니는 감추는 것이 있군요?”

그녀의 그러는 모습이 깨물어주고 싶을 만큼 귀여워서 설영은 엄지와 검지손가락으로 그녀의 뺨을 가볍게 쥐었다가 놓았다.

“비밀이 아냐. 고민거리지.”

“아야.”

은리는 설영에게 기대며 물었다.

“무슨 고민인가요?”

설영은 팔을 들어 올려 은리의 어깨를 포근하게 감싸듯이 안았다.

“리야, 너는 내가 남자라는 것을 알고 있잖니?”

“네…….”

대답은 했지만 사실 은리는 깜짝 놀랐다.

설영이 남자라는 사실을 까맣게 잊고 있다가 이제야 떠올렸기 때문이다.

그녀의 가냘픈 몸이 움찔 떨렸다.

그녀는 자신이 지금 남자의 품에 안겨 있다는 사실을 새삼 깨달았다. 하지만 아무렇지도 않았다.

살며시 설영의 옆얼굴을 바라보았다. 그린 듯이 아름다운 얼굴이 거기에 있었다. 그리고 남자로 보였다. 그래도 여전히 아무렇지도 않았다.

어색함도 쑥스러움도 없었다. 오히려 어색한 생각이 들면 그게 더 이상할 것 같았다.

두 사람 사이에서는 어느새 성(性)의 경계가 허물어져 있었던 것이다.

"예진이가 날 이상하게 여기는 것 같아."

예진은 설영에게 딸린 하녀, 즉 몸종이다. 설영의 수족 같은 존재로서 하나에서 열까지 모든 시중을 든다.

같은 방에서 먹고 자는 예진이가 삼 년 동안 설영에게 이상한 점을 느끼지 않을 리가 없었다.

"어떻게요?"

"날더러 왜 월경을 하지 않느냐고 자주 묻더라고."

"……."

"그리고 왜 목욕 시중을 들지 못하게 하느냐고……."

은리는 아무 말도 하지 못하는 대신 양 뺨이 능금처럼 발그레 붉어졌다.

설영은 학식이 풍부하지만 여자의 생리 구조에 대해서는 공부한 적이 없었다.

다만 어린 여자 아이가 성숙해지는 단계에서 신체가 변하기 시작하면서 월경이라는 것을 한다는 상식 정도만 알고 있을 뿐이었다.

“너도 월경을 하니?”

문득 설영이 은리를 보면서 호기심 어린 표정으로 물었다.

“…네.”

은리는 얼굴이 더욱 빨개지며 기어드는 목소리로 겨우 대답했다.

“그거, 어떻게 하는 건데?”

설영은 순전히 궁금해서 묻는 것이지만, 은리는 쥐구멍이라도 있으면 들어가고 싶은 심정이었다.

월경을 어떻게 하느냐는 질문에 은리는 마땅히 설명할 말을 찾지 못하고 있었다.

그러나 총명한 설영은 은리가 몹시 부끄러워하는 모습을 보고 여자에게는 월경이 차마 말로 설명할 수 없는 것인 모양이라고 미루어 짐작했다.

“리아, 내가 널 난처하게 했다면 미안해.”

총명이라면 은리도 설영 못지않았다. 그녀의 총명함은 부끄러움을 이겨냈다.

“월… 경이라는 것은… 성숙한 여자가 한 달에 한 번씩 일정한 날짜에 며칠에 걸쳐서 하는 것인데, 여자의 음문을 통해서 불결한 피를 배출하는 것이에요.”

“음.”

설영은 진지한 표정으로 듣고 있었다. 그런 모습이 은리에게 조금 더 용기를 주었다.

"여자는 월경을 해야만 해요. 그래야지만 배란이 되고, 그 상태에서 남자를 받아들이면 임신이 되는 것이지요."

설영이 의아한 표정을 지었다.

"남자를 받아들이는 게 뭐지?"

"그것은……."

은리는 얼굴을 확 붉히며 부끄러워했지만 어차피 내친걸음이었다. 그녀는 잠시 후 진지한 얼굴로 설명을 이었다.

"여자가 월경을 하는 것처럼, 남자는 성숙해지면 체내에서 정액이라는 것을 만들어내요. 남자가 그것을 여자에게 주면 임신이 되고, 열 달 후에 아기가 태어나는 거예요."

은리는 설영보다 한 살 어리지만 이런 면에서는 훨씬 나이가 많은 누나 같았다.

설영으로서는 생전 처음 듣는 얘기였다. 당연히 호기심이 부쩍 생겼다.

"그럼… 내가 정액이라는 것을 리아, 너에게 주면 넌 임신을 하는 거니?"

"……."

일순간 은리는 말문이 막혔다.

"어떻게 주지?"

"……."

은리는 이런 설명을 해줄 수 있는 기회가 다시 오기 힘들다는 것을 잘 알고 있었다. 이런 기회를 헛되이 날려 버릴 수는 없었다.

"오빠는 이성을 사랑해 본 적이 있나요?"

방금 은리는 설영을 오빠라고 불렀다. 익숙하지 않은 호칭이었다.

"아니."

"오빠에게 언젠가 사랑하는 여자가 생기면, 오빠는 그녀와 육체적인 관계를 갖게 될 거예요. 정액은 오빠의 음경에서 만들어져요. 오빠의 음경이 사랑하는 여자의 음문으로 들어가 정액을 분출하게 되면 그녀는 임신을 하는 거예요."

"……."

이번에는 설영이 할 말을 잃었다. 그는 지금 은리가 설명하고 있는 것이 남녀 간의 '정사'라는 사실을 비로소 깨달았다.

은리는 말을 마치고 동정호에 지고 있는 붉은 석양을 조용히 바라보았다.

그녀는 설영을 한 번도, 그리고 한순간도 남자로 여긴 적이 없었다.

그렇다고 그를 여자라고 생각하지도 않았다. 그저 막연하게 마음이 끌려서 허물없는 사이가 됐고, 그러다 보니 이제는 세상에서 가장 가까운 사람이 되어버렸다.

그때부터 두 사람은 아무 말도 하지 않았다. 그렇다고 어색한 침묵 같은 것은 아니었다.

두 사람은 아무런 말도 하지 않았지만, 조금 전에 자신들의 관계가 조금 발전했다는 사실을 가슴으로 느끼고 있었다.

"오빠."

"응?"

은리는 석양을 보며 설영을 불렀고, 설영도 석양을 보며 대답했다. 설영은 여전히 한 팔로 은리를 안고 있었다.

"내일 예진이라는 아이를 저에게 심부름 보내세요."

"왜?"

"남자인 오빠가 언제까지 하녀의 눈을 속일 수 있다고 생각하세요?"

"글쎄… 어렵겠지. 언젠가는 탄로가 날 거야."

"제가 예진이라는 아이를 우리 편으로 만들어보겠어요."

은리는 이 일을 설영 혼자만의 문제가 아니라 자신들 두 사람의 문제라고 생각했다. 누가 시킨 것도 아닌데 자연스럽게 그렇게 생각했다.

"응?"

설영은 가볍게 놀라 은리를 쳐다보았다. 그로서는 생각지도 못한 방법이었다.

"가능할까?"

설영은 반신반의했다.

"제가 어떻게든 그녀를 우리 편으로 만들어볼 테니까 오빠는 앞으로 정식 살수가 되어 거처를 옮기게 되더라도 꼭 그녀를 데리고 다니세요."

“그거야 어렵지 않지.”

말을 마친 은리는 석양을 응시하다가 뺨이 따끔거리는 느낌을 받고 돌아보니 설영이 자신을 빤히 바라보고 있었다.

“왜…….”

그녀가 의아한 표정을 지을 때 설영이 재빨리 그녀의 뺨에 입을 맞추었다.

쪽!

“어머?”

“정말 예쁘다, 리아!”

“오… 오빠…….”

은리는 얼굴과 목덜미가 새빨개져서 설영의 어깨에 얼굴을 묻고 할딱거렸다.

지금 은자랑의 표정은 설영이 한 번도 본 적이 없는 엄숙한 모습이었다.

“영아, 잘 봐둬라. 이것은 봉음신력(鳳陰神力)이라는 것이다.”

설영은 은리의 방에 있다가 은자랑의 부름을 받고 이곳으로 왔다.

이곳은 그가 처음 와본 곳으로, 바로 은자랑의 개인 연공실이었다.

"잘 봐라. 앞으로 너는 이것을 목표로 수련해야 할 거야."

싱그러운 녹라의에 바닥에 끌리는 긴 치마를 입은 은자랑은 연공실 복판에 세워져 있는 여러 개의 사람 키 정도의 석대 중 하나를 향해 섰다.

은자랑과 석대의 거리는 이 장여.

석대는 단단한 화강암이다.

은자랑이 천천히 우수를 들어 올렸다. 소매가 흘러내리며 팔꿈치까지 뽀얀 맨살이 드러났다.

"……!"

설영은 그녀의 우수가 팔꿈치까지 얼음처럼 투명하게 변하는 것을 발견하고 적잖이 놀랐다.

그녀의 우수가 급류를 거슬러 오르는 물고기의 꼬리지느러미처럼 유연하게 좌우로 허공을 휘저었다.

순간 그 동작이 멈춰지며 손바닥이 정면을 향한 채 우수가 쭉 뻗어졌다.

쉬웅!

마치 엄동설한에 삭풍이 부는 듯한 파공음이 흐르며 그녀의 장심에서 희뿌연 얼음 가루 같은 경풍이 일직선으로 석대를 향해 뿜어졌다.

쩡!

다음 순간 겨울의 한밤중에 공허하게 들려오는 호수가 얼어붙는 듯한 소리가 석대에서 터졌다.

은자랑은 어느새 손을 내리고 가만히 서 있었다.

설영은 진한 호기심을 느끼고 급히 석대에 가까이 다가가 보았다.

석대는 허옇게 한 겹의 서리가 덮여 있었는데, 그 앞에 서자 싸늘한 한기가 훅 끼쳐졌다.

"이게 도대체……."

슥―

설영은 어떻게 해서 멀쩡하던 석대에 서리가 덮였는지 신기한 마음에 만져 보려고 손을 뻗었다.

푸스스―

그런데 그의 손이 닿자마자 석대가 가루로 화해 그 자리에 폭삭 스러져 버렸다.

설영이 놀라서 바닥을 보니 모래알 크기의 잔 알갱이가 수북이 쌓여 있었다.

의아한 마음에 알갱이를 집자 차가운 감촉이 뼛속까지 전해졌다.

"얼음이다."

은자랑이 담담히 입을 열었다.

방금 전까지만 해도 화강암이었던 석대가 얼음 가루로 화했다는 것이다.

"방금 시전한 것은 봉음신력 중에 장공결(掌功訣)이다."

"그런데 어떻게 바위를 얼음 가루로 만든 것이죠?"

평소 같았으면 설영의 물음에 미소를 지으며 설명을 할 은자량이지만 지금은 매우 엄숙했다.

"체내의 공력을 극음공(極陰功)으로 바꾸어서 발출하여 석대를 얼음으로 만든 것이다."

설영은 눈을 동그랗게 떴다.

"그게 가능한가요?"

"물론이지. 무공 중에는 이것과 반대되는 극양공(極陽功)도 있는데, 그것은 반대로 적중되는 모든 것을 태워 버린다."

"그렇군요."

설영은 처음 알게 된 사실에 적잖이 흥분했고, 흥미를 감추지 못했다.

"대단하군요. 공력으로 적중되는 표적을 얼음으로 만들거나 불태워 버리다니……."

은자량은 신봉각의 자랑이며 자신의 자랑인 어린 미소녀가 무척 기특했지만 내색하지 않은 채 오히려 표정을 더욱 엄숙하게 만들었다.

"영아, 너는 봉음신력을 배우고 싶으냐?"

사실 설영은 한효령에게서 아미파의 무공을 배우고 있는 중이었다.

아니, 그저 아미파의 무공이 아니라 아미파에서도 손꼽히는 절학들과 실전됐던 절학을 배우고 있으며, 그중 어느 것도 극성까지는 완성하지 못했다.

하지만 그것들을 이론적으로는 모두 깨우친 상태였다. 남은 것은 부단한 노력으로 대성을 이루는 것이었다.

설영은 어느 날 갑자기 붕괴해 버린 중천군림성과 친형 설무검에 대한 복수를 한시도 잊은 적이 없었다.

복수를 위해서는 자신이 강해져야 한다고 판단했고, 무공에 입문한 이후 그 생각을 일수유 동안이라도 머리에서 지운 적이 없었다.

강해진다면, 그 누구보다 강해질 수 있다면, 설영은 무슨 대가라도 치를 각오가 되어 있었다.

그런 그에게 지금 은자랑이 적중시킨 표적을 얼음 가루로 만들어 버리는 놀라운 무공을 보여준 후에 그것을 배우겠느냐고 묻고 있는 것이다.

설영은 은자랑 앞에 자세를 바로하고 서서 더없이 진지하게 대답했다.

"네, 꼭 배우고 싶어요."

은자랑의 표정이 더욱 엄숙해졌다.

"그렇다면 너는 내 제자가 되어라."

설영은 깜짝 놀랐다. 그는 단순하게 생각했을 뿐이지 거기까지는 미처 생각하지 못했다.

사령단에는 실로 개세적인 절학인 사령신공(四靈神功)이라는 것이 존재한다.

은자랑은 사령신공을 모두 배웠지만 그중에서도 봉황에

속한 봉령신공(鳳靈神功)을 십이성까지, 그리고 나머지 삼령
신공을 팔, 구성까지 터득한 상태다.

삼, 사 년 전까지만 해도 그는 사령단 전체 삼천여 고수들
중에서 '십대고수' 에 속했지만, 꾸준한 연마 덕분에 지금은
'삼대고수' 의 반열에 들 정도가 되었다.

사령단 내에서 삼대고수라면 굉장한 수준이었다. 그 정도
라면 무림에서 구파일방의 장문인보다 두어 수 이상 강하다
고 할 수 있었다.

봉령신공에는 네 가지 절학이 있는데, 검법과 장법, 경공,
편법(鞭法)이 바로 그것이며, 방금 전에 은자랑이 시전한 음
봉신력은 장법에 속한다.

봉령신공의 네 가지 절학은 한 가지만 극성으로 배워도 강
호에서 활개를 치며 다닐 수 있을 만큼 강하다.

사령신공의 나머지 삼령신공에도 각기 네 종류씩의 절학
이 있으며, 사령신공을 모두 배우면 무려 십육절학(十六絶學)
을 배우게 되는 셈이다.

은자랑의 말에 설영은 금세 대답하지 못하고 망설였다. 혼
자 결정할 일이 아니었기 때문이다.

그는 혼자가 아니다. 혼자라면 잠시 생각해 보고 결정을 내
릴 수 있지만, 그에게 주는 것이라면 목숨조차 아깝지 않다고
여기는 양어머니 한효령이 있는 것이다.

그는 배우고 싶다는 열망을 얼굴에서 지우지 못한 채 공손

히 입을 열었다.

"하루만 시간을 주시겠어요?"

은자랑은 뜻밖이라는 표정을 지었다. 검풍루의 예검녀나 영검낭자들에게 신봉각주의 제자가 된다는 것은 무상의 영광이며 앞길이 보장된 자리이다.

그것을 설영은 기쁜 마음으로 선뜻 수락하지 않고 생각해 보겠다는 것이다.

"너, 이미 사부를 모셨느냐?"

그렇게밖에는 생각할 수 없는 은자랑이 조용히 물었다.

"그렇지 않아요. 하지만 너무 엄청난 일이라서 좀 생각할 시간이 필요할 뿐이에요."

"알았다. 하루가 아니라 얼마든 생각해도 좋다. 결정이 되면 날 찾아오너라."

은자랑은 그렇게 말하고 몸을 돌렸다. 평소에도 끊고 맺음이 너무도 정확한 그녀였다.

『독보군림』 4권에 계속…

유행이 아닌 자유추구 -
WWW.chungeoram.com
Book Publishing CHUNGEORAM

orc wizard
ORC 마법사

정민철 판타지 장편 소설
FANTASY FRONTIER SPIRIT

사상최강의 오크 마법사가 되어라!
과거의 영광이 깃든 오크학파의 마법사,
그들을 일컬어 오크마법사라 칭한다!

기사의 재능도 마법사의 재능도 없었던 아론
그에게 20년만에 찾아든 마나로 인해
서른 살 늦은 나이에 드레이얼 마법 아카데미에 입학하다!
그리고 그곳에서 네크로맨서 계열 오크 학파의 계승자가 되고 마는데…

위대하고 영관된 오크 마법사의 위명을 되살리기 위한
그만의 독특한 학파 살리기 프로젝트는 시작되었다!!

도서출판 청어람을 사랑해 주시는 독자 여러분들께 감사의 마음을 전하기 위해 이벤트를 마련했습니다. 설문에 응해주신 후 엽서를 보내주시면 매달 추첨을 통하여 청어람이 준비한 선물을 우송해 드립니다.

자세한 내용은 청어람 홈페이지(www.chungeoram.com)를 통해 확인해 주세요!

관 제 엽 서

보내는 사람

경기도 부천시 원미구 심곡1동
350-1번지 남성빌딩 3층
도서출판 청어람

4 2 0 - 0 1 1

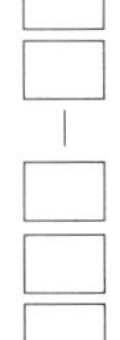

· 구입하신 책 제목을 적어주세요.

· 이 책을 선택하게 된 동기는?

· 이 책을 읽고 느낀 소감은?

· 청어람 무협/판타지 소설에 바라는 점은?

이름

생년월일   성별

전화번호

이메일

초등학생이 반드시 읽어야 할 좋은 책 49권

각 학년별로 초등학생이 반드시 읽어야할 좋은 책을 선정하여 통합논술의 기본이 되는 '올바른 독서법'을 일깨워 줍니다.

교과서와 함께하는 초등학교 통합논술

초등1학년 | 값 12,000원 / 초등2학년 | 값 9,500원 / 초등3학년 | 값 11,000원 / 초등4학년 | 값 9,500원 / 초등5학년 | 값 9,500원 / 초등6학년 | 값 11,000원

♣ 혼자 할 수 있어요.

엄마가 책 읽는 방법을 가르쳐 주어도 좋아요.
독서지도하는 선생님이 가르쳐 주어도 좋답니다.
"초등 교과서와 함께하는 **통합논술 시리즈**"는
아이 스스로 독서할 수 있도록 꾸며진 책이에요.
엄마와 선생님은 요령만 가르쳐 주시면 된답니다.

♣ 교과서의 중요한 내용이 총정리되어 있어요.

각 학년별로 중요한 교과 내용이 함께 수록되어 있어요.
초등학생은 교과서 내용을 충실하게 공부해야 합니다.
아울러 그와 병행한 독서가 대단히 중요하지요.
"초등 교과서와 함께하는 **통합논술 시리즈**"는
두가지 방법 모두 알려준답니다.

♣ 이 책은 훌륭하신 선생님들이 함께 쓰신 책이랍니다.

동화작가 선생님들이 쓰셨어요. 소설가 선생님도 쓰셨답니다.
국어 논술독서지도 선생님들도 함께 쓰셨지요.
"초등 교과서와 함께하는 **통합논술 시리즈**"는
엄마의 마음으로 모든 선생님들이 함께 꾸민 책이랍니다.

입소문을 통해 아는 분은 다 알고 계십니다!
올 한해 공인중개사 최고의 화제작!

1~2권 합본 | 이용훈 지음
3~4권 합본 | 이용훈 지음
5~6권 합본 | 이용훈 지음
용어해설 | 이용훈 지음

수험생 기본 필독서
만화 공인중개사

제목 : 만화공인중개사 쓰신 분에게 감사드립니다.

학원을 두 달 다녔어요. 근데 과연 그 숫자 외우기 그런 게 몇 문제나 나올까 생각을 했어요.
아니라는 생각이 드네요. 학원강의를 뒤로하고 서점을 갔어요. 내 머리에 가장 이해될수 있는
책이 없나 하구요. 거기서 만화를 발견했어요. 무조건 세 번 봤어요. 3개월 걸렸어요. 문제집을 보라고
했는데 그건 시행을 못했어요. 근데 합격을 했네요.
어떻게 감사의 말을 해야 될지……
도서관에서 만화책 들고 다니니까 사람들이 비웃더라구요. 만화책으로 공인중개사를 공부한다고
미친 사람처럼 보더라구요. 근데 그거 다 감수하고 했던 내가 자랑스럽습니다.
어떻게 감사의 말을 해야 할지… 정말 감사합니다.
부디 행복하세요. 제 나이 41살에 좋은 스승을 만난 것 같습니다.
엎드려 감사드립니다.

－본사 홈페이지에 독자분이 올린 메일 中 에서 발췌－